MARRANA!

AMOR E INTOLERÂNCIA
EM TEMPOS DE INQUISIÇÃO

KATIA PESSANHA

MARRANA!

AMOR E INTOLERÂNCIA
EM TEMPOS DE INQUISIÇÃO

PRIMAVERA
EDITORIAL

Dados Internacionais de Catalogação na Publicação (CIP)
(Câmara Brasileira do Livro, SP, Brasil)

Torres, Katia de Lima Pessanha

Marrana : amor e intolerância em tempos de inquisição / Katia de Lima Pessanha Torres. -- São Paulo : Primavera Editorial, 2018.

320 p.

ISBN: 978-85-5578-065-3

1. Ficção brasileira I. Título

18-0770 CDD B869.3

Índices para catálogo sistemático:

1. Ficção romântica brasileira

PRIMAVERA
EDITORIAL

Av. Queiroz Filho, 1560 - Torre Gaivota Sl. 109
05319-000 - São Paulo - SP
Telefone: (55 11) 3034-3925
www.primaveraeditorial.com
contato@primaveraeditorial.com

PLAYLIST SPOTIFY

Playlist do Spotify com músicas escolhidas pela autora para acompanhar a leitura do romance Marrana! Amor e Intolerância em Tempos de Inquisição.

DEDICATÓRIA

Aos meus ancestrais, em especial às minhas bisavós Cecília Tavares de Albuquerque e Luzia Alves Freire e à minha trisavó Auta Leolinna (Leon Lima) que me sussurraram que contasse suas histórias.

À minha amada filha Érika e a meus descendentes para quem eu criei essa história.

A toda a minha família: pais, irmãos, avós, tios, primos e sobrinhos, a base amorosa da minha vida e ao meu marido com quem eu exerço esse amor no dia a dia.

Aos professores, pesquisadores, bibliotecários, blogueiros, escritores e a todos os profissionais que trabalham na pesquisa e difusão do conhecimento e, em especial, a meus mestres Rabino Nilton Bonder, Morá Cecília Ben David da UNIBES Cultural e professores João Paulo Garrido, Anita Novinsky e Lina Gorenstein da USP.

A meus amigos judeus que, com suas atitudes ao longo da vida, fizeram com que eu me identificasse com os valores judaicos e desejasse estar próxima a esse povo quando eu sequer suspeitava de minhas origens.

Por fim, ao meu essencial círculo das amigas queridas que apoiaram esse projeto com suas ideias, carinho, sugestões e incentivo contínuo.

In memoriam

Graccho da Motta Pessanha

INTRODUÇÃO

O que é mais verdadeiro que a verdade? Uma história.

– Provérbio judeu

SEFARDITAS (em hebraico sefardi; no plural, sefardim) é o termo usado para referir aos descendentes de judeus originários da Península Ibérica (Sefarad).
Fugindo das perseguições das inquisições espanhola e portuguesa, se dirigiram a outras regiões da Europa, do Oriente e das Américas

CRISTÃO-NOVO OU CONVERSO — denominação atribuída aos judeus convertidos e a seus descendentes (em oposição a cristão-velho).

ANUSSIM — termo hebraico usado para definir os cristãos-novos que continuavam a observar clandestinamente seus antigos costumes e sua religião anterior.

MARRANO – Segundo alguns especialistas, a palavra viria de "mar anuss", ou seja, homem convertido à força. Segundo outros, termo pejorativo usado para se referir aos anussim que seria um velho vocábulo do espanhol ou português que significaria suíno, uma alusão à proibição judaica ao consumo de carne de porco.

BARUCH SPINOZA — genial e reconhecido filósofo cuja família de cristãos-novos retornou ao judaísmo em Amsterdã no século XVII. Circulou nos dois mundos e foi considerado herético tanto por judeus quanto por cristãos.

CATARINA LEON — personagem principal e ancestral fictícia da autora que suspeitou ser descendente de cristãos-novos em 2010.

CRONOLOGIA

1492 – Decreto de expulsão dos judeus da Espanha
1496 – Expulsão dos judeus e mouros de Portugal
1536 – Estabelecimento da Inquisição em Portugal
1590 – Chegada dos primeiros marranos em Amsterdã
1630 – Invasão holandesa ao Brasil/Pernambuco
1821 – Abolição do Tribunal da Inquisição em Portugal

DENÚNCIA

A CHAMA DA VELA TREMULAVA com o vento vindo das masmorras e sua luz mal iluminava a mesa que os separava.

— Tem certeza do que está dizendo? — a voz era gélida, mais fria que o vento, mais úmida de intenções que aquele lugar.

— Sim, Frei, ele judaíza.

— E o que ele faz?

— Não come carne de porco.

— E o que mais? — O frade se inclinou, seu rosto magro saindo do capuz escuro, e aguardou sem pressa, girando a pluma entre os dedos.

A resposta saiu hesitante, mas clara:

— Toma banho aos sábados e não faz o sinal da cruz ao entrar na igreja.

O frade insistiu insinuante:

— Não se lembra de nada mais?

Hesitou. Precisava de algo mais forte ou sua vingança não estaria completa.

Quase sussurrando, prosseguiu:

— Bem... Ele...

Gritos de dor ao fundo abafaram suas palavras, e o frade pediu-lhe que repetisse.

— Ele tentou me convencer que Nosso Senhor Jesus Cristo não é o filho de Deus.

O rosto do frade contraiu-se e ele perguntou entre os dentes:

— Você tem certeza? Ele afirmou que Nosso Senhor Jesus Cristo não é filho de Deus?

— Sim, tenho certeza, eu o ouvi dizendo isso. Ele disse que adorar Nosso Senhor Jesus Cristo é idolatria, que só existe um Deus.

Com a mão firme, o frade molhou a pluma no tinteiro e começou a preparar a denúncia que seria assinada em sigilo pela testemunha.

CAPÍTULO UM

AMSTERDÃ, AGOSTO DE 1633

Não há esperança sem medo, nem medo sem esperança.

– Baruch Spinoza

A PATA DO ELEFANTE OPRIMIA mais e mais o peito de Catarina. Ela buscou o ar em desespero, mas o peso não a deixava respirar. Tampouco conseguia girar seu corpo. Ao se debater, tentando afastar a pata do animal, finalmente despertou, sua fronte empapada de suor, seu coração batendo acelerado, sua boca seca e o peito ainda contraído. Inspirou profundamente e soltou um longo suspiro.

Sonhos embaralhados, angustiados haviam perturbado sua noite.

Levantou-se devagar, afastou o cortinado de damasco verde e desceu os degraus da cama com cuidado, buscando o tapete para não se resfriar pisando no chão frio.

Seu avô havia sentido aquela dor no peito antes de morrer, lembrou-se arrepiada. Seu polegar ergueu-se sobre a testa, mas ela cortou o gesto que vira tantas vezes na infância, o sinal da cruz.

Rezou da forma correta por ele, rezou por todos, e o incômodo foi diminuindo até desaparecer completamente.

Em cima da cômoda, a grande jarra de porcelana branca decorada com flores cor-de-rosa estava cheia de água que ela despejou na bacia para lavar seu rosto e suas mãos.

Tomou então uma pequena jarra de prata, encheu-a e prosseguiu despejando a água de uma mão para a outra:

"Que os anjos louvem a Deus por ter me criado e me dado água para lavar e uma toalha para me limpar, olhos para ver, mãos para tocar, ouvidos para ouvir e por ter me feito uma mulher."

A primeira vez que o Rabino soube que ela fazia essa oração ficara escandalizado. Ele lhe disse que na tradição judaica a oração matinal era reservada aos homens. Também disse que o final estava errado, que os homens agradecem a Deus por não tê-los feito mulheres.

Mas nunca deixara de rezar assim porque sua mãe havia lhe ensinado a rezar desta maneira, era uma tradição de sua avó, e era assim que ela se sentia, grata e feliz por ter sido feita mulher.

Olhou-se no espelho veneziano de cristal rodeado por rosas de vidro.

Com o tempo seu corpo havia tomado forma, adquirido curvas e a figura alta e magra da sua juventude era agora uma bela mulher madura de quase cinquenta anos.

Aproximou-se mais. Finas linhas começavam a surgir em volta dos olhos castanhos, e alguns fios brancos se destacavam em seus cabelos negros.

Suspirou.

Afastou os pensamentos vaidosos, prendeu seus cabelos em um coque, e trocou sua longa camisa de dormir por um vestido. Por cima, à guisa de avental, colocou um outro vestido mais rústico e pendurou em sua cintura as chaves dos armários e uma tesoura, pronta para começar seu dia.

Teriam muito trabalho.

Seu filho amado chegaria em breve de uma longa viagem de negócios para a Espanha. Catarina e sua nora, Débora, preparariam seus pratos prediletos.

Além de ser uma viagem bastante longa, as estradas eram ruins e, especialmente na Espanha, os lugares de pouso eram poucos. Cada vez era menor o número de amigos que se dispunham a arriscar suas vidas e as de suas famílias hospedando comerciantes judeus se fazendo passar por cristãos. Hospedar-se em estalagens muito rústicas acabava sendo a única opção.

Na última carta que haviam recebido, Salomão anunciava sua chegada para os próximos dias. Três semanas haviam se passado e, apesar desse atraso ser normal, Catarina tentava disfarçar sua ansiedade e transmitir à sua nora a certeza de que ele chegaria naquela noite ainda a tempo de comemorarem o *Shabat*[1].

---

1 Dia da semana sagrado, inicia-se na sexta à noite e termina no sábado.

Desceu as estreitas escadas apressadamente, como se seus movimentos pudessem tornar mais próximo o momento de rever seu filho.

Débora havia se levantado antes dela e já estava na cozinha com Hannah, a única criada da casa, vinda de Hamburgo por indicação de amigos.

Adaptadas aos usos e costumes holandeses, Catarina e Débora terminavam por ajudar Hannah em sua missão de manter a casa incrivelmente limpa.

A enorme chaminé, panelas penduradas, o fogão imaculado, a bomba de cobre luzindo tanto que era possível usá-la como espelho deslumbraram um comerciante inglês que os visitara tempos atrás:

— Como é possível cozinhar e deixar uma cozinha tão limpa?

Tiveram que lhe mostrar a cozinha que usavam realmente, no segundo andar, e ele ficou mais espantado ainda ao saber que elas tinham uma cozinha para exibir e outra para usar.

Nessa segunda cozinha, Débora se movia diligentemente. Orientava Hannah, vigiava as panelas, picava ingredientes, temperava a comida. Seu pequeno corpo parecia crescer com tantos movimentos e mostrava toda a segurança que Catarina jamais tivera ao cozinhar. Não conseguiu evitar que um sentimento de inveja se mesclasse à sua admiração.

— Boas entradas de Sabá, Dona Catarina! — seu olhar era iluminado, e Catarina se recriminou intimamente pela inveja.

— *Shabat Shalom*[2], Débora! — cumprimentou-a com um beijo — este será um *Shabat* especial, não é mesmo?

— A senhora acha que eu exagerei? Podemos guardar a comida e comê-la ao longo da semana se…

Catarina sorriu tentando transmitir segurança:

— Se Salomão não chegar hoje? Não, não exagerou.

— É que ele sempre se queixa da comida nas terras de idolatria!

2 Cumprimento durante o Shabat: um Shabat de Paz.

— Claro, Débora, em Portugal e na Espanha até carne de porco lhe oferecem! — Não conseguiu evitar uma expressão de nojo — Eu acho que Salomão vai chegar e que esta comida toda vai ser devorada entre hoje e amanhã. Seu marido é um glutão!

— Eu sei — Débora riu e foi olhar uma panela que requeria atenção.

Havia sido com satisfação que Catarina entregara a cozinha a Débora para ter mais tempo para os negócios.

‖

Tomou um copo de leite e comeu um pedaço de pão com queijo e manteiga como sempre fazia no desjejum.

Depois espremeu um limão e levou o sumo em um copo para seu gabinete. Assuntos urgentes a aguardavam e tomariam toda a sua manhã, porém, mais que tudo, Catarina ansiava por reler e responder a uma carta muito especial que a ajudaria a reduzir a tensão que teimava em contrair os músculos de seu pescoço.

Sentou-se à mesa herdada do tio Antônio, hábil negociante que vivera em muitos lugares do mundo e cujas histórias haviam iluminado sua infância. Preciosa peça de marcenaria com gavetas e caixinhas, a escrivaninha era toda revestida por delicada marchetaria formando desenhos de paisagens e animais da Índia.

Reviu com atenção um contrato proposto por um comerciante de Veneza interessado em representá-los no comércio de açúcar e, depois, respondeu a outras cartas em francês, alemão, português e espanhol.

Mais uma vez, Catarina se sentiu viajando à medida que escrevia, embarcada naquela escrivaninha tão poderosa e mágica para si quanto a figura de seu querido tio Antônio.

Cada vez que ele chegava de suas viagens, permitiam que a então pequenina Catarina ficasse acordada para ouvir o relato de suas aventuras em jantares que se prolongavam até muito tarde.

Agora, ao escrever para seus associados em Constantinopla, tinha que se esforçar para dedicar sua mente aos negócios. As vívidas descrições de seu tio viajante se apossavam dela de tal forma que quase podia ouvir o chamado lamentoso das mesquitas reunindo os fiéis para as orações várias vezes ao longo do dia.

Sua imaginação a fazia sentir os cheiros das especiarias do Grande Bazar e visualizar as mulheres com o rosto coberto e envoltas em roupas negras indo rezar na Mesquita Azul. Não, ela não precisava viajar como havia sonhado quando menina. Tinha os relatos de seu tio na memória e agora era uma senhora viúva, uma comerciante muito bem estabelecida em Amsterdã e prestes a ser avó.

Concluiu diligentemente sua correspondência comercial e buscou com prazer a carta de sua amiga Bárbara que vivia no Brasil.

Nesta carta ela contava dos frutos de Salvador que pareciam a Catarina tão exóticos quanto apetitosos.

Os cajueiros dão a fruta chamada cajus, que são como verdiais, mas de mais sumo, os quais se colhem no mês de dezembro em muita quantidade, e os estimam tanto, que aquele mês não querem outro mantimento, bebida ou regalo, porque eles lhes servem de fruta, o sumo de vinho, e de pão lhes servem umas castanhas, que vem pegadas a esta fruta, e secas as guardam todo o ano em casa para fazerem maçapães e outros doces, como de amêndoas; e dá goma como a Arábia.

Cultivam-se palmares de cocos grandes, e colhem-se muitos, principalmente à vista do mar, mas só os comem, e lhes bebem a água.

Deliciou-se com as detalhadas descrições, mas leu com atenção ainda maior as entrelinhas da carta.

Catarina havia passado a mensagem a ferro para que o texto ficasse visível.

Há anos elas se correspondiam assim. As notícias mais importantes estavam escritas nas entrelinhas com suco de limão.

Bárbara contava como havia sido o *Bar Mitsvá* de seu filho mais novo que, aos 13 anos, completara sua passagem para o mundo adulto com a leitura da *Torá* em hebraico diante da pequena comunidade reunida em segredo.

Quem o teria ensinado a leitura do hebraico se não dispunham de rabinos? Catarina sempre estranhara como, apesar do medo e das dificuldades, os cristãos-novos do Brasil conseguiam manter algumas importantes tradições judaicas.

Esse *Bar Mitsvá* de Felipe teria alguma validade? Pensou em perguntar isso ao rabino da próxima vez que conversassem.

Mas nas palavras de Bárbara ela via tamanho orgulho que Catarina conteve sua estranheza e se dispôs a responder cumprimentando-a e expressando sua alegria pela felicidade da amiga.

A carta trazia também uma grande novidade e um convite.

‖

Em suas cartas anteriores, Bárbara vinha dando notícias da comunidade judaica no Recife.

Apesar de uma derrota inicial em Salvador, três anos antes os holandeses haviam conquistado a maior região produtora de açúcar das Américas. Recife, Olinda e importantes capitanias portuguesas estavam agora sob domínio holandês.

Bárbara e seu marido planejavam se mudar de Salvador para o Recife, fugindo do domínio português e da ameaça da Inquisição.

O governo holandês e a Companhia das Índias Ocidentais apoiavam os judeus que para lá quisessem se mudar. Bárbara havia contado como se prosperava em liberdade no Recife e que haviam inaugurado um cemitério judaico. Uma casa havia sido alugada por Duarte Saraiva e servia de sinagoga. Bárbara contava feliz que uma sinagoga vinha sendo construída e sugeria em sua carta que Catarina considerasse a possibilidade de mudar-se para aquele paraíso tropical.

Apesar de admirar a coragem de sua amiga, a ideia de viver em um lugar tão afastado da civilização horrorizava Catarina.

Respondeu primeiro descrevendo longamente cada uma das flores de seu jardim e, quando terminou, tomou sua segunda pluma, mergulhou-a no suco de limão e começou a escrever sua verdadeira carta. Entre cada uma das linhas, respondeu contando da gravidez de Débora. Comentou como o nome de Débora — abelha laboriosa em hebraico — era apropriado e a descrevia perfeitamente: uma mulher forte e trabalhadora sob uma aparência delicada.

Também desejou que Bárbara e seu marido fossem guiados pelos anjos e tomassem a melhor decisão quanto à mudança para o Recife. Não precisou dizer o que pensava da proposta de ela mesma se mudar. Bárbara saberia ler o que não fora escrito. Mais do que ler entrelinhas, ela a conhecia melhor do que ninguém.

Haviam crescido juntas em Bayonne no sul da França e só se separaram quando Bárbara se casou e partiu para Salvador.

Deveria confessar a ela suas preocupações pela demora de Salomão?

Não! Deveria sim se manter mais calma ou acabaria transmitindo seu nervosismo a Débora.

Passou a conferir as contas da semana e estava entretida nisso quando ouviu um cacarejar agoniado.

Foi até os fundos da casa onde Débora lhe entregou uma galinha grande, de pés amarrados e asas esvoaçantes. Era seu momento de matá-la da maneira correta, da maneira *casher*[3] com sua faca especial.

Catarina ainda não admitia que Débora o fizesse. Ela tinha muito o que aprender.

Dobrou e cortou o pescoço da galinha em um único movimento certeiro para que o animal não sofresse. Depois deixou que seu sangue escorresse na terra enquanto repetia três vezes:

"Tiro-te a vida, já que não ta posso dar. Louvado seja o Senhor que te criou para me alimentar."

3 Casher ou Kasher – Próprio para consumo humano segundo as regras alimentares judaicas

Subitamente estremeceu ante a visão do sangue gotejando.

Sem notar o estado alterado de sua sogra, Débora cobriu o sangue com terra porque "sangue é vida" e assim lhes haviam ensinado.

||

Ao final da tarde a casa estava impecável, flores colhidas no jardim enfeitavam cada recinto, e o cheiro da comida chegava até a rua.

Quando Débora retornou de seu banho ritual na Sinagoga, Catarina observou com alegria os traços delicados de sua nora, as maçãs do rosto coradas e os fartos cabelos castanhos que cheiravam à canela.

Os olhos de Débora brilhavam, antecipando a chegada de seu amado. Catarina sorriu.

Havia sido assim com ela mesma a cada retorno de Jacob, seu amado e falecido marido.

O banho na *mikvá*[4] da Sinagoga era um cuidadoso preparativo para uma noite de *Shabat* deliciosa, especialmente quando Jacob voltava de viagem.

O comércio de açúcar envolvia frequentes e perigosas viagens, períodos de ausência lamentados por ambos, mas que haviam lhes proporcionado uma vida confortável.

O negócio prosperava mesmo depois da morte de Jacob quando Catarina havia sido forçada a conduzir as transações até que seu único filho pudesse assumir a direção. Tinha sido um período difícil, mas Emanuel Torres

4 Piscinas construídas nas sinagogas para banhos de purificação.

se tornou seu sócio e os negócios se expandiram. Importavam açúcar do Brasil e do Caribe e o exportavam para vários pontos da Europa.

Agora, aos vinte e dois anos, Salomão estava no comando e Catarina tinha muito orgulho da forma como seu filho fazia negócios. Era ousado, mas sabia quando não se arriscar; era severo com os empregados, mas eles reconheciam que ele era justo, sabia negociar, ceder, exigir, buscar as melhores condições, propor alternativas, argumentar.

Conhecera Débora quando fazia negócios com o pai dela, Álvaro Dias, em uma viagem para Portugal.

Catarina já vinha buscando uma noiva para Salomão e, a princípio, ficou aborrecida. O casamento significava o fortalecimento dos laços entre as famílias envolvidas, a extensão da rede formada por famílias judias portuguesas e espanholas. O sucesso dessa rede se devia à confiança que tinham uns nos outros e era sua missão como mãe fazer a melhor escolha para ele. A família Dias, grandes produtores e comerciantes de açúcar, se dividia entre Portugal e Brasil e, em ambos os lugares, viviam como cristãos. Seus ancestrais, de sobrenome judeu Aboab, haviam migrado de Castela para a cidade do Porto e adotado o sobrenome Dias quando foram forçados a se tornar cristãos.

Catarina não poderia ter escolhido melhor família, mas, ao conhecer Débora, lamentou que ela — por ter sido criada nas terras da idolatria — soubesse tão pouco das tradições e costumes de seu próprio povo. Só não podia deixar de reconhecer que ela era uma moça sensata, bela e amorosa.

Acima de tudo, Débora tinha o poder de transmitir calma e serenidade. Sob sua influência, o dia que havia começado tão tenso ia terminando em paz e harmonia.

‖

Com a ceia pronta, e na expectativa da chegada de Salomão, Catarina aguardava Débora para tomarem um chá na saleta do segundo andar, enquanto pelas janelas reluzentes apreciava a vista da rua e do canal banhados pela luz suave do prolongado entardecer de verão.

Localizada em Vlooienburg, uma ilha retangular às margens do rio Amstel, a Beestraat era uma rua ocupada quase que totalmente por comerciantes portugueses como a família de Isaac Pinto, uma das mais ricas da comunidade que ocupava uma enorme casa nos números 7 e 9 da rua.

O movimento era intenso naquele momento. As pessoas se apressavam para chegar em casa a tempo de comemorar o *Shabat*.

Muitos deles, como Catarina e seu marido, haviam vivido em Antuérpia antes de se estabelecerem em Amsterdã. Prosperaram junto com a cidade, um pujante porto por onde as riquezas do novo e do velho mundo trocavam de mãos. A experiência de negociar papéis na Bolsa de Valores de Antuérpia havia sido de grande valia para Jacob quando chegaram a Amsterdã.

Os holandeses eram calvinistas e, quando faziam parte do reino espanhol, haviam sofrido tanto com a tirania espanhola e a perseguição para que adotassem a fé católica que acolheram de bom grado a contribuição judaica para o comércio e para a expansão do império holandês. Mais de mil judeus já viviam ali quando Catarina chegara com seu marido.

Em Amsterdã já não tinham que se esconder ou disfarçar e podiam celebrar o *Shabat* abertamente. Na verdade, em Amsterdã, depois da libertação do domínio espanhol, eram os católicos os que eram proibidos de celebrar seus cultos enquanto que os judeus tinham sinagogas conhecidas por todos, apesar de alguma resistência por parte dos religiosos calvinistas.

Para Catarina, Amsterdã era uma cidade abençoada onde ela podia ler, sem susto, os livros sagrados e o material de estudo que haviam pertencido aos seus ancestrais, um deles rabino, e que tinham escapado à sanha dos perseguidores em Portugal.

Esses ancestrais haviam arriscado a vida para levá-los consigo para o sul da França, e ela os guardava com muito carinho em uma arca, envoltos em capas de couro.

Iria usar um desses livros para aquela noite. Levou-o até o nariz e inspirou. O cheiro do couro a embalava de volta à infância em Bayonne, aos *Shabat* comemorado de forma discreta, à fé escondida, ao sigilo, à vida dupla.

Débora entrou quando ela estava selecionando a oração que faria. Estava reluzente em seu vestido violeta, a pele brilhante, os cabelos presos em um coque, a touca firmemente amarrada como uma moldura para seu rosto admiravelmente belo. Nesse mesmo instante Enrico d'Azevedo as cumprimentou ao passar diante da casa. Todas as casas, estreitas e muito altas, tinham imensas janelas, e Débora e Catarina eram bem visíveis para os que passavam.

Catarina cumprimentou Enrico d'Azevedo de volta, mas na verdade, o movimento da rua não lhe interessava tanto quanto a gravidez de Débora que, apesar de recente, já se fazia visível sob o vestido.

Conversaram sobre o nome do bebê.

— Se for menino, Débora, ele deve receber o nome de meu falecido marido, seu avô paterno, Jacob de Lima.

Débora se manteve calada.

— Este é o costume – insistiu.

Débora apontou:

— Veja, Dona Catarina, não é seu primo Manoel?

Manoel Lopes de Leon entrou em sua casa levando com cuidado uma garrafa de vinho para as comemorações da noite.

— Podemos visitar meu primo amanhã, o que você acha, Débora?

— Sim, claro, Dona Catarina!

Catarina não deixara de notar como Débora havia desviado a conversação.

Preocupava-se com ela.

Aparentemente a mãe de Débora não havia lhe ensinado nem mesmo o mínimo para que ela se tornasse uma boa mãe judia.

Quando ela chegou a Amsterdã, sequer conhecia o ladino,[5] a língua das orações, mas felizmente essa era uma língua tão parecida com o português e o espanhol que Débora facilmente a aprendeu.

Ah, mas havia muito mais o que ensiná-la! Débora precisava conhecer bem as tradições judaicas para transmiti-las à sua descendência. Catarina decidiu pedir ao rabino Menasseh Ben Israel uma cópia de seu livro *Thesovro* que continha as leis básicas do judaísmo, bem como indicações muito claras de como manter um lar judeu.

Suspirou, agradecida pelo contato com seus avós na infância que, apesar de impossibilitados de frequentar uma Sinagoga, lhe haviam dado uma boa formação judaica dentro de casa.

Mesmo que algumas orações, bênçãos e rituais de sua família fossem recriminados pelos rabinos como invenções e desvios, Catarina estava decidida a seguir praticando o que lhe havia sido ensinado e trataria de fazer com que essas tradições fossem transmitidas aos filhos e filhas de Salomão, depois a seus bisnetos e a toda a sua descendência, cumprindo os desígnios de Deus para o povo escolhido.

Salomão! A saudade de seu filho querido apertava seu coração. Como ansiava pelo momento em que ele chegaria e as saudaria com seu abraço apertado e seu jeito ruidoso e alegre!

Felizmente era verão e a luz do dia se prolongava, mas em alguns minutos, quando a primeira estrela aparecesse no céu, deveriam iniciar a celebração. Não poderiam esperar mais.

Tinham a mesa posta na sala principal, vinhos, pães e especialmente as velas que seriam acesas para receberem o

5 Língua usada por sefarditas da Península Ibérica formada por uma mistura de palavras hebraicas do dia a dia com a língua da região onde habitavam, que podia ser o castelhano, o português, o árabe ou até mesmo o catalão.

Shabat. A ceia estava pronta sobre o fogão que manteriam aquecido já que não mais poderiam acender fogo ou fazer qualquer trabalho.

Observavam o artista Rembrandt van Rijn chegar com sua esposa, e Catarina começou a comentar algo quando uma batida forte na porta a interrompeu.

Elas se entreolharam excitadas e desceram a estreita escada muito rapidamente enquanto a criada abria a porta.

Chegaram a tempo de ver que por ela entrava Emanuel Torres.

O sócio de Catarina era uma pessoa muito querida por todos e em especial por Salomão de quem ele fora mais que um mentor no ofício de negociante.

Ele tinha sempre uma palavra amiga, um conselho, enfim, Torres era o apoio de todas as horas.

Mas, neste instante, seu semblante cerrado não lhes deu consolo.

Ignorando as pantufas que Hannah lhe oferecia, atravessou o vestíbulo com seus sapatos sujos, vindos da rua, tirou o grande chapéu negro de largas abas e postou-se diante de Catarina e de Débora, alisando a barba pontuda sem nada dizer.

Um silêncio insuportável pairou sobre os três, prenhe como um céu cinzento.

Quando Torres por fim falou, ele gaguejava e parecia escolher as palavras, o que era incomum naquele homem normalmente tão loquaz.

— Eu... lamento dizer... é sobre Salomão. Nós... nós nos separamos na França.

Catarina foi tomada por um pressentimento horrível e colocou seus braços ao redor de sua nora.

— Em Bayonne?

— Sim — Eu o deixei em Bayonne. Fui para Bilbao, e nós deveríamos nos encontrar em Lisboa, mas...

Bilbao? Na Espanha? Bilbao era muito perto de Bayonne, mas o que Torres teria ido fazer em Bilbao? Por que não ficaram juntos todo o tempo?

Mil perguntas passavam pela cabeça de Catarina, mas ela não se atrevia a interrompê-lo.

— Quando cheguei a Lisboa eu fiquei sabendo...

Neste ponto Torres parou, sem dar mostras de que prosseguiria falando. Apertava o chapéu com tamanha força que ele foi ficando deformado. Olhava para o chão, para o teto, para qualquer lugar exceto para os olhos de Catarina.

Ela podia sentir seu coração batendo acelerado, quase explodindo dentro do peito. Sua respiração era curta, ela se sentia mareada e mordia os lábios para não perguntar, para não gritar, para adiar o conhecimento de algo terrível.

Depois de alguns minutos, Débora, com uma voz quase inaudível, se atreveu a quebrar o silêncio:

— O que o senhor ficou sabendo?

— Salomão não chegou a Lisboa. Nossos contatos nos disseram que ele não foi visto por lá.

— Retornou para Bayonne? — A esperança lutava para sobreviver dentro de Catarina. Bayonne era sua cidade natal e ela apegou-se ao pensamento de que nada de mal poderia acontecer a seu filho naquela cidade tão querida.

— Era essa minha esperança, voltei para Bayonne, mas ele não foi visto em parte alguma.

Mais silêncio. Ele hesitava.

Aguardaram.

— Ele pode ter sido assaltado na estrada ou... capturado pelo Santo Ofício.

Não precisou prosseguir.

Catarina sentiu suas pernas fraquejarem e, como se estivessem a léguas de distância, ouviu o grito de sua nora. Sua mente voltou ao instante exato em que soubera que seu marido havia desaparecido. Um vazio imenso a invadiu como se seu ventre estivesse sendo sugado.

Por um tempo que lhe pareceu interminável, sentiu-se paralisada e incapaz de entender, de acreditar, de reagir. Seu corpo tremia de forma incontrolável.

Salomão desaparecido! Capturado? Morto?

Instantes depois, se recobrou. Conseguiu conter sua dor ao pensar na criança que Débora trazia em seu ventre e nos efeitos que aquela notícia teria sobre sua gravidez.

Foi como se uma corrente se materializasse na sua frente: o bebê, seu filho, seu marido. Não, ela não poderia perder o último elo que a ligava a seu filho e a seu marido; tinha que proteger sua nora e o bebê.

Retomou suas forças, abraçou sua nora com força e, sem dizer uma palavra, levou-a para seu quarto, deitando-a na cama.

Voltou para a sala para reencontrar Torres que parecia perdido ali, aturdido como se fosse ele o culpado por trazer más notícias.

Pediu-lhe que se retirasse, assegurou que estariam bem, e ele saiu.

A criada preparou um chocolate, e Catarina conseguiu fazer com que Débora o tomasse nos intervalos de um pranto convulsivo que já molhava seu leito.

Débora se dividia entre a dor que a dilacerava e a vergonha por estar chorando diante de Catarina.

Diante dessa divisão, a dor de Catarina, contida durante anos por um pudor que agora lhe parecia ridículo, explodiu.

Abraçou-a e juntou-se a ela em seu pranto.

A noite caiu finalmente.

Querida Bárbara,

Uma semana se passou, e eu continuo me recusando a acreditar no que ouvi e tampouco no que ficou por ser dito. Morto?

Não, meu filho não está morto, eu não o vi morto, eu não orientei os rituais para seu funeral, com certeza isso tudo não passa de um grande engano.

Sim, eu bem sei que ele pode ter chamado a atenção de algum ladrão em Lisboa ou em seu caminho para Bayonne.

Se ao menos ele tivesse ido para Bilbao com o Torres! Teria sido seguido a caminho de Lisboa? Teria chegado realmente a Lisboa?

Lisboa!

Por mais que nossas famílias se lembrem com saudade da terra quente, do sol, das vinhas, dos campos, do grande império português, Lisboa tem para mim um gosto amargo de enganosa armadilha.

Todos se orgulham dos tempos dourados que os judeus viveram em Portugal. Todos gostam de se lembrar de como o notável Isaac Abravanel foi tesoureiro do Rei de Portugal, mas o tempo dos judeus nobres, com brasões, frequentando a corte, atuando como médicos e conselheiros dos reis me parece tão distante quanto o tempo dos judeus na corte egípcia.

Sabe o que eu fazia todo Pessach?[6]

Depois da ceia, depois que Jacob já havia seguido a tradição e contado para nosso filho a história da fuga dos judeus das garras do faraó egípcio,

6 Páscoa judaica

eu fazia questão de colocar Salomão na cama com uma outra história; eu recapitulava para ele nossa própria história de perseguição e fuga.

Contava-lhe como nossos ancestrais haviam fugido da cidade de Leon na Espanha quando, em 1492, a rainha Isabel de Castela expulsou judeus e mouros.

Eu comparava a busca pela Terra Santa, os quarenta anos no deserto, com a saída da maioria das famílias judias que preferiram deixar suas coisas para trás e seguir rumo a Portugal.

Contava ainda como o rei D. João II de Portugal exigiu um pagamento para que entrássemos em seu país, e que nós havíamos nos juntado aos judeus que ali viviam.

— E esse rei era malvado, mãe? — ele perguntava sempre com a simplicidade infantil onde o bem e o mal são tão claramente definidos.

Ai, Bárbara, quantas saudades!

Sinto meu peito apertado pelo medo de nunca mais rever meu filho amado, por isso preciso recordar esses dias tão inocentes e felizes.

Como explicar para uma criança as razões de Estado para que o sucessor deste rei, Dom Manuel, o Venturoso, quisesse se casar com a filha da rainha da Espanha?

Como contar a ele que aquela mesma rainha da Espanha que havia nos expulsado impôs como condição que não houvesse judeus nas terras sobre as quais sua filha reinaria um dia?

Como dizer-lhe que embora Dom Manuel tivesse ordenado a partida ou conversão imediata dos judeus, não pretendia que os judeus partissem para não perder qualificada mão de obra e preciosa fonte de recursos financeiros? Como o país viveria sem os escandalosos impostos cobrados dos judeus?

Ah, minha amiga, eu tentava explicar tudo isso a Salomão, mas todo ano o que ele mais queria saber era:

— E como ficamos todos a ver navios, mamãe?

— Bem — eu lhe dizia — Dom Manuel ordenou que todos os judeus se convertessem ou partissem. Prometeu aos que quisessem partir que colocaria navios à sua disposição. Mas no dia combinado, nenhum navio os aguardava no cais, e foram surpreendidos por padres que despejaram água benta em todos, batizando-os e os convertendo à força.

— Aí ficou todo mundo a "ver navios", mamãe?

— Sim, filhinho, foi assim.

Sabe, querida amiga, eu nunca tive coragem de lhe contar dos massacres ou de como as crianças menores de 14 anos haviam sido retiradas de seus pais e entregues a famílias cristãs.

Mas lhe disse, sim, que quando a Inquisição se instalou em Portugal em 1536, nossa família já havia fugido para a cidade de Bayonne na França onde finalmente encontramos paz e onde eu nasci.

Escrevendo esta carta para você, eu me dei conta de que, ao contar essa história ao meu filho na expectativa de que ele a contasse a seus filhos e netos, eu a encerrava com nossa chegada a Amsterdã, o final feliz de uma história de horror.

Agora o horror me toma, rouba meu sono, acelera meu coração, despedaça minha alma.

Meu filho, meu amado filho, onde estará? O que estará passando?

Desculpe as manchas no papel, minha amiga, mas não consigo conter as lágrimas.

Acho que enlouqueceria se não estivesse escrevendo para você. As cartas se acumulam esperando um portador de extrema confiança. Não tenho nada mais a escrever além do que seriam entrelinhas e dispenso o suco de limão.

Eu preciso desabafar ou sinto que vou morrer, partida pela dor.

Talvez eu esteja escrevendo para mim mesma, talvez não exista esse portador de extrema confiança, talvez meu filho tenha justamente confiado em alguém que tenha traído sua confiança.

Não consigo, não posso prosseguir. As lágrimas me tomam.

Receba um abraço de sua amiga,

Catarina

Outra noite havia se passado sem que Catarina conseguisse dormir mais do que uma ou duas horas.

Durante toda a madrugada, ouvira o guarda-noturno apitar e gritar o passar das horas, acompanhara as badaladas do relógio reverberando a partir do portão principal da cidade e quando, por fim, pegou no sono, acordou sobressaltada por um sonho que se repetia: o fruto do anis estrelado flutuava no ar e Catarina tentava agarrá-lo sem sucesso.

O que queria dizer aquele anis estrelado flutuando no ar? Por que ele fugia ao seu alcance?

Revirou-se na cama com a cabeça doendo pela falta de sono, tentando entender aquele sonho.

Em seus estudos do *Talmud*[7], aprendera que "um sonho não decifrado é uma carta não aberta". Sentia que algo queria se revelar para ela. O que?

Ainda zonza, com a cabeça pesando e os olhos inchados e ardendo pelo choro, levantou-se, se lavou e orou.

Prendia seus cabelos quando ouviu o leiteiro gritando: — Belo leite! Leite morno! Doce leite! Logo em seguida, o padeiro passou tocando sua trompa e anunciando: — Pão branco quentinho! Pão de centeio! Biscoitos! Tudo quentinho! Pão fresco!

7 Livro sagrado, um registro das discussões rabínicas que pertencem à lei, à ética, aos costumes e à história do judaísmo

A porta bateu depois que Hannah entrou, inundando a casa com o aroma de pão quente. Catarina desceu para a cozinha e preparou um chocolate quente pensando no que fazer.

Antes de tomá-lo, rezou por Salomão, rezou por Jacob, rezou por seus pais, rezou por seus avós, rezou por seus ancestrais.

Todos os seus ancestrais, em algum momento, haviam tomado decisões que mudariam radicalmente suas vidas e a de seus descendentes. Pediu a orientação deles, pediu para ser guiada em suas decisões.

O que ela podia fazer agora?

Foi até a sala e olhou mais uma vez para o quadro que Rembrandt havia feito de Salomão. Esse excepcional pintor havia conseguido captar o olhar curioso de seu filho. Embora não houvesse ali seu sorriso, sua alegria, essa imagem vívida e forte lhe dava forças.

Não, Salomão não podia estar morto. Por que seu corpo não havia sido encontrado?

E se seu filho amado tivesse sido vítima dos ladrões ou estivesse sem dinheiro em algum lugar distante?

E se ele entrasse agora mesmo pela porta?

Sorveu o chocolate quente devagar, com muita esperança.

Seu coração deu um salto com as pancadas na porta que soaram como que trazidas pelo seu pensamento.

‖

Preparou-se, limpou as lágrimas no avental e correu para abrir a porta, mas quem entrou mais uma vez foi Torres que não deixara de visitá-las nem um único dia naquela semana.

Sem esperar que ele dissesse algo, Catarina não conseguiu se conter:

— Torres, eu não acredito que meu filho esteja morto! — as palavras saíram fortes, mais fortes do que ela imaginava, mais fortes do que alguém jamais havia ouvido sair de seus lábios — Eu quero ver seu corpo se ele estiver morto!

Ela o enfrentava, olho no olho, em pé, de dedo em riste, mas Torres, com sua paciência e bom gênio de sempre, não se deixou provocar:

— Dona Catarina, eu entendo que a senhora não possa aceitar, mas, por favor, acredite que eu fiz tudo o que estava ao meu alcance para encontrá-lo. Seu filho é como um filho para mim. Falei com todos, a comunidade inteira se mobilizou. Ninguém sabe como ele foi morto ou onde está o seu corpo.

Mal havia pronunciado essas palavras quando se deu conta de seu erro.

Catarina retrocedeu e sacudiu a cabeça com força, os olhos esbugalhados e fixos e a boca retorcida:

— Não! Meu filho não está morto, meu filho não pode estar morto, você entende?

Torres não se deixou abalar pelo ar enlouquecido daquela mãe em extremo sofrimento. Segurou-a firmemente pelos ombros e viu que ela tremia.

O toque forte e masculino de Torres depois de anos de viuvez só aumentou sua tristeza. Como ela queria que Jacob estivesse ao seu lado! Jacob saberia o que fazer, saberia onde procurar, juntos encontrariam Salomão.

De repente, toda a sua força se foi e ela começou a chorar:

— Você tem que me ajudar a encontrar meu filho!

Soluçava enquanto repetia "Meu filho, meu filhinho" e Torres a acolheu em seus braços por um longo tempo. Ela chorava como uma menininha com a cabeça enterrada em seu peito e só se acalmou quando ele passou a mão em sua cabeça com suavidade e carinho.

Quando parou de chorar, viu Débora no alto das escadas e as olheiras em seu rosto diziam que ela também não havia dormido.

— O que vamos fazer? — Débora perguntou, descendo a escada devagar.

— Eu vou a Bayonne em busca de Salomão — Catarina respondeu ainda com as lágrimas escorrendo — alguém tem que ter notícias dele!

Torres olhou para ela incrédulo:

— Dona Catarina, a senhora é uma mulher, a viagem é perigosa, a senhora pode ser assaltada também.

Ela não respondia, apenas o olhava com a expressão firme e serena. Chorar havia lhe feito muito bem, afastado os medos e lhe dado a determinação de que necessitava. Torres, se afastou dela, incrédulo:

— O que dirá o *Mahamad*[8]? A senhora acha que eles vão autorizar que uma mulher judia viaje sozinha para Bayonne?

Catarina sequer respondeu. Estava segura que o conselho da congregação aprovaria sua viagem assim como havia aprovado que ela conduzisse os negócios quando seu marido Jacob faleceu.

Torres baixou os olhos, suspirou e tentou um último argumento:

— A senhora é judia, foi criada em relativa liberdade em Bayonne, vive livremente em Amsterdã, não saberia como se comportar em terras católicas. Pode colocar em risco todo o nosso negócio!

— Por que?

— Alguém pode desconfiar da senhora e nos denunciar. Nós seríamos proibidos de prosseguir fazendo negócios, e eu estaria me arriscando a ser preso quando voltasse a terras de Espanha.

Torres sabia que aquele era um argumento forte, mas ela não se deixou convencer.

— Eu vou em busca do meu filho. É a coisa certa a fazer.

||

Catarina estava enganada.

A forte chuva e o vento que os empurrava para trás no caminho já prenunciavam a resistência que ela enfrentaria por parte do *Mahamad*.

8 Órgão máximo da congregação judaica composto por notáveis da comunidade.

Torres tentava em vão convencê-la a voltar, a esperarem até que a chuva passasse enquanto a protegia com seu chapéu alto.

Catarina chegou à sala do conselho sem a capa encharcada que deixara com Torres, seus sapatos e meias guinchando quando caminhava, molhada, enregelada, mas na hora combinada.

Os administradores do *Mahamad*, os *parnassim*, representavam as sete famílias mais ricas da comunidade, todos sefarditas, orgulhosos de suas raízes ibéricas.

Eles haviam sido os responsáveis por manter a comunidade judaico-portuguesa unida, haviam ditado normas, fundado sinagogas, fundado o cemitério, criado meios de apoio a viúvas, órfãos e jovens sem dote e se fizeram respeitados pelas autoridades de Amsterdã. Conflitos na comunidade eram resolvidos internamente, e as decisões do *Mahamad* tinham poder de lei.

A maior ameaça era a excomunhão, o *cherem*. Recebê-lo significava ser exilado e não poder fazer negócios não apenas em Amsterdã, mas na rede maior da qual todos os comerciantes faziam parte.

Gente da Nação Portuguesa era como os holandeses os chamavam, e isso os distinguia, os unia e os fazia fortes.

Catarina precisava ser forte agora, mais forte que os homens mais poderosos de sua comunidade.

Quando entrou na sala, sentiu os olhos de todos sobre ela. Com suas roupas pesadas, severas e seus modos formais, ela sabia que imprimir medo e respeito era justamente o que os *parnassim* pretendiam.

Os móveis de madeira escura contrastavam com as pinturas que tentavam, sem sucesso, dar um ar mais alegre ao lugar.

Prosseguiu de pé apesar da cadeira que lhe ofereceram.

Miguel Spinoza[9] a fitou diretamente nos olhos e fez o que em outra pessoa pareceria uma careta, mas que nele era uma tentativa de sorriso enquanto falava:

— Senhora Catarina de Leon, insistimos para que se sente ou teremos todos que nos levantar. A senhora não está aqui sendo julgada, mas foi chamada para uma conversa.

Sentou-se, vendo uma poça d´água se formar ao redor de seu vestido.

— A senhora sabe que temos muita consideração pela senhora e por seu falecido marido.

Assentiu com a cabeça.

9 Nome do pai do filósofo Baruch Spinoza

— Tomamos seu pedido de autorização para que vá a Bayonne como uma forma de respeito e consideração ao *Mahamad.*

Tiritando de frio e de nervosismo, mais uma vez ela assentiu com a cabeça concordando. Catarina conhecia de sobra o poder do *Mahamad* e o que poderia acontecer com os que o desafiassem.

— No entanto, nós acreditamos que seja nosso dever adverti-la que a tarefa de investigar o que ocorreu com seu filho deve ficar a cargo da comunidade. Já acionamos as pessoas em Bayonne, Madri e Lisboa e a busca está sendo feita. Não há a menor necessidade da senhora se arriscar indo para as terras de idolatria. Portanto, nós lhe pedimos que aguarde o resultado de nossas investigações.

Catarina suplicou ao Senhor que lhe desse forças, ergueu seus ombros se colocando mais ereta e tentou falar com calma:

— Eu muito agradeço o empenho dos senhores nesta investigação e certamente confio na atuação do *Mahamad.*

Eles relaxaram suas expressões tensas e as grossas sobrancelhas de Spinoza, até então arqueadas, relaxaram por um breve momento. Ela prosseguiu:

— No entanto, devo lembrar-lhes que quando meu marido desapareceu, ninguém conseguiu descobrir seu paradeiro...

Estaria sendo dura demais? Acrescentou rapidamente:

— ...apesar dos esforços incansáveis da comunidade pelos quais sou muito grata.

— Dona Catarina, o que a leva a crer que terá maior sucesso? — A voz de Spinoza beirava a ironia, e o lado direito da sua boca terminou a frase se contraindo no que pareceu a Catarina como um grande ponto de interrogação.

— Senhores, eu conto com a proteção divina para amparar e orientar uma mãe em busca de seu filho.

Notou que alguns membros se remexeram nas cadeiras.

— Dona Catarina, o *Talmud* diz claramente que a vida humana é o valor supremo dado por Deus aos homens. Sua vida e toda a nossa rede de negócios não deve ser posta em perigo apenas para descobrir como seu filho foi morto.

Spinoza disse isso e estacou. Sabia que havia tocado em um ponto delicado.

Catarina tremeu, não mais de frio, e seus olhos se encheram de lágrimas. Com muito custo, conseguiu falar mansa, mas firmemente:

— Quem garante aos senhores que meu filho esteja realmente morto? Ele pode estar doente em Bayonne, sem condições de se comunicar, pode estar precisando de ajuda.

— A senhora está ciente que a Inquisição tem uma rede de espiões em Bayonne?

— Sim, sei, mas eu nasci em Bayonne, conheço a cidade, tenho conhecidos e amigos.

— Isso não a coloca fora de perigo — erguendo novamente suas grossas sobrancelhas, Spinoza soltou um longo e impaciente suspiro.

— Vocês me falam de perigos. Sim, eu tenho medo. Tenho muito medo; não sei o que pode me acontecer nesta viagem. Ninguém sabe.

Quando percebeu que ia ser interrompida por Spinoza, elevou a voz um pouco mais e prosseguiu:

— Eu parecerei inofensiva justamente porque ninguém espera que uma mulher faça esta busca. Ademais, procurarei ser extremamente discreta.

— A senhora sabe que se a senhora for denunciada, será presa caso tente entrar em território espanhol ou português?

— Eu não pretendo ir para Madri ou Lisboa.

— Caso tente, a senhora sabe o que acontece com quem é preso pela Inquisição?

— Sim — respondeu. É torturado para que confesse.

— E o que é esperado que confesse?

— Que, mesmo sendo cristão batizado, ele judaíza, que respeita o *Shabat*, que reza as orações judias, que jejua no *Yom Kipur*, que não come certos alimentos.

— E o que acontece a uma pessoa que confesse que judaíza?

— É condenada como herege, perde todos os seus bens para a Igreja e a Coroa.

— E se não confessar?

— É queimada em praça pública nos Autos de Fé.

— Sabe o que mais lhe é arrancado pelo poder da tortura?

— Nomes, os nomes de outros judaizantes...

Neste momento, o rabino Pardo tomou a palavra:

— A senhora fala com tranquilidade, mas conhece os métodos de tortura?

Ficou em silêncio, enquanto ele prosseguia:

— Conhece o pêndulo onde a vítima é pendurada com um peso aos pés e esquartejada?

— Sim, meu pai o descreveu para mim.

Eles se entreolharam. Que pai descreveria para a filha um instrumento de tortura? Desconheciam que o pai de Catarina estimulara sempre sua curiosidade e nunca havia se negado a responder a suas perguntas.

— Conhece o garrote que estrangula a vítima lentamente com um instrumento de ferro ao redor de seu pescoço?

— Infelizmente também conheço — respondeu com a respiração presa e as mãos apertadas.

— Conhece o tormento do fogo?

— Não — teve que admitir.

— A vítima é amarrada deitada e fogo é ateado a seus pés para que confesse — ele prosseguiu — Já ouviu falar das formas cruéis de convencer mulheres a confessar? Formas que violam a integridade e a intimidade feminina?

Ela fazia o possível para se manter ouvindo aquilo enquanto todo o seu ser queria que eles parassem de falar.

— A senhora sabe também como é a cadeira em que as vítimas respondem às perguntas? Sabe que elas são sentadas sem suas roupas em cadeiras com espinhos e, por vezes, feitas de ferro em brasa?

Catarina já não se movia mais, já não ouvia mais, sentia-se desfalecer.

— A senhora sabe que dedos e outras partes do corpo são esmagados na ânsia dos inquisidores para que se confesse o que eles desejam ouvir?

— Pare, Abraão! — Interrompeu Isaac Fontes de Lima quando percebeu que ela estava prestes a desmaiar.

Catarina retomou suas forças:

— Sim, por favor, parem com isso. Os senhores estão se esquecendo que sou mãe! Não sofro ao me imaginar sendo vítima desses horrores. Sofro por meu filho! Ele pode estar nas mãos dos inquisidores nesse momento!

Surpreendidos, eles erguiam suas sobrancelhas e pigarreavam, mas Catarina prosseguiu com a voz mais forte ainda, contendo-se para não gritar:

— Por favor, parem os senhores de me torturar!

Inspirou fundo, tentando se acalmar, mas já sentindo as lágrimas aflorando:

— Salomão está desaparecido, e eu vou à terra onde ele foi visto pela última vez e preciso da bênção dos senhores para me fortalecer. Por favor, a concedam!

Sabia que se chorasse sem controle, iria demonstrar que não estava preparada para a empreitada, mas as lágrimas mornas, límpidas, serenas, escorrendo pelo rosto tiveram o efeito de comovê-los.

Conversaram entre si em voz baixa e quando se voltaram para Catarina, ela já sabia o que iriam dizer. Isaac Lima, primo de seu marido, foi quem comunicou a decisão do *Mahamad*:

— Muito bem, só nos resta aceitar sua decisão, mesmo que ela contrarie nossas precauções. Oraremos pelo sucesso de sua jornada e pelo seu regresso.

Sorriu aliviada, agradeceu e saiu sem saber se eles realmente aprovavam a viagem ou se haviam percebido que de nada adiantaria tentar demovê-la de seu propósito.

‖

Na saída o tempo havia mudado totalmente, algo típico de Amsterdã.

Catarina teve que cerrar os olhos diante da luz do sol, tão forte que quase a cegava, iluminando as poças d'água e refulgindo nas janelas envidraçadas.

O ar, antes carregado, agora era fresco, delicioso.

Na porta, Torres que a aguardava impaciente, reagiu exatamente como ela esperava quando lhe contou da aprovação do *Mahamad*:

— Dona Catarina, eu não vou permitir que a senhora vá sozinha. Eu vou acompanhá-la!

Na verdade, Catarina contava com ele, mas não se atrevia a pedir-lhe que a acompanhasse.

— Torres, você tem certeza que quer me acompanhar?

— Sim, Dona Catarina, pela memória de seu marido e pelos sentimentos que eu tenho por seu filho, eu quero ir.

— Fico muito contente e agradecida, Emanuel.

Deu-se conta que havia ficado tão emocionada e grata que o chamara pelo primeiro nome. Ele não demorou um segundo a responder:

— É uma honra, Catarina.

Eles nunca haviam se tratado assim, sem a formalidade a manter a distância e o respeito.

Seguiram em silêncio pelas ruas como se temessem quebrar o encanto desse tratamento mais íntimo.

Catarina sabia o quanto Torres e seu conhecimento das terras da idolatria seriam fundamentais para o sucesso da viagem.

Cinco anos antes, Torres havia chegado diretamente de Bilbao em busca das oportunidades de comércio e da liberdade religiosa de Amsterdã.

Enquanto a família de Catarina conseguira migrar para a França e se unir à comunidade judaica logo no início das perseguições, a família de Torres, assim como a de Débora havia ficado por várias gerações em Portugal e, portanto, afastada da religião. Torres vivera sua vida inteira nas terras de idolatria e saberia como se portar e em quem confiar.

Catarina notara que ele não acompanhava os cantos ou as orações na sinagoga nem era chamado para ler a *Torá*[10]. Se ele tivesse feito o *Bar Mitzvá*[11], com certeza saberia ler hebraico e teria a honra de ler o livro sagrado.

Seria circuncidado? Teria se convertido formalmente?

— Catarina, precisamos finalizar alguns negócios antes de viajarmos. Da minha parte preciso de uma semana e a senhora?

Vinha tão absorta que se assustou com a voz de Torres. Haviam chegado à casa dela:

— Estarei pronta quando você estiver, Emanuel.

À doçura da voz de Catarina, ele respondeu inclinando-se com uma mesura e partiu.

10 Torá — texto central do judaísmo constituído por cinco livros (Gênese, Êxodo, Levítico, Números e Deuteronômio)

11 Bar Mitzvá — Rito de passagem do jovem adolescente judeu

Catarina deixou-se ficar na porta da casa por alguns momentos observando-o enquanto ele se afastava. Pela primeira vez, notou seu porte garboso, seus ombros largos, sua figura harmoniosa. Pela primeira vez, via o homem e não o sócio e gostou do que viu.

||

Procurou por Débora na cozinha onde ela vinha se refugiando com frequência ultimamente.

Lá estava ela, com os cabelos soltos, o olhar perdido, as mãos crispadas em oração. Um raio de luz vindo da janela iluminava seu rosto redondo e seus cabelos cobertos por um véu. Catarina estremeceu diante do que lhe parecia a imagem de uma santa cristã, uma Madona grávida.

Ao ver a sogra, Débora se recompôs e disfarçou mexendo uma panela.

— Débora, precisamos conversar. Venha para a sala de visitas, por favor.

A sala de visitas, raramente usada, estava impecável como de costume.

Catarina sentou-se em uma das cadeiras de couro e aguardou.

Quando Débora chegou, havia prendido o cabelo dentro da touca e tirado o avental.

Catarina pediu-lhe que se sentasse em frente à ela e naquele momento Débora lhe pareceu ainda menor, ainda mais jovem, contrastando com a cadeira de espaldar tão alto. Nem mesmo as grossas almofadas de veludo conseguiam disfarçar sua doce fragilidade.

— Débora, eu obtive a aprovação do *Mahamad* para ir a Bayonne.

Ela ficou muda e serena, confiante como se suas orações houvessem sido atendidas.

— Você não ficará sozinha — prosseguiu Catarina — Pedirei à Tia Sara que venha de Maarssen e fique aqui durante minha ausência para ajudá-la.

Seu rosto se iluminou, e Catarina viu que havia tomado a decisão mais acertada. A bondosa Tia Sara seria capaz de dar a Débora o que Catarina não vinha sendo capaz de lhe oferecer: consolo, palavras sábias, enfim boa companhia.

— Graças a Deus! Eu estava orando pela senhora.

— Eu vi. Você orava com as mãos postas como uma cristã.

Tentou moderar a censura com um sorriso.

— Desculpe-me — disse Débora — foi a forma que eu aprendi a rezar quando era menina, e às vezes não consigo evitar.

Catarina podia se lembrar muito bem como era viver entre os dois mundos: frequentar a igreja e receber os sacramentos cristãos e, ao chegar em casa, ouvir os ensinamentos de sua avó sobre a "Lei Verdadeira, a Lei de Moisés".

— Débora, eu agradeço suas orações — foi a forma que encontrou para desfazer o mal estar.

Não revelou que também rezara o pai-nosso muitas vezes quando menina na igreja e nem confessou que aquelas lindas palavras ainda lhe serviam de consolo.

— Entendo, na minha infância em Bayonne eu também frequentei a igreja e recebi orientação do padre.

— Mas seu avô não era rabino?

— O avô da minha avó foi um conhecido rabino em Portugal. Em Bayonne não havia sinagoga nem rabinos.

— Então vocês eram cristãos?

— Para os negócios e a segurança de minha família era importante que, ao menos na aparência, fôssemos católicos. Mas nós praticávamos o judaísmo às escondidas, em casa.

— A Inquisição prendia e punia pessoas por praticarem o judaísmo em Bayonne também?

— Havia este risco, mas era bem menor do que em Portugal e na Espanha. As autoridades francesas sabiam que nós judaizávamos, mas fechavam os olhos para isso.

— Então a senhora sabia que era judia.

— Sim, eu sempre soube. Mas entendo o cuidado de seus pais em não lhe contar isso enquanto você era criança. Como você reagiu quando soube que era judia?

Débora soltou um longo suspiro:

— Eu só fiquei sabendo quando meus pais vieram discutir meu casamento com Salomão. Eu estava tão feliz naquele dia! Não sabia se meus pais aprovariam o casamento; eu sabia que eles esperavam que eu me casasse com quem eles escolhessem. Mas eu estava feliz e apaixonada e enfrentaria qualquer resistência para me casar com Salomão.

Ao dizer isso uma lágrima escorreu lentamente pelo seu rosto e ambas fingiram que ela não existia. Débora manteve suas mãos agarradas na borda da cadeira e o olhar baixo e triste.

Voltou a falar depois de alguns minutos,

— Mas eles disseram que estavam muito felizes por ele também ser judeu e ressaltaram muito a palavra *também*.

Catarina aguardou, e instantes depois ela prosseguiu:

— Só então descobri que seu filho era judeu.

— E como você reagiu?

— Eu? Fiquei em choque, atônita, sem palavras, não só por descobrir que Salomão era judeu mas porque eles usaram a palavra *também*. Perguntei quem mais era judeu.

— E o que eles responderam?

— Eles me disseram que eu também era judia e me contaram a história de nossa família.

— E você ficou contente?

— Chorei a noite inteira porque não podia acreditar.

— Por que? — estranhou Catarina se inclinando na cadeira. — Você não gostou?

— Eu... eu não sabia o que sentir. Eu fiquei sabendo que pertencia a outro mundo, eu era o outro, o judeu de quem todos falavam. Eu era a assassina de Jesus, eu era a que matava crianças para beber seu sangue, eu era a que violava hóstias. Eu...

Hesitou, mas prosseguiu:

— Eu tive medo.

— Mas você sabia que sua família não fazia nada disso! — Catarina levantou-se horrorizada e sentou-se ao lado de Débora.

— Sim, eu sabia. E eu amava minha família. Mas para mim as origens judaicas de minha família haviam ficado no passado quando meus ancestrais haviam se convertido. Se minha família ainda era judia, se ainda praticavam os ritos judaicos, então os judeus não eram más pessoas. E eu? O que era? Não havia sido batizada, crismada e tomado a eucaristia? Não seria mais católica?

Delicadamente, Catarina segurou suas pequeninas mãos e viu que elas ainda tremiam com o choque de anos atrás:

— Eu acho que entendo como você se sentiu.

— Acontece, Dona Catarina, que eu também sempre soube que não pertencia ao mundo de minhas amigas. Sempre senti que elas me olhavam diferente porque eu era cristã-nova. Ouvia as pessoas xingando pelas minhas costas: marrana! Por mais que eu me ajoelhasse na igreja durante horas, por mais que eu rezasse muitos pai-nossos, por mais que eu frequentasse a missa e comungasse todos os domingos, eu sabia que não pertencia a aquele mundo.

Catarina podia imaginar a solidão e a rejeição que ela havia experimentado desde a mais tenra idade.

— Então você deveria ter ficado contente com a revelação! — tentava entender.

— Mas não fiquei, dona Catarina. Descobri que eu não era quem eu sempre pensei que fosse. E que não sabia mais quem eu era.

— E agora?

— Aqui em Amsterdã, eu sinto que pertenço a um lugar, a um grupo e isso é muito bom.

— Mas você não se sente inteiramente judia, certo?

— A senhora quer saber se eu ainda me sinto um pouco cristã?

— Sim, exatamente isso.

Ela hesitou por vários minutos. Temia desapontar sua sogra, dando a resposta errada, mas em seus olhos Catarina viu aquilo que mais admirava em Débora: a honestidade e o caráter que a impediam de mentir.

— Bem, eu gosto dos ensinamentos de Jesus e também gosto de ser judia.

Um arrepio cruzou a espinha de Catarina. Teve que se conter para não ferir os sentimentos de Débora com uma resposta mais abrupta e explicou:

— Débora, Jesus foi, sem dúvida um mestre, mas não era o Messias. Esse é nosso grande ponto de divergência com os católicos. Jesus também não é um Deus ou o filho de Deus. Não mais do que qualquer um de nós que viva em retidão e que busque o bem. Ele foi um homem, um profeta, um sábio. Um judeu.

Aquela era a primeira vez que conversavam sobre religião e, de alguma forma, aquela conversa as aproximou, apesar de falarem de perspectivas distintas.

De repente, Débora disparou:

— Eu sinto falta de me ajoelhar na igreja, Dona Catarina!

— Alguns de nós se ajoelham, mas isso não é visto com bons olhos. Seria melhor que você desaprendesse isso. Como nós rezamos?

— Se inclinando para frente e para trás, balançando o corpo — as palavras saíam em meio a um sorriso contido.

Catarina preferiu ignorar o sorriso:

— Pois bem, minha avó me contou que logo depois da conversão, quando eles tiveram que se tornar cristãos, muitos foram denunciados por se inclinar para frente e para trás enquanto rezavam. Eles tiveram que desaprender isso.

Sorrindo, acariciando as mãos de Débora, Catarina tentou alegrá-la:

— Agora sim, você pode escolher viver e orar da maneira apropriada, da maneira correta, rezando sem se ajoelhar ou unir as mãos. Experimente balançar-se durante a oração. Aumenta a concentração.

— Mas, Dona Catarina, quando me ajoelho é como se eu estivesse me entregando e como se a oração fosse mais forte, entende?

Sim, ela entendia, sua alma de menina criada no cristianismo a entendia, mas Catarina jamais iria admitir isso. Ela queria um neto judeu e precisava que sua nora o educasse no judaísmo.

— Débora, eu estou cansada e com fome — Catarina ergueu-se e Débora fez o mesmo — Vamos ver o que a Hannah preparou para o almoço? Quero começar a tomar as providências para a viagem ainda hoje à tarde.

Colocou as mãos sobre os ombros de Débora e foram para a cozinha, mas Hannah havia saído para o mercado.

Catarina tomou o pequeno rosto de Débora em suas mãos:

— Você vai acabar se acostumando a rezar em pé — inclinou sua cabeça e sussurrou como se não estivessem sozinhas. — Se você quiser se ajoelhar ao orar pelo sucesso de minha viagem, faça isso, porém seja discreta, sim? Ajoelhe-se apenas em seu quarto.

Débora sorriu e ia se afastando quando Catarina completou tentando imprimir um tom mais grave à sua voz:

— E tome cuidado com essas mãos na sinagoga!

||

Tia Sara chegou de Utrecht às vésperas da partida e encheu a casa com sua presença.

— Catarina, você está muito magra e encovada. Precisa se alimentar melhor e dormir ou não terá forças para encontrar seu filho!

— Débora, você quer que o filhinho de Salomão seja mirradinho? Vamos lá, coma um pouco mais! Depois quero ver as roupinhas que você já fez para ele.

Era como se um raio de sol tivesse se espichado e conseguido penetrar por dentre as nuvens mais escuras tornando tudo mais iluminado.

Diferente da mãe de Catarina que era muito clara, tia Sara tinha os cabelos morenos, os olhos cor de amêndoa e uma covinha no queixo que era sua marca registrada. Ela era mais baixa que seus irmãos e tinha um corpo que era quase todo ele um colo acolhedor.

Naquela noite, Tia Sara dormiria com Débora, mas depois se instalaria no quarto de Catarina, o mais confortável da casa.

Enquanto Catarina se ocupava com suas malas, Hannah e Débora colocaram a mesa.

Quando Catarina desceu, aprovou a escolha da toalha de linho finamente bordada e os pratos de estanho, mas pediu a Hannah que substituísse os copos e talheres de estanho pelos copos de cristal e talheres de prata, uma raríssima exceção que ela reservava para momentos muito especiais já que dispunha de apenas algumas poucas peças deste material.

Tia Sara tinha esse dom: tirava de tudo e de todos o que de melhor cada um tinha para oferecer.

Tomaram um caldo de carne, comeram uma salada e saborearam a torta de carne que Tia Sara fizera questão de preparar. Dividiram uma garrafa de vinho tinto e foi possível relaxar um pouco.

— Eu nem podia beber quando Samuel era vivo — disse Tia Sara com as bochechas coradas — Aquele *hombre* controlava cada passo da minha vida com seu gênio forte de espanhol. Eu não podia sair de casa, fazer compras, visitar amigas! Imaginem se ele soubesse que eu viajei sozinha para Amsterdã!!!

Ela ria e Catarina e Débora se deixavam contagiar por aquela alegria quase juvenil rindo também, uma bênção naqueles dias sombrios.

Agora viúva, Tia Sara havia voltado a ser a criatura alegre e interessante que Catarina conhecera em Bayonne antes que ela se casasse.

Mais do que uma tia, ela era sua amiga, sua irmã mais velha, sua confidente e compensava a falta que ela sentia de sua mãe que falecera quando Catarina tinha nove anos.

Ela a havia iniciado no amor à literatura ao lhe emprestar seus amados livros.

Sua avó a havia educado nos livros de estudo judaico, no entanto foi através de Tia Sara que Catarina leu, por exemplo, a fascinante novela de Miguel de Cervantes dividida em duas partes: *El ingenioso hidalgo don Quijote de la Mancha* e *El ingenioso caballero don Quijote de la Mancha.*

Agora ela via Tia Sara fazendo o mesmo com Débora. Havia emprestado esses livros para ela como uma forma de distrair sua mente das preocupações.

— Débora, você está gostando de Dom Quixote?

— Muito, tia! Que personagem! Confunde moinhos de vento com gigantes! E os comentários do Sancho Pança?

— Pois é, atente bem para a importância que Dom Quixote dá para a fidalguia e para a importância de uma origem nobre.

— Já percebi.

— Já chegou à parte em que o padre e o barbeiro queimam os livros dele dizendo que eles o estavam deixando louco?

— Já sim.

— Pois você sabia que Miguel de Cervantes era cristão-novo?

— É mesmo, tia?

— Sim, quando Cervantes quis trabalhar para um cardeal espanhol em Roma foi preciso que sua família "produzisse" um atestado de pureza de sangue para que ele conseguisse o emprego. O que você acha que ele quis demonstrar com essa cena de queima de livros?

Débora piscou incrédula:

— Ele estava se referindo à queima do livro dos... dos judeus?

— Pode ser, por que não? Ele pode estar falando da Inquisição. Você conhece o ditado "O que é mais verdadeiro que a verdade?"

— Uma boa história! — Débora e Catarina responderam juntas entre risadas.

Sim, tia Sara era mestra em extrair mais do que diversão de uma leitura, mas fazia isso de forma divertida.

Com ela, Catarina aprendera a ler o que não estava explicitamente escrito, a conhecer o autor, a questionar o que estava lendo, a amar os livros.

— Ah, Tia Sara, a senhora vai amar Amsterdã! Aqui é o paraíso para quem gosta de ler! — disse Catarina enquanto se servia de um pouco mais da torta.

— Por que?

— Ah, publica-se muito por aqui. E em várias línguas, inclusive o francês! Publica-se aqui e depois se distribui na França, por exemplo.

— E o preço?

— Acessíveis, querida tia! Acessíveis! E tenho um amigo que me empresta seus livros porque eu o ajudo na revisão e tradução dos livros que ele publica.

— E quem é esse "amigo"? — inclinou-se na direção de Catarina com o olhar maroto.

Catarina cuspiu o vinho de tanto rir.

É só um amigo mesmo, tia! É o Rabino Menasseh Ben Israel! Já ouviu falar?

Tia Sara gargalhou.

— É claro que eu já ouvi falar! O grande editor e vendedor de livros!

— Isso, ele também me dá aulas de Cabala e eu o conheci durante a preparação de Salomão — sua voz desceu alguns graus — para o *Bar Mitzvá*...

Calou-se.

— Ele deve ser uma pessoa fascinante! — Tia Sara tentou animá-la, mas agora Catarina já havia mergulhado em suas lembranças e em sua dor.

Prosseguiram, comendo em silêncio.

Ao final do jantar, Débora se recolheu discretamente para deixá-las à vontade.

Tia Sara recostou-se na cadeira e assumiu um tom mais sério:

— Querida sobrinha, você sabe que eu aprovo sua viagem, mas me preocupo muito com você, com sua segurança.

— Eu também, titia, e é por isso mesmo que não levaremos criados.

— Como? Você vai viajar sem levar um único criado? — O cenho franzido de Tia Sara se aprofundou mais ainda — Isso não vai chamar a atenção? Não é apropriado para uma senhora viajar assim sem ninguém que a ajude!

— Pesando os riscos, avaliamos que seria mais apropriado que ninguém nos acompanhe. Torres conhece cada cidade, suas hospedarias, barqueiros, cocheiros, criados e, principalmente, tem amigos na casa de quem vamos nos hospedar.

— E essas pessoas se conhecem?

— Não, titia, ninguém poderá rastrear de onde viemos, para onde fomos e o que fizemos. Essas pessoas não se conhecem entre si. Nosso segredo será preservado.

— São pessoas de confiança?

— Confiança limitada, tia. Sinceramente não sei se podemos confiar totalmente em alguém. Confio em Torres e confio que ele vá cuidar para que nossa viagem seja a mais segura possível. Estou disposta até mesmo a entrar em terras da idolatria, disfarçada como esposa dele.

— Está louca, Catarina? Você não pode fazer isso! – Inclinada com as duas mãos sobre a mesa, a figura doce de Tia Sara se impunha como desafiadora resistência — Você não deve pisar em Portugal ou na Espanha!

O que em outras pessoas seria uma ameaça, uma confrontação, vindo de Tia Sara tinha um sentido completamente diferente e provocava em Catarina não raiva, mas ternura.

Catarina levantou-se e se aproximou dela. Inclinou-se e a abraçou por trás, comovida.

Tomando o rosto de sua tia entre as mãos falou com um tom calmo e amoroso:

— Tia, só estou contando isso à senhora. Farei o que for preciso para encontrar Salomão e a senhora sabe disso.

A voz de Tia Sara tremia:

— Catarina, você está me assustando.

— Por que, titia?

— Torres é português, certo? E você pretende aparentar ser uma esposa portuguesa?

— Sim — Catarina se sentou ao lado da tia. — Mas, qual é o problema?

— Você nunca poderia se passar como esposa portuguesa!

— Eu? Por que, tia?

— Vou lhe mostrar. Vá até o final da sala e volte.

Catarina ergueu-se, foi até o final da sala e voltou caminhando como sempre fazia, com seu ar altivo, sua postura ereta, em movimentos firmes com o olhar franco dirigido à sua tia.

— O que há de errado?

— Tudo! Você não se parece em nada com uma mulher portuguesa. Você é uma mulher de negócios, Catarina! Independente, forte, senhora de si! Amsterdã a acostumou mal.

— Mal? As mulheres aqui tem essa liberdade, todas temos essa postura!

— E as portuguesas?

— Hum, as que chegam de Portugal são tão diferentes!

De repente, Catarina deu um sorriso divertido.

— É isso mesmo! Lembro-me de quando a Débora chegou. Eu a achava tão estranha!

— Como ela se portava? Você se lembra?

Cerrando os olhos, Catarina fez força para se lembrar. Sorriu.

— Já sei!

Tia Sara comandou:

— Venha de novo na minha direção.

Catarina se encolheu, baixou o olhar, caminhou mais devagar, parou a uma distância maior da tia e, juntando as mãos, perguntou humildemente sem olhar nos olhos da tia e com a voz hesitante:

— Assim está melhor, titia?

Tia Sara riu aliviada, ergueu-se e a abraçou:

— Não sabia que tinha uma sobrinha artista; você poderia atuar no teatro.

Catarina ria também:

— Nunca conte à minha nora que ela foi minha musa inspiradora, tia; ela pode me interpretar mal.

Depois das risadas e do abraço, Tia Sara retomou o ar sério e, com as mãos nos ombros de Catarina, a olhou firme nos olhos:

— Pratique, sobrinha, pratique, não se esqueça nunca do que você já demonstrou que sabe fazer tão bem. Use roupas discretas, siga sempre os passos de Torres, nunca eleve a voz demais. Você agora é uma personagem, encarne-a!

Suspirando, Catarina concordou. Esperava não ter que encarnar aquele papel.

Passaram o resto da noite conversando, e Catarina tratou de acalmar outros pontos de dúvida de sua preocupada tia. A maneira mais rápida de chegarem a Bayonne seria pelo Mar do Norte em algum navio de carga, mas o risco era alto demais por causa da guerra com a Espanha de quem a Holanda havia se tornado independente.

Navios holandeses abordavam e se apossavam dos ricos galeões espanhóis vindos das Américas carregados de ouro e prata e, por sua vez, qualquer navio de bandeira holandesa também corria o risco de ser tomado de assalto pelos corsários espanhóis.

Por falta de descendentes reais, o reino de Portugal fazia parte do reino da Espanha e assim, não apenas esses reinos eram inimigos da Holanda mas suas colônias nas Américas e no Oriente também eram território inimigo.

Para evitar os riscos no mar, Catarina e Torres teriam que seguir pelas províncias mais ao sul dos Países Baixos e cruzar a França por terra até o porto de Bayonne.

A quantidade de canais, deltas de dois grandes rios e lagos dos Países Baixos fazia com que o transporte fluvial fosse a melhor alternativa para a primeira parte da viagem.

O barco seguiria por rios e canais, içando velas quando fosse possível ou sendo puxado por cavalos quando o trecho fosse estreito. Apesar de mais demorada, a viagem de barco seria mais confortável. Torres havia sugerido que a primeira parada fosse em Utrecht, onde se hospedariam na casa dos filhos de Tia Sara já que seria véspera do *Shabat*.

— Eu aceitei no mesmo instante, tia. Estou com muitas saudades de Rachel e a viagem é linda! Cada vez que eu ia visitar vocês, a visão dos campos, canais e moinhos me acalmava. É uma paisagem muito tranquila, bucólica, tão diferente da agitação de Amsterdã!

— É terra roubada do Mar do Norte!— Tia Sara falava tão orgulhosa como uma flamenga — eu posso não ter nascido aqui, mas acho admirável ver um país que se construiu bombeando as águas e construindo diques. Além do mais, sua prima vai adorar receber você! Você está precisando desse carinho, de uma viagem tranquila que será um repouso para os olhos e um bálsamo para sua alma tão dolorida.

Nesse exato instante, o guarda apitou o aviso das 10 horas da noite.

Entreolharam-se, pesarosas por terminar a noite, mas era fundamental que Catarina repousasse, e ela ainda teria que fechar suas malas.

Não disseram nada, apenas se abraçaram longamente, um abraço grato, coberto de bênçãos mútuas e mudas.

Antes de voltar para o quarto, Catarina ainda releu a última carta para Bárbara sobre sua decisão e os preparativos para a viagem.

Fechou as cartas com cuidado e as deixou sobre a escrivaninha.

Um primo de Débora, de mudança para o Brasil, levaria essa e todas as outras cartas para o Recife, e de lá, alguém as encaminharia para Salvador.

Buscou o quadro que havia guardado na primeira gaveta.

Felizmente Rembrandt havia terminado a tempo a reprodução de seu quadro de Salomão em madeira em um tamanho menor para que ela o pudesse levar.

Imaginou que isso a ajudaria a encontrá-lo mais facilmente e lhe daria forças ao longo da jornada.

Embalou-o com todo cuidado, foi até seu quarto e colocou-o dentro da arca em meio aos vestidos, casacos, saias e corpetes que nem eram tantos assim porque os usaria repetidas vezes sem lavar. Havia isso sim várias combinações — sua roupa íntima — porque elas precisariam ser trocadas várias vezes ao longo da viagem.

סדר
תפלות ותחינות
ופזמונים
וקינות וקריאות והפטרות לכל
ימות השנה מרי חדש בחדשו
ומרי שבת בשבתו ובחגים
ובמועדים כמנהג ק״ק
ספרדים יז״א
באמשטירדאם
אש דת למו

Além da arca, tinha três bolsas a levar. A bolsa que levaria pendurada na cintura era de seda e tinha um fecho de prata, mas, apesar de seu aspecto luxuoso, não era a que levaria seus bens mais preciosos. Por cima da combinação e por baixo das saias, Catarina levaria duas bolsas.

Acomodou suas moedas em uma e em outra colocou seu livro de orações judaicas, o *Sidur*. Sabia do risco que estava correndo, mas não podia prescindir da proteção de suas orações.

||

Antes de dormir, pediu a Deus que lhe desse forças para os desafios que iria enfrentar e orou:

"Senhor, dormir quero,
se dormir, guarda-me,
se morrer, acompanha-me,
minha alma vá com Moisés e com Daniel
e com todos os justos da Corte Celestial".

CAPÍTULO DOIS

PAÍSES BAIXOS

Toda a felicidade ou infelicidade só depende da qualidade do objeto ao qual estamos ligados pelo amor.

– Baruch Spinoza

SAÍRAM CEDO. O barco era longo e sobre o deque havia um salão e uma cabine com capacidade para cerca de cinquenta passageiros e suas bagagens.

Torres a segurou pela mão para que ela subisse à bordo, mas Catarina escorregou no vestido e teria caído na água, não fosse ele tê-la puxado para si.

Sorriu constrangida e agradeceu, mas o rosto dele iluminado, seus olhos brilhando de alegria a fizeram ver que ele não achara nada desagradável aquele quase tombo.

Aceitou ser conduzida por Torres até o salão do barco.

Não podia negar que, após muitos anos de autossuficiência, sentir-se conduzida pelos braços de um homem era algo que, em alguma medida, a agradava.

Esperava apenas que ele, na sua simulação de um matrimônio, não desejasse imitar o ousado comportamento dos casais holandeses.

Era bastante comentada na comunidade judaica a maneira como os casais holandeses se abraçavam e beijavam em público, um escândalo para todos.

Pensar naquilo parecia absurdo, e, no entanto, Catarina deixou que seu pensamento ali ficasse assim como seu braço seguia entrelaçado ao de Torres. Ele tinha o peito largo, cabelos negros com fios grisalhos e feições arredondadas que afilava com uma barba pontuda. Possuía um ar viril e Catarina sentiu seu coração bater mais acelerado enquanto o observava.

Torres falava de forma agradável e amigável com as pessoas, tratando-as bem sem considerar sua condição social. Isso era absolutamente único nele.

Jacob e todos os outros membros da comunidade judaica que Catarina conhecia faziam questão de serem tratados como fidalgos.

Tia Sara dizia que eles haviam sido contaminados pela fidalguia espanhola e sua arrogância. Segundo ela, essa teria sido a causa da ruína de seu falecido marido. Quando ele se viu em dificuldades por maus negócios, ao invés de se tornar mais humilde, procurou manter as aparências e se endividou ao extremo.

Agora os tripulantes devolviam os cumprimentos de Torres com olhares admirados ao vê-lo de braços dados com Catarina. Era evidente que eles o conheciam e que haviam reservado os melhores lugares da cabine para eles. Beberiam e comeriam durante a viagem e os bancos permitiam que se acomodassem confortavelmente.

Pela primeira vez, lhe ocorreu pensar na vida privada de Torres. Quem era esse homem sentado ao lado dela?

||

Catarina sabia que Torres era viúvo como ela e que todos estranhavam que não buscasse uma segunda esposa.

Houve quem insinuasse um romance entre eles, mas Catarina havia se ofendido na época com tal suposição. Seu amado Jacob havia falecido recentemente quando ela conheceu Torres e ele se comportou todo o tempo como um cavalheiro, respeitando sua dor e muito mais interessado em fazer bons negócios do que em abordá-la.

A necessidade de terminar de criar seu filho e de conduzir e expandir o negócio que seu marido havia deixado a ajudou a não se entregar ao sofrimento. Sentira sempre por Torres apenas a mais profunda admiração e gratidão.

Agora, sentada ao seu lado no barco, ela sabia que algo havia mudado. Uma intimidade se criara e ela nada fazia para barrá-la. Essa intimidade não se expressava por palavras ou talvez se manifestasse com mais força ainda no estranho silêncio que pairava entre eles.

Isso não era comum. Costumavam conversar, discutir, negociar. Ele sempre a tratara como uma igual e agora, ao se fazer passar por sua esposa ela se sentia dependente dele, frágil e, ao mesmo tempo, protegida como há muitos anos não se sentia.

Talvez ela estivesse apenas cansada de enfrentar tantos desafios sozinha.

Quando entraram no barco, não havia muitas pessoas a bordo, mas, aos poucos, os mais variados tipos foram chegando e tomando seus assentos: ricos comerciantes, oficiais, camponeses, prostitutas.

Um jovem capitão disparava palavrões contra os barqueiros para que saíssem com pontualidade.

Catarina buscava palavras para quebrar o silêncio que principiava a incomodá-la e pensava em como poderia conhecer mais da vida de Torres, quando foi surpreendida por ele:

— Catarina, como você conheceu seu falecido marido, Jacob Lima?

Ficou vermelha, mas respondeu de pronto:

— Jacob vivia em Hamburgo e foi à Antuérpia onde eu vivia com meus pais. Da primeira vez, ele me viu na sinagoga, mas eu não o vi.

— É compreensível. A senhora é uma mulher tão bonita que lhe seria impossível reconhecer a todos os que a admiram.

Catarina corou ainda mais e prosseguiu:

— Jacob conversou com os pais dele em Hamburgo e, na viagem seguinte, seus pais o acompanharam para pedir minha mão em casamento para meus pais.

— E seus pais gostaram da ideia? A família Lima é uma família de muito peso entre nós.

— Sim, meu marido me disse que antes da conversão forçada, os Lima eram os Ben-Yehudá ou Ben Judá, que significa "filho de Júdá", uma antiga linhagem israelita.

— Vocês tem certeza disso?

— Não, os antigos diziam isso, mas você sabe como todos querem reafirmar suas linhagens israelitas, traçar uma linha de ancestralidade que os levariam até Abraão!

— Melhor ainda, a Adão e Eva! —Torres soltou uma gargalhada gostosa. — E como adotaram o sobrenome Lima?

— O nome da família quando viviam na Espanha era Abinum. Quando se mudaram para o norte de Portugal, no Minho, foram viver na cidade de Ponte de Lima e, ao serem forçados a adotar um nome cristão, eles passaram a se chamar Abinum de Lima.

— E o que a família de seu marido fazia em Hamburgo?

— Depois de fugirem de Portugal a família dele havia se estabelecido em Hamburgo e Altona como comerciantes e banqueiros. Foi lá que meu sogro conheceu minha sogra, uma tudesca.[12]

— Uma tudesca? Uma judia alemã? Como a família recebeu essa notícia? Deviam estar se preparando para casá-lo com uma boa moça de família vinda de Portugal ou da Espanha!

— Não havia tantas moças judias sefarditas em Hamburgo e minha sogra era realmente muito bonita, tinha olhos azuis e cabelos loiros que encantaram meu sogro ao que parece.

— O suficiente para ele enfrentar a família?

— Sim. Ele enfrentou a oposição de sua família e eles se casaram.

— Mas você e seu marido não tiveram qualquer problema, certo?

12 Tudesca – Como os sefarditas chamavam os judeus asquenazes, judeus provenientes da Europa Central e Europa Oriental. O termo asquenazes provém do termo do hebraico medieval para a Alemanha, Ashkenaz

— Não, meus pais receberam com alegria a pretensão de Jacob e, depois de me consultar, concordaram com o casamento. Fomos felizes durante vinte anos até a sua morte, muito felizes — suspirou.

Catarina estava gostando de recordar aqueles tempos e seguiu sem observar a reação de Torres que começou a se remexer no banco com a expressão séria.

— Jacob era um homem muito diferente dos demais, muito diferente do falecido marido de Tia Sara, por exemplo. Jacob me consultava em seus assuntos de negócio, me incentivava a prosseguir lendo e estudando Filosofia e História e outros idiomas e Jacob também…

— Quantas línguas você fala, Catarina? — Torres a interrompeu bruscamente, o que não era seu feitio.

— Francês por ter nascido na França e português que aprendi com minha família. Minha avó me ensinou o ladino e o hebraico para as canções e a vida religiosa. Com Jacob aprendi o alemão, o holandês eu já falava um pouco em Antuérpia, mas aprendi mesmo em Amsterdã. Ah, me esqueci do espanhol que foi muito fácil por sua semelhança com o português.

— É realmente impressionante!

— Jacob se orgulhava da minha facilidade com as línguas.

Torres suspirou sem que Catarina se desse conta de sua impaciência a cada menção do nome de Jacob.

— Conhecer línguas foi sempre muito útil. No início não foram poucas as vezes em que Jacob me pediu que escrevesse cartas em francês ou que traduzisse documentos oficiais em holandês para ele. Jacob dizia que eu o ajudava muito.

Calou-se ao notar que Torres a observava detidamente e a olhava diretamente nos olhos:

— A senhora tem um talento natural para negócios. Qualquer homem teria muito orgulho em tê-la como esposa.

Por que ela se sentia cada vez mais constrangida?

Parecia não ser certo ouvir galanteios de um homem quando a vida de seu filho estava em risco. Ou será que Torres estaria sendo gentil justamente para alegrá-la, para aliviar sua tristeza?

Ela desviou o olhar e o fixou nos olmos, na planície, nas vacas, no trabalho do marinheiro que preparava os cavalos para que puxassem o barco enquanto prosseguiu:

— Bem, quando Jacob faltou, eu estava preparada para assumir o negócio. Aprendera muito com ele sobre comércio e o fato de falar várias línguas facilitou a expansão de nossos negócios em Curaçao como o senhor bem sabe. Poder contar com seu apoio, Emanuel, foi uma bênção divina.

O rosto de Torres relaxou pela primeira vez desde o início daquela conversa.

— Permita-me perguntar, Catarina, vocês tiveram outros filhos além de Salomão, não é certo?

— Sim – a voz saiu muito fraca, mas ela se recobrou – tivemos duas meninas. Eram mais novas que Salomão e tentavam segui-lo em tudo o que ele fazia.

— A senhora foi uma educadora talentosa a julgar por Salomão.

— Minha avó era uma educadora e eu aprendi com ela. Eu gostava de estudar junto com meus filhos, de incentivá-los a aprender cada vez mais e Jacob valorizava isso, sabia que poderia se dedicar aos negócios.

Catarina estranhou o suspiro impaciente de Torres.

— Naqueles tempos, não havia escola para que as crianças recebessem educação apropriada nem em Antuérpia nem em Amsterdã.

— Não havia a Árvore da Vida ainda?

— Não, meu marido foi um de seus fundadores quando participou do *Mahamad*. Ele…

— Como eram suas filhas? — Torres a interrompia bruscamente pela segunda vez e Catarina deu-se conta do seu incômodo cada vez que ela mencionava Jacob.

— As meninas eram lindas, um tesouro precioso. Formávamos uma família tão bonita, tão unida, tão feliz! Eram gêmeas, tinham os cabelos ruivos e cacheados, os olhos azuis e uma vivacidade incrível...

Seu olhar se perdeu uma vez mais nos barcos, no campo como se ali fosse capaz de encontrar novamente suas filhas.

— ...lamento tanto não ter pedido que algum pintor as retratasse antes que...

Torres ficou em silêncio, respeitando sua dor.

Após um longo suspiro, Catarina mordeu seus lábios e seguiu adiante, com a voz trêmula e apressada:

— Bem, houve uma epidemia de varíola e elas faleceram aos três anos — seus olhos encheram-se de lágrimas ao comentar isso.

O barco começou a partir.

A voz de Torres, grave, densa, modulada soava como um acolhimento, uma carícia:

— Eu compreendo, Catarina, eu compreendo sua busca.

Em seus olhos ela podia ver carinho e compreensão. Ele já não tomava como teimosia a busca de Catarina pelo seu filho.

— Emanuel — ela falou calma e pausadamente, respirando entre as palavras — eu tenho encontrado no *Talmud* palavras sábias que me ajudam a suportar a dor.

— Como? Como o *Talmud* a ajuda a suportar a dor? — o interesse dele era encantador, a maneira com que a fitava com os olhos bem abertos, a atenção inteiramente voltada para ela como se bebesse suas palavras.

Catarina prosseguiu:

— Entendendo que Deus é a realidade que se apresenta diante de nós.

— Deus é a realidade?

— Sim, a realidade é a manifestação de Deus em suas várias formas. Por isso, resistir à realidade é resistir a Deus.

— Que bonito, Catarina! Resistir à realidade é resistir a Deus. Isso nos ajuda a aceitar a realidade como manifestação de Deus!

Ele sorria encantado e a voz de ambos foi ficando mais baixa, tornando a conversa mais íntima.

— Mas, Emanuel, eu também acredito que Deus nos dê forças para transformar a realidade sempre que isso for possível. É o que estou tentando fazer.

Torres não respondeu, apenas apertou as mãos de Catarina em silêncio.

II

Quando o barco partiu, Catarina, com o coração apertado, lembrou-se de quando deixaram Antuérpia com destino a Amsterdã em um barco bem maior que aquele que navegara pela costa.

Ao saírem do porto, o pequeno Salomão estava um pouco enjoado com o movimento do barco, mas, mesmo deitado com a cabeça no colo de sua mãe, observava curioso os movimentos dos barqueiros.

Para distraí-lo, Catarina começou a lhe contar uma história:

— Há muitos e muitos anos atrás, um povo que vivia no norte da África cruzou o estreito de Gibraltar e conquistou

Sefarad, as terras que hoje chamamos de Portugal e Espanha. Eram os mouros.

— Eles viraram donos de Sefarad? Por muito tempo, mamãe? – Agora com os olhos fechados, mas com a mente aberta, Salomão mostrava seu interesse.

— Sim, eles dominaram boa parte daquela região por mais de sete séculos — acrescentou mesmo sabendo que para ele sete séculos, sete anos ou sete meses não faziam a menor diferença. A noção de um tempo tão longo era impossível de captar para uma criança de seis anos. Mas ela não tentava tornar tudo fácil demais para seu filho. Usava um vocabulário rico e se referia a coisas que ele talvez não conhecesse, mas desafiá-lo a aprender era sua tarefa como educadora.

— Eles eram cristãos? — ele perguntou com sua curiosidade habitual.

— Não, os mouros são muçulmanos; eles seguem seu profeta Maomé.

— E eles também não gostavam dos judeus? – ela podia ver que ele lutava contra o sono, movido pela curiosidade.

— Não, eles respeitavam os judeus e os cristãos. Foram mais de sete séculos de paz. Judeus de outras partes do mundo vieram viver na Espanha durante este período. Mouros e judeus estudavam juntos e fizeram importantes descobertas.

— O que eles descobriram? – um bocejo quase o impede de completar a frase.

— Ah, muita coisa. Estudavam, por exemplo, medicina, matemática e química, faziam mapas da terra e mapas do céu.

Mesmo enjoado e sonolento, Salomão ergueu a cabeça:

— Mapas do céu? Eles viajavam pelos céus? Como naquela história do tapete mágico que a senhora me contou? — Catarina sorriu ao se lembrar disso e da gargalhada que havia soltado naquele dia.

— Não, meu querido. Os mouros sabiam viajar por terra e por mar, usando as estrelas como guias. Eles sabiam que se fossem na direção de uma determinada estrela, chegariam a um lugar e marcavam isso no mapa. Nossos antepassados os ajudavam a fazer esses mapas e construíam junto com eles instrumentos para calcular distância, direção, enfim, tudo para que os viajantes não se perdessem e chegassem ao lugar certo. Os mouros confiavam em nós. Muitos rabinos eram cientistas e alguns ficaram muito famosos.

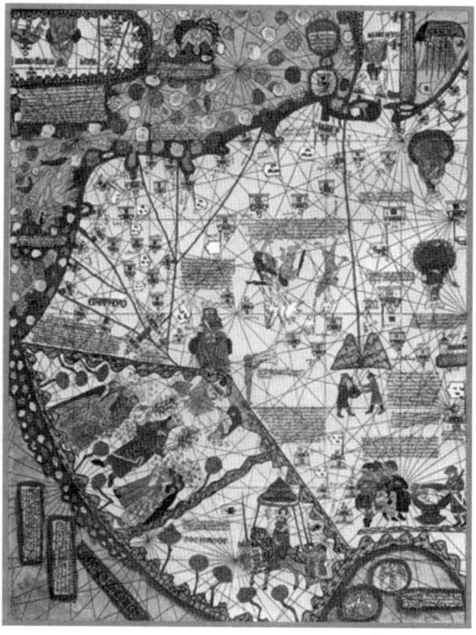

— E quem lhe contou tudo isso, mamãe? — Salomão já estava sentado.

— Foi minha avó, meu querido. Ela também me ensinou que tão importante quanto ter respostas é saber fazer perguntas. Continue perguntando sempre.

Incentivado, ele prosseguiu:

— Que língua eles falavam, mamãe?

— Árabe.

— E como nós nos comunicávamos com eles? O que aconteceu? Quem ganhou a guerra? Para onde foram os mouros? — A chuva de perguntas deixou Catarina tonta e ela abraçou Salomão com carinho enquanto respondia:

— Calma, querido. Os judeus sabiam falar tanto latim quanto árabe e conheciam os costumes dos mouros. Os mouros acabaram brigando entre si e foram derrotados pelos cristãos, mas essa guerra durou muito tempo. Batalhas foram travadas ao longo de décadas antes que os mouros voltassem para sua terra.

— Então os cristãos ganharam a guerra? Expulsaram os mouros?

— Sim.

— E o que aconteceu com os judeus?

— Ah, com tudo o que aprendemos com os árabes, depois da reconquista, nós ajudamos os cristãos portugueses e espanhóis a se tornarem os maiores navegadores do mundo.

— É mesmo? — ele parecia esquecido dos enjoos e, com a cabeça encostada no peito de Catarina, não tirava os olhos dela.

— Sim, os judeus traduziram muitos documentos de navegação do árabe para o latim, o castelhano e o português. Josef Faquim, um judeu de Aragão, navegou por todas as partes, mas meu avô admirava mesmo Abraão Zacuto.

— Por que?

— Abraão era um astrônomo que foi perseguido por ser judeu e fugiu da Espanha para Portugal para trabalhar para o rei Dom Manuel. Ele escreveu o Almanaque Perpétuo, e isso salvou a vida de Cristóvão Colombo.

— O descobridor da América? Como assim, mamãe? — agora ele se soltou de Catarina e se pôs de pé.

— Bem, depois de navegar por dois anos, Colombo chegou à Jamaica. Seus navios estavam roídos por cupins e vazavam água. Eles não podiam mais seguir.

— Já sei, já sei! Abraão Zacuto chegou em um navio e salvou todo mundo!

— Não, meu querido, o socorro só chegou meses mais tarde. Os marinheiros precisavam comer até que chegasse o socorro.

— Por que não comiam a comida dos índios?

— Os índios não queriam lhes dar comida.

— Por que?

— Porque outros homens brancos já haviam saqueado as aldeias indígenas e eles estavam bravos.

— Mas eles tinha comida?

— Tinham, mas se recusavam a dá-la para Colombo e seus homens.

Impaciente, Salomão não a deixava respirar:

— E aí, mãe?

— Bem, Colombo estava doente e desesperado. Foi para seu barco e consultando o Almanaque Perpétuo de Zacuto, fez alguns cálculos se baseando no trabalho do alemão Regiomontanus e descobriu que dali a alguns dias a lua iria desaparecer.

— Desaparecer?

— De tempos em tempos a sombra da Terra faz com que a Lua cheia fique no escuro. Para quem está olhando parece que a Lua sumiu porque o brilho dela desaparece. Isso dura um tempinho, depois a Lua reaparece. Chama-se eclipse. Colombo já havia observado um eclipse em uma outra viagem.

— Já sei, já sei! — Salomão pulava no colo de Catarina e colocou a mão sobre sua boca na ânsia de descobrir ele mesmo a resposta correta — Colombo ameaçou os índios de que a lua iria desaparecer se eles não dessem comida para eles!

— Isso mesmo! – Catarina o abraçou orgulhosa

— Os índios ficaram assustados?

— Os índios deram risada e não acreditaram, mas quando o eclipse começou a acontecer, ficaram apavorados e imploraram a Colombo que lhes devolvesse a luz da lua.

— E aí, mãe?

— Bem, Colombo esperou, esperou e apenas quando o eclipse estava no auge ele disse que havia conversado com o seu deus e que o pedido dos índios seria aceito. A partir daí o eclipse foi diminuindo, a luz da lua foi voltando, e eles tiveram comida suficiente até que o socorro viesse.

— Mãe, se eu consultar o Almanaque, também vou saber quando vai acontecer outro eclipse?

— Você quer ser navegador como seu tio-avô Antônio? Quer ir para as Índias como ele e enfrentar perigos e tempestades para trazer especiarias?

— Não sei, mamãe — a menção de perigos e tempestades o fez se sentar e se encolher novamente já que o barco começava a jogar mais forte.

— Bem, vou te dar uma estrela para você nunca perder o rumo. Abra as mãos.

Ele estendeu as mãozinhas e Catarina colocou sobre elas um fruto de anis estrelado que guardava consigo dentro de uma caixinha desde seus tempos de menina. O pequeno fruto lhe havia sido dado por sua querida avó ao lhe contar o que ela havia acabado de relatar a seu filho.

O formato do anis se parecia com as estrelas que haviam guiado seu tio-avô por mares desconhecidos.

Como ela gostaria de ter uma estrela que a conduzisse agora a seu filho!

Ao notar que Catarina chorava em silêncio, Torres segurou sua mão e a beijou. Catarina encostou sua cabeça em seu peito e, naquele instante, o mundo lhe pareceu seguro. Adormeceu.

||

Quando Catarina despertou, o barco estava atracando em Utrecht.

Havia sonhado novamente com o anis estrelado. Ela o perseguia, mas sem tentar estender os braços para alcançá-lo.

Compreendeu que ele simbolizava a estrela de Davi, sua fé, sua linhagem ancestral.

Seu filho estava vivo e a estrela a guiaria.

No atracadouro sua família, reduzida a um casal de primos e seus filhos, a aguardava.

Raquel, filha de Tia Sara e tão sensível quanto ela, notou seu abatimento e a envolveu em seus braços, levando-a para a carruagem.

— Minha querida, venha descansar, vamos logo para casa comemorar o *Shabat*.

A comunidade judaica que antes habitava o centro de Utrecht agora vivia em Maarssen depois de várias perseguições durante o período de dominação espanhola. Era raro que a família de Tia Sara os visitassem em Amsterdã, mas Catarina já viera várias vezes a Maarssen para estar junto com os únicos parentes que ela tinha na Holanda.

Apressou-se a entrar na carruagem para que o pôr-do-sol não os surpreendesse, e eles já não pudessem mais andar a cavalo.

Afinal, o descanso, ordenado pelo Senhor, também se estendia aos animais.

A carruagem os conduziu pelo bairro onde seus tios moravam e o movimento nas ruas era efervescente. As pessoas se apressavam para chegar em casa, crianças brincavam, mulheres faziam o jantar.

Como ela gostaria de estar retornando por um motivo mais alegre!

Catarina reconheceu o velho Jonas, comerciante de roupas usadas, pela maneira com que ele mancava ao caminhar.

Diziam que havia sido ferido ao ser torturado pela Inquisição, mas ele nunca falava sobre o assunto e todos respeitavam seu silêncio.

Quando desceram da carruagem, o céu já estava azul cobalto, mas o sol ainda não havia se posto.

— Vamos, Catarina, hoje você acenderá as velas do *Shabat* junto comigo! — chamou Raquel.

Acender as velas era uma das *mitsvot*[13] que mais alegria davam a Catarina. No *Shabat*, por influência de sua avó, a casa de Catarina sempre esteve impecável, os alimentos preparados e a mesa arrumada com seus melhores talheres e a mais fina louça.

Entraram na sala e tiraram os casacos. A casa de Raquel era mais simples que a de Catarina, mas seu bom gosto era irretocável. Uma brilhante cristaleira ocupava lugar de destaque na sala e em seu interior se viam diferentes cristais e louças pintadas, dentre elas o jogo de jantar que havia sido presente de Catarina no casamento da prima.

A mesa retangular, pesada, de pés esculpidos e coberta por uma toalha branca adamascada estava pronta para a ceia com dois finos candelabros de prata cada qual com duas velas, duas *chalot*[14] e o vinho.

Todos lavaram suas mãos despejando a água de jarras destinadas para isso enquanto murmuravam suas orações e se preparavam para o momento sagrado.

Torres ficou um pouco afastado da família que vestia seus melhores trajes, mas foi chamado pelo marido de Rachel e se colocou ao lado deles.

Raquel acendeu as velas, fez um movimento circular com as mãos em volta das velas, cobriu seus olhos com as palmas das mãos e recitou:

> Baruch Atá A-do-nai, E-lo-hê-nu Mêlech haolam, asher kideshánu bemitsvotav, vetsivánu lehadlic ner shel Shabat côdesh.
>
> Bendito és Tu, ó Eterno, nosso D'us, Rei do Universo, que nos santificou com Seus

13 *Mitsvot* — é o nome dado ao conjunto de todos os 613 mandamentos que, de acordo com o judaísmo, constam na Torá. Podem ser positivos (faça isso) ou negativos (não faça).

14 *Chalot* — o pão trançado do Shabat

mandamentos, e nos ordenou acender a vela do Santo Shabat.

Catarina fez o mesmo com outro candelabro e suas duas velas e fez, além da reza do acendimento das velas, uma oração pelo bem estar de todos e, em especial, por seu filho.

Naquele momento estavam repetindo os gestos milenares de suas ancestrais.

— Catarina, esses gestos são muito importantes! — sua avó costumava reforçar — Simbolizam a chegada do espiritual em suas vidas e a mulher é o melhor instrumento para fazê-lo.

Era com grande alegria que acolhiam o *Shabat*, como um noivo acolhe uma noiva. Depois de uma semana dedicada aos afazeres mundanos, era chegado o momento de se dedicarem ao cultivo da vida espiritual.

Durante toda a sua infância e juventude no sul da França, Catarina e sua família haviam mantido uma aparência de cristãos, mas nunca haviam se furtado a celebrar o *Shabat.*

O mesmo não acontecia em Portugal e Espanha pois a maneira mais fácil de reconhecer um judeu era a observância desse dia sagrado.

Colocar roupas limpas na sexta-feira, tomar banho, trocar a roupa de cama, rezar acendendo velas no cair da noite de sexta eram ações denunciadas por vizinhos e inimigos para o Tribunal da Inquisição.

Durante vinte e quatro horas não iriam acender fogo, cozinhar, comprar ou vender nada e muito menos trabalhar.

Podiam ler os textos sagrados, orar e estudar.

O espiritual não seria, no entanto, sinônimo de tristeza.

As famílias se reuniam, as crianças brincavam e havia muita alegria no ar.

Naquela noite, orando, jantando, cantando, ela sentiu que suas preces seriam atendidas.

Também sentiu uma pontada de inveja, que Deus a perdoasse, dos casais que se entreolhavam com os olhos brilhando.

Aos casais era recomendado que se unissem nas noites de *Shabat* e não haveria noite mais apropriada para que a união carnal fosse veículo para a união espiritual que essa noite especial.

Será que as mulheres continuavam tomando o banho ritual desse dia na casa de D. Rebeca Dias em Bayonne? Ela tinha uma banheira grande e Catarina se lembrava com saudade dos banhos que ali tomara durante sua juventude. Havia flor de laranjeira na água, muitas risadas e conversas animadas entre as mulheres. Sem sinagoga, sem *mikvá*, o ritual não deixara de ser cumprido.

Torres não quis dormir na casa apesar da oferta de Rachel.

Quando ele se despediu de Catarina, a caminho da casa de um amigo, ela sentiu um aperto no coração.

Talvez fosse o peso dos anos de solitária viuvez depois de uma deliciosa vida em comum.

O fato é que, ao tirar suas roupas, parecia estar vendo seu corpo com o olhar de Torres. Seu corpo estava tenso, mas era uma tensão diferente.

Fitou suas coxas fortes, vigorosas e tomou seus seios entre as mãos. Cada centímetro de seu corpo parecia pedir o prosseguimento do toque de que ela conhecera no barco.

Mas algo em Torres despertava nela uma reserva, um receio, algo que ela não sabia definir, ligado talvez ao completo mistério que era sua vida.

E, ao mesmo tempo, esse mistério a excitava e muito.

Hesitou e afastou esses pensamentos quando se lembrou que em breve seria avó.

O sono, contudo, custou a chegar.

||

Despertaram cedo e foram para a casa construída às margens do rio Vecht, onde a comunidade se reunia para seus rituais.

Torres chegou com um sorriso cúmplice no rosto e uniu-se a eles.

Quem havia provocado quem? Teria ele captado no olhar de Catarina a lembrança da noite anterior?

O fato é que a cumprimentou com um beijo no rosto e ela não se desviou.

Isso durou apenas alguns segundos, pois logo toda a família o rodeava e a alegria da manhã de *Shabat* os separou.

Embora estivessem em círculos de conversações diferentes, seguiam trocando olhares, mantendo-se conectados todo o tempo.

Os meninos que se preparavam para fazer seu *Bar Mitzvá* naquele ano estavam ali desde cedo, estudando hebraico e aprendendo a ler a *Torá* com a entonação correta.

Quando chegaram, os meninos discutiam entre si a interpretação de um trecho e, quem não os conhecesse, pensariam que estavam brigando. O hábito de argumentar e discutir era cultivado desde a vida familiar, e prosseguia durante seus estudos.

Enquanto os outros povos mantinham seus filhos em silêncio durante as refeições, os judeus provocavam seus filhos com perguntas e eram por eles provocados.

— Por que? — era a pergunta predileta de Salomão e a pergunta que Catarina mais amava responder, muitas vezes através de outras perguntas.

Salomão, ai, meu querido Salomão. Por que estavam afastados?

A celebração começou sem que ela tivesse a resposta.

Orações especiais fizeram a conexão deles com o sagrado, com o Deus Único Todo-Poderoso.

"Santificado sejais Senhor pela alma que em mim criastes. Santificado sejais Senhor pelo entendimento que me destes. Santificado sejais Senhor que me destes olhos para olhar, dai-me luz e claridade para vos servir e louvar.

Santificado sejais Senhor que me destes língua para falar e me desviai de que vos ofenda.

Santificado sejais Senhor que me destes pés para andar e me deis graça e ser para vos servir e louvar".

Louvou e orou, tentando acalmar seu coração, mas as lágrimas escorreram pelo seu rosto durante toda a cerimônia.

Quando retornaram para a casa, o almoço, que havia sido preparado na véspera e mantido quente para que não precisassem acender fogo, foi servido com grande fartura para a família e amigos.

Durante o almoço, Catarina procurou fazer o possível para não deixar Torres deslocado, no entanto parecia que ele é quem pertencia à família.

Rachel ficara encantada por Torres, especialmente depois dos seus eloquentes elogios à comida que ela havia preparado, e seu marido se mostrou admirado com o conhecimento de negócios que ele demonstrou.

Mas Torres havia conquistado especialmente as crianças. Sem o menor medo do ridículo, imitou um ganso que as crianças seguiram grasnando e batendo as asas. Catarina se dobrava de tanto rir ao ver aquele homenzarrão agitando os braços e grasnando e depois colocando a pequena Ana nos ombros para que ela também participasse da brincadeira.

Quando tudo se acalmou e as pessoas começaram a cantar, Catarina agradeceu a ele mentalmente. Com as atenções voltadas para Torres desde a véspera, ela havia sido poupada de falar e, especialmente, de mencionar seu filho.

Agora uma cantiga uniu a todos celebrando as sete maneiras de se cozinhar beringelas, merenjena em ladino.

O ritmo compassado era seguido pelas palmas e ao final estavam dançando.

Siete modos de guisados
se guisa la merenjena.
La primera de las guisá es la vava de Elena
Ya la hace bocaditos
y la mete'n una cena
Esta comida la llaman comida de merenjena.
A mi tio, Cerasi, que le agrada beber vino:
Kun el vino, vino, vino,
Mucho y bien a él vino.
La segunda que le guisa
es la mujer del Shamas,
La cavaca por ariento y la hinchi d'aromat
Esta comida la llaman
la comida la dolmá.
La tracerá que la guisa
es mi prima Ester de Chiote.
La cavaca por arientro y la hinchi d'arroz moti.
Esta comida la llaman
la comida la alomondrote.
La alburnia es saborida
en color y en golor.
Ven haremos una cena mos gozaremos los dos
Antes que venga el gosano
y le quite la sabor.
En las mesas de la fiestas
siempre brilla el jandrajo.

Ya l'hacemos pastelicos,
ellos brillan en los platos,
Asperando a ser servidos
con los güevos jaminados.
La salata maljasina es pastosa y saborida.
Mi vecina la prepara con mucho aceite de oliva,
Estos platos acompañan
a los rostros de gallinas.
La setena que la guise
es mejor y mas janina.
La prepara Filisti, la hija de la vecina.
Ya la mete en el forno
de cabeza a la cocina con aceite y pimienta
ya la llama una meyina.

A essa canção, *Siete modos de guisar las merenjenas*[15], se seguiram outras que transportaram Catarina ao passado, às tradições deliciosas de sua infância.

Torres se aproximou:

— Dona Catarina — ele retomava o tratamento formal quando estavam acompanhados — lamento ter que deixar sua adorável família, mas amanhã vamos partir no primeiro barco.

Sob os protestos de todos, ele saiu.

Antes de dormir, Catarina não estranhou que sua prima entrasse no quarto para lhe dar boa noite. Sentou-se na cama e, sussurrando para não despertar as crianças, começou uma conversa como se tivessem ambas quinze anos e estivessem em Bayonne depois de uma festa:

— Querida Catarina, você é muito afortunada por ter um homem tão maravilhoso ajudando-a neste momento.

15 Inserida na playlist da autora.

Catarina assentiu.

— E ele é casado?

Catarina sabia perfeitamente aonde ela queria chegar.

— Não, Rachel, ele é viúvo — respondeu também em um cochicho.

— Ah, viúvo como você! — mesmo no escuro, Catarina podia adivinhar um sorriso luminoso no rosto de Raquel — Querida, as pessoas não nasceram para ficar sozinhas. Você não acha que está viúva há muito tempo?

Não ficou nem um pouco espantada com a abordagem de Rachel.

Ela sabia que o correto seria buscar alguém com quem dividir a vida, mas nunca havia sentido vontade de fazer isso e tampouco havia conhecido um homem por quem se interessasse.

Argumentou que terminar de criar seu filho enquanto mantinha um negócio havia lhe tomado muito tempo.

— Além disso, Rachel, Jacob foi uma exceção ao permitir que eu prosseguisse lendo e estudando. Que outro homem seria como ele?

— Você já perguntou ao Torres o que ele acha disso? Ele parece respeitar você como mulher de negócios...

— Obrigada, prima, vou pensar no assunto.

Sorridente, Rachel saiu do quarto sem saber que Catarina queria justamente alguns minutos para ficar a sós e recapitular aquele breve beijo, os olhares e sorrisos de Torres.

Adormeceu dividida entre o encantamento e a excitação.

‖

O barco estava mais vazio e, para surpresa de Catarina, eles viajaram praticamente em silêncio.

Torres parecia estranho, um pouco ausente e preocupado.

Ela procurou ocultar sua decepção. Ansiava por continuar as conversas, queria conhecê-lo mais, se deixar conhecer, confirmar se aquele homem era tão fascinante quanto vinha demonstrando ser.

Calou-se também. Talvez tudo não tivesse passado de uma brincadeira, talvez ele estivesse apenas sendo tão amigável como era com todos.

Talvez o problema fosse ela. O que teria dito de errado? Ficou revisando seu comportamento e se questionando se Torres não estaria fazendo essa viagem apenas por obrigação.

Levou algum tempo se torturando até decidir que não valia a pena dedicar um minuto do seu tempo a divagações tão estéreis.

A segunda parada foi em Hertogenbosch.

Há muitos anos Catarina não vinha a Bosch como todos chamavam carinhosamente.

Pensar que seu filho ali estivera a caminho de Bayonne fazia com que ela ansiasse ainda mais por encontrá-lo.

Revisou o lugar, buscando pistas de Salomão.

Seu pés haviam pisado no atracadouro! Teria seu olhar pousado na velha árvore na entrada da cidade? Tudo dilacerava sua alma. Onde estaria seu filho?

Ela estava segura de que ele não estava morto. Angustiava-se ao pensar que ele estivesse em perigo e precisando dela. Ela o sentia assim agora.

O laço que sempre haviam mantido e que permitia que se comunicassem mesmo quando estavam distantes era algo que haviam ocultado das outras pessoas.

Receavam que não acreditassem e pensassem que estavam loucos, mas era muito real.

Várias vezes ela havia mandado que preparassem a comida porque sabia que ele estava chegando mesmo nos horários mais fora de propósito.

Outras vezes, ela se sentia aflita e orava por ele só para descobrir depois que ele havia escapado de algum perigo nas estradas.

Essa ligação tão forte lhe dizia que Salomão não estava morto.

Hospedaram-se no hotel "O Ganso", o melhor da cidade. As acomodações eram confortáveis e, principalmente, muito limpas.

Torres acomodou-se em um quarto ao lado do dela.

Catarina escutou quando ele saiu do quarto enquanto ela terminava de se arrumar para a ceia. Descobriu-se lamentando as limitadas escolhas de roupa que havia trazido.

Custou, mas admitiu que estava se vestindo para o olhar de Torres.

Nada do que colocasse parecia lhe favorecer. Por que não trouxera seu lindo xale de seda para amarrar em volta da cintura? A touca estava amassada, os sapatos um pouco gastos e seu lenço bordado, onde estava?

Vasculhava suas arcas com o coração ansioso porque estava se atrasando cada vez mais.

Por fim, mesmo sem se dar por satisfeita, resolveu descer antes que Torres estranhasse seu atraso.

Quando desceu as escadas, ele conversava de costas com alguém e se virou rápido quando ouviu seus passos.

Aproximou-se para lhe dar o braço, mas antes retrocedeu um passo. Seu olhar admirado lhe deu a certeza de que havia acertado na escolha do vestido vermelho bem cortado e com rendas delicadas e das joias simples que realçavam a cor de sua pele sem despertar tanta atenção.

— Você está linda, Catarina — Torres murmurou com doçura.

Nesse momento, os pensamentos torturantes que a haviam perturbado durante todo o dia desapareceram como a névoa diante do sol matutino.

‖

Desceram para comer e já estavam sentados quando Catarina notou um burburinho. Uma mulher ergueu-se e começou a cantar “Als Jan Sybrech sou belesen”[16].

Todos ficaram em silêncio, rendidos diante daquela voz impressionantemente bela.

16 Gravação de composição do grupo mencionado, inserida na playlist da autora

— É Dona Francisca Duarte! — cochichou Torres.

Catarina não pôde conter sua admiração.

Francisca Duarte era a grande cantora judia portuguesa que participava das famosas reuniões literárias no castelo de Muiden nos arredores de Amsterdã frequentadas pelos grandes nomes da literatura holandesa e onde a poesia era a linguagem corrente.

Que ela estivesse ali, naquela noite, e que se dispusesse a cantar para os amigos era realmente extraordinário.

Ao final, as pessoas aplaudiram e ela voltou a jantar.

Catarina não se cansava de observá-la.

Ela era bem diferente do que havia imaginado, parecia muito simpática e acessível, sorria e conversava animadamente com as pessoas ao seu redor.

— Emanuel, você se importa se formos falar com ela?

— Não, minha querida, claro que não.

Catarina a abordou:

— Sua voz é belíssima! Foi uma honra poder ouvi-la!

— Obrigada! — ela respondeu interessada e surpresa — Como é seu nome?

— Catarina de Leon, nasci em Bayonne, mas agora vivo em Amsterdã.

O marido de Francisca Duarte os convidou a juntarem-se à mesa. Catarina corou e respondeu afirmativamente depois de receber um sorriso por parte de Torres e de perceber que as outras pessoas na mesa também os queriam com eles.

Torres animou a noite contando histórias engraçadas de suas viagens e cuidando em fazer com que os copos se mantivessem sempre cheios do delicioso vinho francês que ele havia pedido para acompanhar a ceia.

Catarina não sentiu o tempo passar. No final da noite, Francisca anunciou:

— A música que vou cantar é um presente especial para Catarina, minha mais nova amiga. Chama-se Amor Poente.

> O sol ainda brilha
> Colore as nuvens do porvir.
> É forte, é doce, é intenso,
> o amor pelo poente iluminado.
> Breve virá a noite,
> Já sabemos, já tememos.
> E é essa brevidade do tempo
> Que nos faz ainda mais apaixonados.

Enquanto sua voz ressoava falando de amor, Catarina sentiu a mão de Torres sobre suas mãos em uma carícia suave e envolvente. Hesitava, desejando se inclinar e pousar a cabeça no ombro dele. Parecia que as palavras da canção falavam do que ambos sentiam e deixavam no ar, o que Catarina desejava: alguém que a amasse e a quem ela pudesse se entregar, o amor cortês, cuidadoso, encantador.

‖

Quando se despediram e subiram as escadas, ela se sentia inebriada pela música e um pouco tonta por causa do vinho. Torres teve que ampará-la na subida e assim seguiram pelo corredor, ou ao menos ambos fingiram que foi por isso que ele manteve as mãos sobre seus ombros.

Na porta de quarto de Catarina, ficaram de frente um para o outro com o desejo direto, claro faiscando em seus olhares.

Com a voz rouca e suave, ele sussurrou:

— Querida, posso lhe fazer um pedido?

Catarina assentiu e ele prosseguiu:

— Você poderia soltar seus cabelos?

Sorrindo, ela tirou a touca e soltou seus fartos cabelos.

— Ah, são tão lindos e macios quanto eu imaginei!

Tocava os fios com delicadeza, tentava olhá-los na escuridão, brincava com eles entre seus dedos até chegar ao couro cabeludo de Catarina.

Depois desceu até seu ombro e o acariciou, tocou seus seios com leveza e, por fim, a abraçou.

Ela se deixou envolver em seus braços, e o beijo que se seguiu foi caloroso, profundo, ardente e quase que interminável.

Torres beijava com calma, sem pressa, segurando o rosto dela com uma mão enquanto acariciava suas costas com a outra.

Eles ficariam ali para sempre, mas Catarina ouviu passos no corredor e delicadamente o afastou.

Um casal passou por eles e Catarina aproveitou para afastar-se de Torres e entrar em seu quarto.

Antes que ela cerrasse a porta, Torres aproximou-se e sussurrou em seus ouvidos:

— Eu a amei desde o primeiro dia em que a vi, Catarina!

Com o coração acelerado, ela fechou a porta, jogou-se na cama depois de tirar a roupa e se deixou ficar por algum tempo tomada pelo desejo e totalmente inebriada por essas deliciosas palavras.

Desde o primeiro dia em que a vi! Desde o primeiro dia!

Eu a amei, eu a amei desde o primeiro dia em que a vi!

Repetiu para si mesma essas palavras incontáveis vezes, rindo sozinha, com as mãos cobrindo a boca e suspirando de alegria até que o sono a embalasse suavemente.

||

Catarina despertou e, ainda de olhos fechados, tentou entender a noite anterior, mas não conseguia fazê-lo sem olhar para os últimos dias e, mais ainda, sem recapitular os últimos anos.

Como ela havia sido cega! A dedicação que Torres lhe devotava, seu cuidado com Salomão, sua preocupação em poupá-la de aborrecimentos, enfim, tudo o que ela havia interpretado como uma sólida amizade se fundamentava em paixão. Por que ele teria se contido por tanto tempo? Por que não havia se declarado antes? O que o impedia?

Teria sido rígida e severa demais todos esses anos?

Da parte de Catarina, o sentimento se fundamentava justamente na amizade de todos esses anos.

Cada pequeno gesto dele havia calado profundamente nela. Ela se sentia amada, querida, amparada e era natural que retribuísse tanto sentimento.

Ou não?

Por que uma parte dela resistia, temendo algo que ela não conseguia definir?

E Salomão? Seria lícito se entregar a este sentimento no momento em que buscava seu filho?

O fato é que, resistências à parte, Catarina sentia um estranho formigamento em todo o seu corpo e queria, queria muito ver Torres novamente.

Naquela manhã, lavou seu rosto e suas mãos, fez suas orações e se vestiu com o coração batendo como um pequeno pássaro prestes a aprender a voar.

Um sentimento que a havia abandonado há muito tempo teimava em fazer sorrir seus lábios, em lhe dar esperança. Ela estava alegre, pela primeira vez em semanas, ela estava muito alegre.

Ouviu uma leve batida na porta.

— Sim?

— Sou eu, estou aguardando você.

Abriu a porta e lá estava Torres com um olhar deliciosamente infantil:

— Perdão se a despertei, mas já não podia esperar para revê-la.

— Bom dia! — respondeu — Eu já estava pronta. Vamos descer?

— Não sem um beijo — seus braços já a envolviam e ela se entregou a esse carinho.

Desta vez foi ele quem se afastou:

— Vamos comer a especialidade da casa, querida?

Desceram as escadas de braços dados, ao encontro de um prato de panquecas, essa maravilha que Catarina só conhecera quando se mudara para os Países Baixos.

O ruído das pessoas ao redor não os atrapalhava, pelo contrário, os cercava e fazia com que o que dissessem não fosse ouvido por ninguém.

Ele se inclinou na direção dela:

— Como é mesmo o nome da sua amiga que vai nos hospedar em Antuérpia?

Antes de responder, Catarina pensou que gostaria de prosseguir viajando sozinha com Torres, sem ninguém para controlá-los.

— Vamos ficar na casa de Dona Abigail Alvares da Veiga.

Um pequeno movimento no canto da boca dele revelou que Torres também preferiria que ficassem em um hotel.

— Você a conheceu quando viveu em Antuérpia?

— Sim, era minha amiga mais querida. Seu filho se casou com uma prima minha e fazíamos negócios. Vai ser muito bom revê-la!

Ele continuava com um olhar desanimado.

— Ela é alegre, carinhosa, generosa. Sabe aquele tipo de pessoa que sorri com o corpo inteiro?

Torres sorriu, abanando a cabeça sem muita vontade.

— E além do mais, ela cozinha excepcionalmente bem.

Seus olhos brilharam e o sorriso se alargou:

— Humm, já sinto falta de uma boa refeição feita em casa!

Desta vez foi Catarina quem segurou as mãos dele:

— Eu também! – exclamou, intimamente satisfeita por ter tocado no ponto fraco de Torres: a comida.

‖

Realmente, a qualidade da comida em locais de pouso era sofrível. Mesmo as panquecas que agora comiam, não chegavam aos pés das que Hannah preparava em casa.

Prosseguiram conversando animadamente.

A voz grossa, rouca de Torres a acalentava como um cobertor em uma noite de frio, e ela se deixava embalar em suas histórias, seus comentários, suas impressões.

— Onde você pensa que pode estar meu filho, Emanuel?

— Isso é o que vamos descobrir em Bayonne, Catarina. Prometo-lhe que não vou poupar esforços para saber o que aconteceu.

Ela o havia convencido a empreender essa incerta jornada, mas agora era ele quem lhe dava forças.

Assim Catarina sentia Torres: confiável, generoso, íntegro em tudo o que fazia.

— Onde procuraremos?

— Eu tenho contatos que conhecem contatos que conhecem contatos. Confie em mim!

Isso lhe parecia muito vago, mas sua segurança fez Catarina calar outras perguntas.

Era muito bom poder deixar que ele tomasse as decisões.

— Catarina, vamos até o porto? Eu já mandei que levassem nossas bagagens, e não podemos perder o navio para Antuérpia.

Ergueu-se, e ele colocou seus braços nos ombros dela em uma expressão de carinho, mas também de posse orgulhosa:

— Eu já lhe disse que você está especialmente linda esta manhã, senhora Dona Catarina?

— Senhora Dona Catarina?

— Não, melhor assim: eu já lhe disse que você está especialmente linda esta manhã, querida?

— Bem melhor assim, querido!

No caminho encontraram um padeiro e sua esposa que ofereciam pães e biscoitos que pareciam apetitosos. Não resistiram a saciar um pouco da fome que ainda lhes restara.

Quando chegaram a Antuérpia, já passava das três horas da tarde.

Buscaram a casa de Abigail, mas receberam a notícia de que ela havia saído em viagem.

Buscaram então um hotel na Groen Platz.

Torres havia ficado desapontado. Certamente ele esperava experimentar a comida de Dona Abigail que Catarina vinha alardeando como maravilhosa.

— Está com fome, querido?

Catarina o conhecia de longa data e sabia o quanto ele apreciava uma boa mesa.

Teriam que ir a um restaurante, mas comer em restaurantes não era algo que Catarina ou qualquer pessoa que ela conhecia apreciasse.

Resolveu lhe fazer uma surpresa.

— Quer conhecer um restaurante especial?

— Você é quem vai me orientar hoje?

— Sim, grande viajante, esqueceu-se que eu já vivi aqui?

Levou-o a um restaurante que conhecera antes de se mudar com seu marido para Amsterdã. Aquele era um segredo muito bem guardado entre os comerciantes e negociantes da Bolsa de Valores de Antuérpia.

Pierre, seu dono, servia comida francesa para pouquíssimas pessoas em um lugar que era mais uma casa que um restaurante.

Comeram um filé preparado com um molho de vinho Madeira e tomaram um vinho cuidadosamente escolhido por Torres.

Não sobrou um pedacinho do filé nos pratos, e tomavam a segunda garrafa do vinho francês recomendado por Pierre.

Torres estava maravilhado:

— Então a senhora conhece muito bem Antuérpia! Essa refeição foi uma espetacular surpresa!

Catarina evitou comentar que Jacob e ela costumavam vir ali muitas vezes, acompanhados de seus amigos por conta do incômodo que havia notado em Torres diante da menção ao nome de seu ex-marido.

Ciúmes? Achava graça, mas não lhe custava nada poupá-lo.

Catarina estava feliz por poder compartilhar com Torres um lugar tão especial em sua memória.

A pouca luz do dia não alcançava o interior do restaurante e Torres e Catarina ficaram envoltos pela penumbra abrandada apenas por uma vela em sua mesa.

Haviam evitado se tocar durante o jantar, mas seus olhares eram tão amorosos que certamente não passaram desapercebidos ao dono que discretamente os atendia.

— Torres você sabe que aqui em Antuérpia viveu a pessoa mais rica da Europa em seu tempo?

— Não, mas posso imaginar. Era um nobre, um rei?

— Não!

— Era um banqueiro?

— Não!

Catarina se divertia com o olhar intrigado de Torres.

— Um mercador?

— Não!

— Catarina quem era esse homem?

— Pois não era um homem. Era uma mulher, uma banqueira e mercadora.

— Ah, claro que sei, como pude me esquecer. Dona Gracia Mendes! Você a conheceu?

— Não! Quantos anos você acha que eu tenho? La Señora viveu aqui em 1542, há mais de cem anos!

Torres gargalhou:

— Minha amada, não se ofenda. É que eu não sei muito sobre ela. O que você pode me contar?

— Bem, eu posso lhe dizer que, apesar de eu nunca tê-la conhecido, Dona Gracia exerceu uma enorme influência em minha vida, aliás na vida de muitos judeus que queriam fugir da Inquisição. — Os olhos de

Catarina brilhavam — Minha família foi ajudada por ela em sua fuga de Portugal! Desde menina, as histórias sobre ela me fascinam. Ela era uma mulher admirável!

— E muito rica, não?

— Sim, sua família já era rica e ela se casou com Francisco Mendes Benveniste, seu primo e um riquíssimo comerciante de pimenta, cristão-novo como ela.

— Foi então que se tornou Gracia Mendes???

— Não, nunca foi, mas acabou sendo conhecida assim por muitos. Ela manteve o nome de solteira, Gracia Luna, é claro. – Catarina abanou a cabeça — isso de adotar o sobrenome do marido é coisa das mulheres inglesas.

Torres a olhou fixamente, franzindo o nariz:

— Não é má ideia!

Catarina fingiu não ter notado.

— Pois é, e anos depois adotou o nome judeu da família: Gracia de Luna Nasi, simplesmente, Gracia Nasi ou ainda La Señora como acabou sendo chamada.

— Uma mulher e muitos nomes. Aliás como quase todos nós!

— Sim, dois nomes, duas religiões, muitos países!

Riram, e Pierre voltou a encher seus copos.

Catarina tomou um gole do vinho e seguiu:

— Bem, Dona Gracia cresceu, estudou e se tornou muito culta e preparada. Recebeu uma educação cristã, conheceu as maneiras da alta sociedade, enfim, aprendeu a viver como uma dama rica em uma sociedade cristã. Quando seu marido faleceu, deixando-lhe uma filha pequena e uma enorme fortuna, ela veio viver aqui em Antuérpia acompanhada de sua irmã.

— Por que aqui? Por que saiu de Portugal?

— Porque em Portugal o cerco da Inquisição estava se apertando e seu cunhado, Diogo Mendes, tinha fundado uma casa bancária aqui. Ela aprendeu com ele a gerir seus negócios e depois de sua morte ficou como administradora da maior fortuna europeia na época.

— Ela era então a pessoa mais rica daqueles tempos. Que espantoso! Uma mulher!

Catarina sorriu.

— E ela deu prosseguimento ao trabalho dele de apoiar os judeus que quisessem fugir de Portugal e Espanha.

— Como funcionava?

— As pessoas embarcavam em seus navios que faziam a rota de Lisboa a Antuérpia carregados de pimenta negra. Depois, aqui em Antuérpia, Dona Gracia dava apoio financeiro para que esses fugitivos atravessassem os Alpes a pé ou em carroças até Veneza. De Veneza lhes era fornecido transporte marítimo para o Império Otomano que os acolhia e onde eles eram livres para voltar à sua fé.

— Mas isso era muito arriscado, não?

— Muito, muito arriscado. Seu cunhado chegou a ser preso, e sobre ela recaíam as mesmas suspeitas, apesar dela cumprir os ritos católicos.

— Muito perigoso mesmo!

— Mas os governos dependiam de dinheiro para promover suas guerras e estavam sempre precisando de empréstimos.

— E ela emprestava a todos?

— Sim, ela emprestava dinheiro a mercadores, reis, rainhas, até mesmo ao papa.

— E com isso conseguiu escapar?

— Sim, o papa, por exemplo, lhe concedeu um salvo conduto depois de um vultuoso empréstimo.

— As coisas não mudaram muito... — como ela amava Torres quando ele sorria como fazia agora, com alegria, malícia, descontração.

— Sim, o dinheiro e a possibilidade de enriquecer portos e cidades com o comércio que ela e pelos demais comerciantes e banqueiros podiam lhes trazer renderam concessões por parte dos governantes.

Era estranho que conseguissem falar de temas tão sérios enquanto seus olhares se deliciavam ao mergulhar um no outro.

Catarina se entusiasmou e prosseguiu:

— Imagine que ela influenciou até o Sultão Suleyman, o Magnífico, que enviou da Turquia uma esquadra para protegê-la.

— E aí ela foi viver em Constantinopla sob proteção dele?

Catarina percebeu que Torres sabia muito mais do que aparentava saber.

— Sim, depois de viver em Ferrara e em Veneza ela se mudou para Constantinopla como judia assumida. Durante toda sua vida, prosseguiu ajudando os cristãos-novos que quisessem retornar ao judaísmo.

— Ajudando as fugas, certo?

— Certo, além do esquema de transporte e abrigo, ela ajudava os fugitivos financeiramente. O fato de ter uma casa bancária facilitava as coisas. Ela fornecia documentos de crédito que eram resgatados em outros lugares. Quando vivia no Oriente, ajudou a reconstruir a pequena vila Tibérias às margens do mar da Galileia e apoiou os que queriam migrar para lá.

— E ela foi para a Palestina?

— Não sei. Sempre quis saber isso, mas ninguém soube me responder. Na verdade, não se sabe exatamente como ela terminou seus dias, onde morreu.

As mãos de Torres pousaram sobre as de Catarina, as tomaram e ele começou a acariciar um dedo de cada vez.

— Acho fascinante você me contar sobre algo que tanto a apaixona! E o que mais ela fez antes de falecer?

Ela hesitou, mas terminou por deixar que ele prosseguisse com suas carícias. Apreciava aquele contato tão suave e ao mesmo tempo tão excitante, especialmente quando ele a tocava com a ponta dos dedos, alisando a palma de sua mão, o espaço entre os dedos.

— Ela patrocinou a publicação de livros; era apaixonada por livros. Dizem que a Bíblia de Ferrara foi patrocinada por ela!

Pelo silêncio de Torres, ela imaginou que ele não soubesse o que era a Bíblia de Ferrara. Foi a vez dela acariciar as mãos dele.

— Você sabe, a Bíblia de Ferrara foi a primeira bíblia publicada em espanhol para aqueles que não conheciam o hebraico ou o latim.

— Sim, sim, para cristãos-novos como eu e você.

— É, isso! — para não deixá-lo constrangido, evitou reforçar que ela, sim, sabia hebraico graças às lições de seus avós — essa Bíblia foi usada também pelos cristãos, pois tinha a aprovação da Inquisição.

Suas largas mãos envolveram o rosto dela:

— Catarina, você é minha Gracia Nasi, minha Señora apaixonada por livros e disposta a correr riscos para enfrentar a Inquisição.

— Sim, claro, Torres, claro, uma Señora infinitamente mais pobre — Catarina gargalhou.

— Mas com certeza, infinitamente mais linda! E rica também, por que não? Muito rica!

Catarina franziu a testa, e ele completou:

— É dona de um grande tesouro!

— É mesmo? E onde está este tesouro?

— Aqui — e colocou as mãos de Catarina em seu peito — a senhora Catarina de Leon é dona do meu coração apaixonado!

Catarina enrubesceu. Aquele homem sabia ser galante! Sentiu os lábios dele vindo na sua direção, mas se afastou, constrangida pelo olhar de Pierre:

— Vamos voltar para o hotel enquanto ainda temos pouco de luz? Quero lhe mostrar um pouco dos meus pontos prediletos em Antuérpia.

Torres pagou a conta, e saíram de braços dados.

Fora do restaurante havia ainda um pouco de luz, mas o vento fez com que caminhassem bem próximos um do outro, aquecendo-se mutuamente.

— Fale-me mais de você, Emanuel!

— Então você ainda não me conhece?

— Quero conhecer tudo: onde nasceu, onde viveu, como eram seus pais, como foi sua infância, se tem filhos, tudo!

— Tudo mesmo! Quanta curiosidade!

— É natural, Emanuel! Vamos dar uma volta maior para chegar ao hotel e você aproveita para me contar tudo enquanto eu lhe mostro alguns lugares muito importantes para a comunidade judaica que agora está em Amsterdã.

— Sim, minha querida, e não se esqueça que eu quero muito ver onde você morou.

Antuérpia! Catarina havia vivido ali na juventude e nos seus primeiros anos de casada. Doces recordações a embalavam à medida em que caminhavam.

Perdeu-se algumas vezes, desnorteada pela demolição de construções que antes conhecia tão bem e pelo surgimento de outras mais novas, mas conseguiu lhe mostrar o prédio da Bolsa de Valores no início da rua Kipdorp e a Casa da Nação Portuguesa. Esta casa reunia todos os grandes comerciantes e era quase que a embaixada de uma nação, a nação dos judeus portugueses ou espanhóis, conhecidos por judeus portugueses por terem vindo de Portugal.

Torres a deixara com apenas uma mão livre que ela usou para apontar para a Bolsa de Valores:

— Essa zona fervilhava de gente! Fortunas foram ganhas e perdidas aqui!

O outro braço, ele trazia bem apertado junto a seu corpo.

Mostrou-lhe também os palacetes que os comerciantes judeus ocupavam nas ruas Meir, Maaenstradt e Langenieuwstraat.

Eram casas muito altas com pontas em formato de agulha e coladas umas nas outras, no mesmo estilo adotado depois em Amsterdã.

— Quando as perseguições aumentaram, muitas famílias se mudaram de Antuérpia para Amsterdã como nós — explicou Catarina — outras escolheram Ferrara, Veneza ou mesmo o Oriente como Dona Gracia, em busca de governantes que oferecessem mais liberdade e melhores condições comerciais.

No final, foi quase por instinto que chegou até a casa onde havia morado, a mesma casa onde suas meninas haviam nascido e falecido. Já estava escuro, o que impediu que Torres visse as lágrimas que insistiam em brotar de Catarina.

Bateram à porta, bateram palmas, mas foi inútil.

Aparentemente ninguém morava naquela casa.

Descreveu seus primeiros tempos de casada ali, o nascimento dos filhos, as dificuldades, a decisão de irem para Amsterdã quando os negócios ficaram mais atraentes por lá e também como uma forma de ajudá-la a esquecer a perda de suas meninas.

Começavam a voltar para o hotel, perto da Catedral de Nossa Senhora.

Catarina deu-se conta que Torres não havia falado nada sobre ele ainda.

Parou e o encarou:

— Meu querido, você não vai deixar de me contar sua história. Eu não conheço você, sempre falamos de negócios e nas últimas semanas conversamos apenas sobre mim, sobre minha história.

No caminho até a Praça Grande ficou sabendo que a família dele era da região de Castela na Espanha, mas que havia fugido para Lisboa depois do decreto de expulsão em 1492.

Torres havia nascido em Lisboa em 1580, e sua família havia voltado para Bilbao na Espanha quando ele ainda era pequeno.

— Por que vocês voltaram para a Espanha?

— Com a união das duas coroas, foi mais fácil migrar para uma terra que oferecia maiores oportunidades. E além disso, um tio meu havia sido acusado por um vizinho e a Inquisição de Portugal não tinha poderes na Espanha.

— Vocês se mantiveram no judaísmo?

— Bem, minha avó fazia questão de jurar por Dio.

— Por Dio?

— Sim, nunca por Dios porque dizia que Deus era um só.

Catarina sorriu imaginando uma senhora espanhola de gênio forte e lembrou-se de sua própria avó que abominava a ideia de três deuses: um Deus Pai, Deus Filho e o Espírito Santo.

— Ela se dizia judia?

— Não, não, era muito perigoso. Minha mãe, com muito medo, acendia uma vela na sexta à noite dentro do seu quarto e fazia suas orações.

— Só isso?

Torres evitava o olhar de Catarina, seguindo em frente:

— Durante o Jejum Maior e o Jejum da Rainha Esther minha mãe procurava comer o mínimo possível alegando uma indisposição.

— Você quer dizer durante o *Yom Kipur*[17] e o *Purim*[18]?

— Isso! — Seu tom de voz elevou-se uma nota acima do normal.

— E seu pai?

— Meu pai a recriminava com muito medo da Inquisição. Isso sempre foi motivo de discussões entre eles.

Queria perguntar se ele havia sido circuncidado, mas se calou.

A circuncisão era praticada em Amsterdã para os que desejassem retornar ao judaísmo, mas nem todos o faziam por ser um procedimento muito doloroso em adultos.

Parecia que Torres ficava visivelmente perturbado quando o tema eram as práticas religiosas.

Não insistiu. Torres sabia o quanto a vida de acordo com os preceitos judaicos era importante para ela. Não quis aumentar ainda mais seu desconforto.

— E foi em Bilbao que você se casou?

— Sim, me casei e tive três filhos hoje já adultos.

---

17 *Yom Kipur* — Dia do Perdão, uma das datas mais importantes do Judaísmo, observada com um período de jejum de 25 horas e oração intensa

18 *Purim* — festa judaica que comemora a salvação dos judeus persas do plano de Hamã, para exterminá-los, no antigo Império Persa.

Os sinos começaram a tocar nesse momento e tiveram que esperar que parassem de ressoar para seguirem conversando. Catarina contou sete badaladas.

Torres relatou então que, depois que sua esposa faleceu, ele começou a atuar em Amsterdã e terminara por se mudar para lá.

— E seus filhos?

— Já estão crescidos, casados e não quiseram deixar a Espanha. Dois vivem em Segóvia e o terceiro em Toledo.

Quis perguntar se eles eram cristãos ou judeus, mas mudou de ideia.

— Você deve sentir muito a falta deles.

— Sim, sinto, mas sempre estive muito afastado de casa, viajando a negócios — seu olhar se perdeu vagando por um tempo distante e perdido — Hoje lamento essas ausências que nos afastaram tanto.

Catarina pensou em Salomão e no quanto Torres havia sido como um pai para ele.

Como se adivinhasse seus pensamentos, ele acrescentou:

— Por isso eu me acerquei e me afeiçoei tanto a seu filho.

Evitou olhar para ela, mas sua voz tremia quando ele disse isso.

‖

Haviam chegado ao hotel, e ele a levou até a porta do seu quarto.

Mal ela abriu a porta, seu abraço a envolveu, forte, protetor, intenso. Seu peito largo parecia capaz de abrigá-la de todos os perigos do mundo.

— Querida Catarina, minha mulher adorada, você não sabe há quantos anos eu sonho com esse momento!

— Emanuel, Emanuel, Emanuel — Catarina repetia o nome dele como uma carícia.

Ficaram ali parados na soleira, protegidos pela escuridão do corredor, envolvidos nesse longo abraço, sem coragem para entrar e sem vontade alguma de se separarem.

Havia cumplicidade no ar, havia ternura e o partilhar de uma dor comum que esse abraço e os carinhos tentavam diminuir.

Ela tentou acariciar a cabeça dele, mas Torres tomou suas mãos e beijou a ponta de seus dedos sem tirar os olhos de seus olhos.

A cada beijo, ela sentia uma onda de calor a inundando, se intensificando, pulsando, se concentrando e subindo pelo seu ventre. Seus corpos se colaram mais intensamente e ela pôde sentir o desejo dele também pulsante.

Ele passou a beijar suas orelhas, seu pescoço e a mordiscar de leve seu ombro e ela retribuiu os carinhos acariciando a nuca de Torres.

Gemiam de prazer, gemido sussurrados e Catarina sentia-se derreter.

Quando finalmente ele tocou seus seios, ela perdeu o controle.

Deixou que ele entrasse em seu quarto, em seu corpo, em sua vida.

||

— Bom dia, grande amor!

Catarina tomou um susto e abriu os olhos.

Torres a fitava amorosamente enquanto acariciava seus ombros nus e seus cabelos dispersos no leito.

— Bom dia! — respondeu ainda hesitante em usar uma palavra que ela nunca havia usado nem com Jacob. Eles nunca falavam de sentimentos; ela jamais ouvira a frase "eu te amo" sair dos lábios de seu falecido marido.

Torres, no entanto, a chamou pelos nomes mais carinhosos enquanto beijava devagar e com muito cuidado seus olhos, seu rosto, seus ombros. Afastou as cobertas e tomou seus seios em suas mãos.

Beijou-os com devoção, devagar, com força, com suavidade, com doçura.

Enquanto sua boca se ocupava com um seio, sua mão tomava o seio livre e brincava com o mamilo, apertando, puxando, acariciando.

Ela estremecia em ondas de prazer, girava a cabeça e gemia baixinho, incitada por suas palavras de amor.

De repente, um gozo forte, rouco, desconhecido a tomou, e a fez arquear de prazer.

Envergonhada por aquela reação tão inesperada de seu próprio corpo, cerrou os olhos.

Torres continuava com seus toques, e ela percebeu então que seu prazer, seu gozo o haviam deixado próximo do descontrole também.

Respondeu com alegria quando ele deslizou suas mãos em suas coxas e as afastou.

Levantou seu ventre para recebê-lo e o que se seguiu teve a força de terremotos que foram seguidos pela erupção de vulcões gêmeos.

Ao terminarem de fazer amor, ela repousou sua cabeça no peito dele e acariciou os pelos longos, negros e macios que o cobriam.

Torres era completamente masculino. Não havia outra palavra para defini-lo. Seus braços eram fortes, a maneira como ele a tocava era firme e decidida e sua voz era grossa.

Um homem em todos os sentidos.

Ficaram em silêncio por longos minutos.

O coração de Catarina batia agitado pelo esforço e por alguma ansiedade.

Não a preocupava o fato de não terem esperado as bênçãos de um rabino para se unirem ou a aprovação de seu círculo de amigos e familiares. Torres a amava e se casariam um dia.

Mas antes teriam que encontrar seu filho que seria filho dele também.

Deu-se conta que era a primeira vez que via Torres silencioso por tanto tempo.

Sim, seu coração batia, ela podia ouvi-lo. Estaria dormindo?

Neste instante ele abriu os olhos, sorriu e a envolveu em seus braços.

— Minha mulher, você é minha mulher.

Assentiu sem palavras, encantada pela força do que não era um pedido ou uma sugestão, mas uma afirmativa que não aceitava oposição.

‖

Quando embarcaram novamente para seguirem rumo à França, ela não relutou em caminhar de braços dados com ele e, mesmo envergonhada, gostou quando ele beijou seu rosto em público.

Catarina queria que o tempo voasse para encontrar seu filho e queria que o tempo parasse para que ela vivesse aqueles momentos de descoberta com Torres.

Mas o tempo seguiu seu curso e seu ritmo, indiferente aos seus desejos.

Prosseguiram sua viagem e atravessaram a França ao longo das semanas seguintes, ora em barcos à vela ou puxados por cavalos, ora em carruagens alugadas por Torres.

Os caminhos fluviais não eram tão bem feitos quantos os canais holandeses, e as carruagens e os barcos tampouco eram tão confortáveis.

No entanto, Catarina tinha agora as energias renovadas para encontrar seu filho.

Já não iria procurá-lo; iria encontrá-lo.

Ao lado de Torres todos os sonhos pareciam possíveis.

E por piores que fossem as acomodações das pousadas e hotéis, o corpo de Torres junto ao dela fazia com que todo cansaço desaparecesse em noites inesquecíveis.

CAPÍTULO TRÊS

TERRAS DA IDOLATRIA, SETEMBRO A OUTUBRO DE 1633

O amor é a alegria acompanhada da ideia de uma causa exterior.

O ódio é a tristeza acompanhada da ideia de uma causa exterior.

– Baruch Spinoza

CHEGARAM A BAYONNE NO INÍCIO DA MANHÃ, quando uma densa neblina encobria a cidade e seu porto. Durante tantos anos Catarina havia revisitado sua cidade em pensamentos, e agora ela se fechava ocultando seus segredos para ela!

Apertou as mãos de Torres com força enquanto passavam pelos edifícios da parte central da cidade. Apesar da neblina, foi possível ver como esses edifícios, construídos à margem do rio, tinham seus beirais e balcões projetados em ângulos e tamanhos diferentes o que fazia com que a rua parecesse desalinhada, lembrando Amsterdã.

— Você está gelada! — disse ele com carinho e levando as mãos à testa de Catarina.

Não, ela não tinha febre. Suava frio, tomada pela ansiedade de chegar ao seu destino.

Quando a carruagem cruzou a ponte que os levaria até Saint Esprit, a neblina começou a baixar e ela reviu lugares que pensara estarem perdidos em seu passado.

O rio Adour corria placidamente para sua foz, e ela relembrou seus tempos de menina quando arremetia pedras para ver os círculos se multiplicando.

Passaram pela igreja de Saint Esprit onde ela havia sido batizada e onde havia feito a primeira comunhão, atravessou as ruas em que brincava quando criança, passou pela casa usada como *yeshivá*[19] principal, até que finalmente chegaram à casa onde se hospedariam, a residência de um comerciante português. Torres lhe contou que esse homem havia se mudado e alugava quartos na casa que funcionava como hospedaria apenas para conhecidos. Contava para isso com um discreto funcionário também de origem portuguesa.

Instalada em um edifício com o primeiro andar construído em pedra, a casa contava com janelas amplas e balcões em madeira no andar superior. A entrada era imponente com o brasão da família sobre a porta principal, e um pomar assomava sobre o muro.

Realmente Torres sabia como se hospedar.

Em Bayonne se portariam como marido e mulher, e Torres entrou na improvisada hospedaria com as mãos sobre os ombros de Catarina.

O senhor que os recebeu, alto, calvo de uma magreza assustadora, cumprimentou a ambos com secura enquanto olhava Catarina de alto a baixo de uma maneira descortês.

— O senhor vai querer o quarto de sempre?

Era a primeira vez que Catarina via Torres não ser bem recebido em algum lugar, mas ele não pareceu se abalar com a rispidez daquele senhor.

— Boa noite, senhor Furtado! Como está sua família? Seu filho está melhor?

Sem responder, Furtado lhe entregou a chave de um quarto, mas Catarina o interrompeu.

19 *Yeshivá* – Escola judaica

— Senhor Furtado, seria possível nós nos hospedarmos no quarto que Salomão de Leon Lima ocupou da última vez, por favor?

Torres se virou para ela com o cenho franzido.

— Catarina, o quarto em que eu costumo ficar é maior e mais iluminado.

Ela insistiu:

— Mas eu gostaria de ficar pelo menos uma noite no outro quarto.

Furtado não demonstrou espanto pelo seu pedido, mas informou:

— O quarto que a senhora deseja não está limpo.

Torres pareceu aliviado. Com certeza queria poupá-la de amargas lembranças.

Ainda assim, ela não desistiu.

— É possível limpá-lo agora? Temos algumas visitas a fazer e só retornamos após o almoço.

Dando um longo suspiro, Furtado disse que limparia o quarto antes do retorno deles, mas cobrou uma taxa que aceitaram pagar.

Torres e Catarina deixaram sua bagagem e saíram.

— Ele tem um filho doente — explicou — por isso é tão mal humorado.

Catarina sempre se maravilhava com o interesse que Torres tinha pela história de todos ao seu redor. Ele conhecia cada um dos empregados pelo nome, sabia de suas famílias e como viviam.

Mais de uma vez, Catarina havia ouvido de um empregado o relato de como o Senhor Torres os havia ajudado em caso de doença na família ou falecimento.

Caminharam devagar, aproveitando para usar as pernas depois de tantas horas e passadas na longa viagem de coche.

Catarina já não tinha parentes em Bayonne, mas esperava reencontrar antigos conhecidos e escolheu sair na direção da antiga *yeshivá*.

O sol agora brilhava forte, tão forte quanto pode ser um sol de outono, e a neblina havia se dissipado.

Uma senhora vinha caminhando na direção deles, apoiando-se em uma bengala. A velha senhora não reconheceu Catarina, mas ela nunca se esqueceria da mulher que cuidara de sua avó com extremo carinho e competência quando ela adoeceu.

— Dona Ester! Lembra-se de mim?

Para a surpresa de Catarina, a senhora fixou seu olhar embaçado nela, tentando reconhecê-la.

Entendeu então que a bengala não se devia a dificuldades no andar; percebeu que Dona Ester estava cega.

— Sua voz, sua voz — ela repetia — eu me lembro de sua voz!

A velha senhora avançou a mão na direção do rosto de Catarina

— Catarina! Mas é a menina Catarina, *Baruch Atai Adonai!*

Ela praticamente se jogou nos braços de Catarina e ficaram ali, emocionadas, maravilhadas, resgatando no abraço anos de amizade.

Foram para a casa dela onde sua filha lhes preparou um chocolate quente como há muitos anos Catarina não tomava.

Apresentou Torres a elas como seu marido.

Dona Ester propôs que se hospedassem em sua casa, mas Catarina não queria estar em outro lugar que não fosse o quarto de seu filho, o último lugar onde ele fora visto.

Foi difícil explicar isso sem ofender Dona Ester, mas Catarina conseguiu, deixando entender que haviam se casado há pouco tempo e que queriam ficar mais isolados, o que não deixava de ser uma meia-verdade.

Quando voltaram caminhando, Torres a surpreendeu:

— Catarina, amanhã eu realmente preciso atravessar a fronteira e ir à Espanha resolver alguns assuntos com o Neves e investigar sobre o paradeiro de Salomão. Pode ser conveniente que você fique com Dona Ester. Isso me deixaria mais tranquilo.

— Mas Emanuel, em dois dias é o *Rosh Hashaná*[20] !

— Não se preocupe, minha querida. Eu voltarei de Bilbao antes do Grande Jejum.

Torres insistia em chamar o *Yom Kipur* de Grande Jejum.

Desta vez ela não o corrigiu.

Ela sabia que a família de Torres, como tantas outras, chamava o *Yom Kipur* de Grande Jejum porque suas comemorações do Dia do Perdão se limitavam ao jejum. Sendo constantemente vigiados por vizinhos, empregados e até mesmo parentes, de todas as tradições o jejum era o mais simples de ser mantido sem chamar tanta atenção.

Mas a tradição era tão mais rica! Na sua infância, Catarina amava especialmente o *Rosh Hashaná*, o ano novo judaico.

Celebravam o novo ano de forma discreta, porém completa: as comidas, o *shofar*,[21] os rituais, as brincadeiras. Durante os nove dias seguintes ao *Rosh Hashaná*, muita oração e reflexão culminavam no jejum do Dia do Perdão.

---

20 *Rosh Hashaná* – Ano Novo judaico

21 *Shofar* – Instrumento de sopro feito do chifre de veado e tocado durante algumas cerimônias

Ela ainda tinha muito o que ensinar a Torres! Principalmente sobre o descanso obrigatório.

— Você não vai se abster de trabalhar no *Rosh Hashaná*?

Pelo ar de espanto de Catarina, Torres viu que havia cometido um erro. Arregalou os olhos em uma de suas caretas que sempre a faziam sorrir e disse em tom de desculpas:

— Eu não posso deixá-lo esperando, o Neves é um importante fornecedor. Se isso acontecer e se alguém relacionar minha ausência com o *Rosh Hashaná*, correremos perigo. Estarei na Espanha onde os longos braços da Inquisição podem facilmente me prender.

Ela tinha muito o que aprender com Torres sobre como se comportar nas terras de idolatria.

— Você tem razão. Você deve cumprir o que foi combinado. Passarei as noites de *Rosh Hashaná* na casa de Dona Ester onde eles devem comemorar o *Rosh Hashaná* com discrição. Depois aguardo você na hospedaria para jejuarmos no *Yom Kipur*.

— E o que fazemos agora, antes de nos separarmos durante dez longos dias? — ele perguntou com um olhar malicioso.

— Vamos passar pela casa onde eu morei? — Catarina sugeriu.

Disfarçando seu desapontamento, mas sempre fazendo o possível para agradá-la, Torres concordou.

||

A casa que Catarina habitara em sua infância era agora ocupada por uma curtição de couro, e não encontraram mais ninguém conhecido nos arredores.

Para compensar a frustração de Catarina, Torres a levou à casa de um pescador em Saint Esprit onde ela foi apresentada às delícias culinárias da sua própria cidade natal.

Quando pequena sua família raramente comia peixes, apesar de morarem no litoral.

Eles acabaram abolindo os peixes de sua dieta porque seria muito suspeito comer apenas aqueles com escamas e barbatanas, alimentos casher. Já era bastante difícil driblar as restrições à carne de porco e salgar a carne de vaca para extrair todo o sangue. Diziam então que não gostavam de peixe.

Torres e Catarina escolheram um peixe que sabiam ter escamas e, quando a comida chegou, não se fartaram de comer. O pescador lhes disse que os camarões e os mariscos estavam frescos, mas Catarina conteve o asco e respondeu que preferia o peixe mesmo.

Ela se deliciava ao ver Torres comendo. O prazer que ele extraía de cada refeição era contagiante.

Depois de limpar a carcaça do peixe, perguntou:

— Catarina, você está gostando de ser casada comigo?

Catarina quase engasgou de tanto rir, mas prosseguiu com a farsa:

— Sim, Emanuel, meu esposo. Você me faz muito feliz. Nossa vida a dois parece um sonho!

Seu rosto ficou sério, e ele prosseguiu:

— Então você quer transformar este sonho em realidade? Vamos nos casar quando voltarmos para Amsterdã?

Catarina chegou a sorrir de alegria, mas no instante seguinte a realidade a atingiu de cheio, explodindo em seu peito com a força de uma bola de canhão.

Essa não era uma viagem romântica, ela não sabia se reencontraria seu filho, ela não sabia sequer se voltaria a Amsterdã e em que condições físicas e emocionais.

— Ah, Emanuel — começou a chorar .

Torres, a princípio, não entendeu seu choro, mas segurou suas mãos sobre a mesa e as apertou de leve.

— Eu não posso fazer qualquer plano para minha vida enquanto não tiver encontrado meu filho — ela soluçava — você se incomoda de fazer seu pedido novamente daqui a algum tempo?

A mão de Torres apertou a dela com mais força.

— Farei este pedido quantas vezes for necessário até o final da minha vida se for este o caso.

Torres pagou ao pescador e voltaram para a hospedaria de braços dados.

— O quarto já está pronto — anunciou Furtado.

Subiram as escadas devagar e, quando abriram a porta, uma surpresa a aguardava. Torres havia encomendado flores antes de saírem. O suave aroma de rosas recém-cortadas, misturadas com flores de outras cores, inundava o quarto.

A angústia que Catarina vinha sentindo desapareceu diante do gesto dele. Olhou para o quarto não mais com dor, mas com esperança e abraçou Torres, explodindo em gratidão.

O contato com aquele corpo forte, sólido, aplacou seus receios e despertou um forte desejo que eles não tardaram em saciar plenamente.

||

Ainda era madrugada quando Torres se levantou.

Catarina deixou-se ficar na cama lânguida, relaxada e, com prazer, observou-o se vestindo, calçando suas botas, colocando o chapéu de abas largas na cabeça, olhando-se no espelho. Torres ajeitou o bigode, virou-se para ela, tirou o chapéu com uma mesura, inclinou-se para lhe dar um longo beijo e partiu rumo a Bilbao.

Catarina aspirou o cheiro deixado por seu amado nos lençóis. Aquele aroma doce lhe trazia deliciosas recordações que ela não queria abandonar.

Como cristão-novo, Torres podia não conhecer todas as tradições judaicas, mas as antigas recomendações rabínicas para que o marido proporcionasse prazer à sua mulher eram uma "tradição" que ele seguia à risca.

Com força renovada, Catarina resolveu começar o dia se preparando espiritualmente para localizar seu filho.

Levantou-se, trocou suas roupas e orou ao lavar suas mãos.

Enquanto derramava a água sobre as mãos, louvou o Senhor e agradeceu as flores, a refeição, o quarto confortável, o feliz encontro com Dona Esther, a viagem feita em segurança e o amor de Torres.

Retrocedendo um pouco no tempo, agradeceu ainda o acolhimento de sua família em Utrecht, a disposição de Tia Sara para ficar com Débora e a aprovação do *Mahamad* para a viagem.

Recordou com gratidão a presença de Débora em suas vidas e o quanto ela fizera feliz a seu filho.

Seu coração se expandia dando graças pelo êxito nos negócios, pelo desempenho de seu filho e pela ajuda de Torres depois da morte de Jacob.

Olhou para sua vida e se alegrou pela família que havia constituído com seu marido, pelos anos de felicidade que havia vivido ao lado dele e pelo casamento de Débora e Salomão.

Agradeceu então a preciosa família que a criara, seus pais, seus irmãos, seus queridos avós.

Voltou mais ainda no tempo e reviu a trajetória de seus familiares, de seu povo, de seus ancestrais.

Recapitulou o passado recordando todos os sacrifícios, cada uma das vitórias, as fugas, as dificuldades, as superações.

Retrocedeu até o momento em que a religião judaica havia começado, com Abraão rejeitando as estátuas e iniciando o culto a um único Deus.

Suspirou de emoção, com as lágrimas escorrendo pelo rosto.

Depois, enxugou as mãos, cerrou os olhos e avançou no sentido contrário, dos tempos de Abraão até o momento que vivia. Com os braços estendidos, ela ia colhendo as bênçãos resultantes de cada passo da jornada de seu povo: a força, a resiliência, a união, a certeza da ligação com Deus e de serem unos com Ele.

Avançou ao longo da vida de seus ancestrais e reconheceu em si mesma o presente de cada um deles: o gosto por falar diversas línguas, a habilidade para o comércio, o amor ao conhecimento.

Ainda com os olhos cerrados e os braços estendidos, colheu em suas mãos essas e outras bênçãos, como os ensinamentos de sua avó, a força e o exemplo de seus pais, o amor e carinho de Jacob, Salomão e também pelo tempo que Deus lhe havia permitido conviver com suas filhinhas.

Recolheu em seu regaço a serenidade e a ternura de Débora.

Deu-se conta do quanto o amor de Torres a estimulava, lhe dava forças, fazia com que ela olhasse o futuro com confiança.

Levou suas mãos ao peito, cruzou-as e assim ficou por longos momentos, deixando que as bênçãos recolhidas e reconhecidas a tomassem.

Ela não estava só e frágil.

Ela estava pronta, plena de forças, amparada por muitos, abençoada por Deus e preparada para seguir em sua jornada.

Não imaginava o quanto viria a precisar de cada uma destas bênçãos.

||

Depois de almoçar com Dona Esther, voltou para o quarto. Não lhe disse que Torres estava ausente porque não queria se hospedar na casa dela; ficaria ali na hospedaria, à espera de seu amado.

Olhou ao seu redor e sorriu. Torres se fora havia tão pouco tempo, e ela já sentia falta dele, já suspirava por ele e o via em cada pequeno detalhe do quarto que haviam compartilhado, especialmente nas flores fartas, plenas como o amor que ele lhe oferecia.

Pensou em retribuir, de alguma maneira, todas as demonstrações de amor que ele lhe dava.

Torres havia deixado uma de suas arcas, a maior, e levado a arca menor com roupas apenas para os dias em que ficaria fora.

Decidiu organizar essa arca já bastante revirada por ele. O fato de viajarem sem criados lhes dava mais privacidade, mas Catarina sabia o quanto Torres detestava dobrar suas roupas.

Começou a colocar todas as roupas dele em cima da cama para dobrá-las e arrumá-las.

Dobrou novamente cada peça, alisando-as com carinho, exatamente como alisava a pele do seu amado.

Dobrar roupas não era uma tarefa que ela apreciasse, mas refletiu sobre como a vida entre duas pessoas que se amam pode se tornar mais leve. Faziam coisas um pelo outro sem que elas pesassem porque eram gestos de amor.

De repente algo caiu e rolou pelo chão, para debaixo da cama.

Agachou-se e avistou alguma coisa brilhante que ela esticou a mão para alcançar.

Seu coração acelerou quando a luz revelou o que era.

Era uma joia, um pingente, algo que ela conhecia muito bem. Olhou-a detidamente. Quando o fruto de anis estrelado que ela havia dado a seu filho se desfez, ela havia mandado fazer essa reprodução em ouro. Salomão costumava usá-la todo o tempo.

O que significava isso? O que fazia aquela joia dentre as coisas de Torres?

Tornou a olhar embaixo da cama e, realmente, não havia mais nada além de muita poeira.

Aos poucos teve que encarar algo que ela preferia não ver.

Não havia dúvida. Torres tinha entre suas coisas um objeto que pertencia a seu filho e do qual ele nunca se separaria.

Sua cabeça estava zonza, ela não conseguia entender, ela não queria entender. A suspeita de que Torres sabia onde estava seu filho e que estava ocultando isso dela era terrível demais e a atordoava.

Que monstro ocultaria a uma mãe o paradeiro de seu filho?

O que teria acontecido a Salomão? Estaria morto e Torres sabia?

Teria sido preso?

De repente, uma suspeita mais grave ainda lhe ocorreu. Teria Torres denunciado seu filho, seu amado filho para a Inquisição?

De um minuto para o outro, todo o amor que ela tinha por Torres se transformou em ódio, um ódio profundo e cortante.

O único que teria a resposta a todas suas dúvidas era ele, e Catarina não iria esperar que Torres voltasse para resolver este mistério.

Vasculhou o baú novamente, desta vez com fúria, e encontrou entre os documentos, uma carta de Neves, o fornecedor espanhol com o endereço de seu negócio no porto de Bilbao.

Bilbao, Espanha, terra de idolatria, iria ao encontro de seu destino?

Não teve dúvidas, guardou suas próprias coisas e preparou-se para sair.

Quando desceu, pediu ao estalajadeiro que baixasse suas arcas e que lhe conseguisse uma carruagem com cocheiro.

— A senhora vai muito longe? Que tipo de carruagem prefere?

Sua expressão não se alterou nem mesmo quando ela lhe disse que iria para Bilbao.

— Ah, Bilbao! Temos um cocheiro que costuma levar o Senhor Torres para Bilbao.

Pediu a ela que aguardasse por uma hora enquanto ele tratava de conseguir essa carruagem.

Catarina não queria voltar para o quarto que se tornara maldito para ela, mas as lágrimas que haviam sido contidas pela raiva, estavam agora escorrendo livremente e ela preferiu subir e ocultá-las.

Ela estava furiosa, ela estava decepcionada, ela estava imensamente triste.

Seu choro mais parecia o urro desesperado de uma ursa que tivesse perdido seu filho.

Catarina chorava ali a dor, a perda, a angústia diante do desconhecido, o medo que a fazia simular ser quem ela não era, a raiva por não saber em quem confiar. Quando, por fim, parou de chorar, seu coração batia apressado e sua boca estava seca, suas mandíbulas contraídas, tomadas pelo medo.

As pancadas do estalajadeiro na porta a fizeram lavar o rosto na bacia e descer.

Sua cabeça latejava quando passou o endereço para o cocheiro, um rapaz que parecia um moleque de tão novo, com um bigode que lembrava uma sujeira sobre a boca.

— Ah, eu já conheço esse lugar. O Senhor Torres costuma ir lá.

Torres, Torres! Todo mundo parecia conhecer o Senhor Torres. Catarina apenas assentiu, mas ele prosseguiu falante:

— Essas estradas são perigosas. O Senhor Torres confia muito em mim e os amigos dele também. Eu mesmo levei o amigo dele para Bilbao… aquele rapaz, como é mesmo o nome? — Catarina suspendeu a respiração sem saber o que responder, mas ele completou rápido:

— O Senhor Lima, isso, Lima era o nome dele. Muito bondoso, me deu uma bela gorjeta.

— E quando foi isso? Quando ele foi a Bilbao?

— Ah, já faz tempo, já faz um bom tempo. Ele parecia apressado, havia recebido um recado dizendo que o Senhor Torres precisava dele.

Catarina entrou na carruagem desejosa de saber mais, de entender o que seu filho teria ido fazer em Bilbao quando era esperado em Lisboa.

Limitou-se a perguntar, fingindo despreocupação:

— E ele foi para esse mesmo endereço?

— Não, eu o deixei em uma hospedaria.

Suas apreensões apenas aumentaram, mas se conteve.

Quando atravessaram a Porta da Espanha, a saída da cidade na direção da Espanha, ela estremeceu.

Pela primeira vez na sua vida entraria no território inimigo, em terras de idolatria, no lugar que no passado muito remoto havia acolhido seus antepassados vindos das terras de Israel, mas que agora os perseguia sem compaixão.

II

Na saída de Bayonne, Catarina viu mais de uma placa anunciando chocolate quente.

Vó Cecília tinha razão! O segredo deles havia se espalhado e agora não eram apenas os judeus que sabiam usar o cacau no preparo de chocolate.

Uma chuva forte começou a cair e, enquanto a carruagem a levava rumo ao desconhecido, refugiou-se nas lembranças de sua avó como uma proteção contra o medo que apertava seu coração.

Vó Cecília sempre escolhia as manhãs de domingo para fazer chocolate quente quando as empregadas saíam para a missa e gostava de estar sozinha na cozinha nestes momentos. A família de Catarina importava cacau a partir de Cádiz e produzia a pasta de chocolate, uma arte desconhecida dos franceses que muito o apreciavam.

Catarina amava as manhãs em que era despertada pelo aroma do cacau sendo torrado. Corria para a cozinha depois de fazer sua ablução matinal e de rezar.

— Bênção, Vó! — ela tomava a mão direita de sua avó e a beijava.

Vó Cecília colocava sua mão na cabeça de Catarina e a deslizava até o peito enquanto a abençoava:

— O Senhor te abençoe e te guarde. O Senhor mostre a Sua face e se compadeça de ti. O Senhor volva o Seu divino rosto para ti e te dê paz. Amém.

Ela lhe explicara que a preparação do chocolate era um segredo de família que Catarina não deveria revelar para ninguém e isso tornava aquelas manhãs muito especiais.

Vó Cecília aproveitava estes momentos para revelar outros segredos que ela tampouco deveria compartilhar com quem não fosse judeu.

Catarina se sentava com os pés balançando na cadeira alta e a ouvia atentamente enquanto Vó Cecília revirava as sementes de cacau no fogão cuja lenha crepitante aquecia as manhãs frias de Bayonne.

— Preste bastante atenção. As sementes de cacau devem ser torradas numa frigideira como essa, em fogo brando até ficarem em um tom de marrom para negro. Torradas assim podem ser conservadas por dois anos.

— Como é a árvore do chocolate, vovó?

— A fruta que usamos para fazer chocolate chama-se cacau. É uma árvore pequena, do tamanho de um limoeiro e seus frutos são grandes. Nossos antepassados aprenderam com os índios da Nova Espanha[22] que se você comer as sementes cruas do cacau, elas vão lhe fazer muito mal. É preciso torrá-las, tirar sua casca e depois moê-las para que o cacau venha a ser o alimento delicioso que nós tanto apreciamos.

Vó Cecília retirava a frigideira do fogo no momento mágico, antes que as sementes ficassem escuras demais.

Ela as colocava no pilão para moê-las enquanto comparava:

— É assim com o povo judeu, Catarina. Deus nos escolheu para receber suas leis e nós passamos por perseguições e sofrimentos para nos tornarmos pessoas melhores, mais tementes a Ele e ficarmos ainda mais fortes.

— Mas por que somos perseguidos, vovó?

— Querida, porque eles querem que nós adoremos o Deus dividido em três que eles veneram.

---

22 Nova Espanha — Como se referiam ao México na época colonial

— O Pai, o Filho e o Espírito Santo? — perguntou certa vez, orgulhosa por ter aprendido as lições que o padre ensinava na igreja.

— Sim, minha neta. Mas para nós isto é impossível. Nós adoramos apenas um Deus, aquele que nos tirou do Egito e nos conduziu para a Terra Santa.

— E nos deu as Tábuas da Lei com seus mandamentos, não é vovó? — sua avó sabia que ela também prestava muita atenção a tudo o que ela lhe ensinava.

— Isso mesmo. Nós seguimos a lei de Moisés e eles seguem a lei de Jesus.

— Vovó, é verdade que foram os judeus, que foi o nosso povo que matou Jesus?

— Jesus era judeu, Catarina, não se esqueça, ele pertencia ao povo judeu.

— Mas é verdade que nós matamos Jesus?

— Não, minha querida, nós não matamos Jesus. Um povo inteiro não pode ser acusado ao longo de séculos pela ação de um grupo. Mas nós realmente não acreditamos que Jesus tenha sido o Messias. Quando o Messias verdadeiro vier, todo o povo de Israel vai se reunir na Terra Santa novamente.

Quando o cacau estava totalmente moído, ela o separava.

Com a chave que levava pendurada em sua cintura, abria então um armário de madeira pesada, grande e lustroso e dele tirava potes de louça delicadamente decorados com motivos chineses nas cores azul e branca. As tampas vedavam perfeitamente seu precioso conteúdo: as especiarias.

Catarina adorava que ela abrisse os potes e a deixasse sentir o aroma que cada um deles exalava.

Gostava especialmente da canela e do cravo. Muito raramente, sua avó lhe dava um cravo para mastigar e ela ficava horas com aquele sabor forte e agradável em sua boca.

— Os ingredientes para fazer um bom chocolate vêm de várias partes do mundo — explicava Vó Cecília — O cacau vem das selvas, o açúcar vem dos engenhos, a pimenta negra, o anis, a canela e o cravo vêm das Índias.

— E a pimenta vermelha vem do seu quintal!

— Realmente, minha querida, eu a cultivo aqui, mas ela veio do Caribe.

Catarina ouvia fascinada.

— É assim com o povo judeu que se espalhou pelo mundo depois que os romanos nos expulsaram da Palestina. Mas em toda parte, os judeus sabem de onde vieram, conhecem a história de Abraão e de Moisés, celebram o *Pessach* e o *Yom Kipur*, acendem as velas do *Shabat* e praticam a circuncisão em seus filhos, o sinal da aliança com Deus.

— E todos sabem fazer chocolate, vovó?

— Não, querida, o chocolate é algo que aprendemos há pouco tempo, só quando as Américas foram descobertas. As receitas variam de família para família. Você se lembra da nossa?

— Para cada 6 xícaras de cacau, você deve juntar uma xícara de anis, meia xícara de canela, 5 xícaras de açúcar, 2 colheres grandes de pimenta negra, 1 colher pequena de cravos e 2 pimentas do Caribe.

— Muito bem! Sempre que possível, em ocasiões especiais, eu gosto de acrescentar duas favas de baunilha.

Catarina tinha sete anos quando ela lhe revelou a receita e já sabia escrever. Quis anotar a receita para não esquecê-la, mas Vó Cecília não deixou.

— Você tem que guardar essa proporção na sua cabeça, não no papel. Esse é um segredo de família que os franceses desconhecem, mas que dariam tudo para saber. Algumas famílias judias aqui em Bayonne vivem deste conhecimento. Receio que um dia, quando souberem fazer chocolate do cacau, eles venham a nos proibir mais esta profissão como tantas outras.

Sua avó media cuidadosamente as especiarias que eram muito caras. Ela fritava ligeiramente algumas, juntava todas e as colocava no pilão para moer também.

Quando as especiarias estavam moídas, as colocava junto com o cacau também moído em uma chocolateira de cobre.

Ela tinha duas chocolateiras iguais. Eram vasilhas da altura de duas xícaras com um cabo de madeira longo saindo do meio delas.

Adicionava água fervente sobre o cacau e as especiarias, misturava bem com uma colher de ouro e despejava esta mistura na segunda chocolateira.

— Embora algumas famílias preparem o chocolate com mais água, nós gostamos de um chocolate mais denso.

Ela repetia esta operação, passando a mistura de uma vasilha para a outra várias vezes.

— Veja, Catarina, assim como cada ingrediente é importante para dar sabor ao chocolate, cada pessoa é importante perante Deus. Cada um de nós tem a missão de ajudar a curar, a reparar o mundo. Chamamos isso de *tikum olam*. Para isso cada um de nós tem um talento, um dom para o mundo. E assim como os ingredientes do chocolate ficam melhores misturados, é quando nós nos unimos uns aos outros que podemos exercitar melhor nossos talentos.

Catarina a observava misturando o chocolate enquanto se perguntava qual seria seu talento especial. Não poderia ser rabina ou navegadora, comerciante ou médica. Todas essas eram profissões masculinas.

Então, de repente, enquanto o pensamento de Catarina vagava, ela era sempre surpreendida pela espuma que se formava na chocolateira.

Vovó retirava a espuma e a colocava na xícara de Catarina.

Batia o chocolate um pouco mais com uma colherzinha de prata e lhe oferecia aquela delícia.

Catarina se sentia inebriada e elevada como se estivesse provando uma bebida proibida, tão proibida quanto os ensinamentos de sua avó.

Assim como suas palavras, aquela bebida a fortalecia e fazia com que ela se sentisse capaz de enfrentar qualquer perigo.

Agora na carruagem, ela se embriagava com essas lembranças e nelas se abrigava. Precisaria dessa força à medida que se afastava de Bayonne e entrava na Espanha.

||

A noite já havia caído quando Catarina chegou a Bilbao e ela adiou a ida ao porto. O cocheiro a deixou no que ele dizia ser o melhor lugar de pouso da cidade, o único com quartos separados, o lugar onde seu filho havia se hospedado.

Seria um lugar confiável? Estaria a salvo? Aquele lugar parecia mais uma taverna com quartos para alugar que uma hospedaria. Não gostou nada dos homens que viu bebendo nas mesas e que a examinaram com cobiça.

Alugou um quarto e disse que vivia em Paris já que seu sobrenome Leon tanto podia ser francês quanto espanhol. No estado de espírito em que se encontrava, não conseguiria encarnar a dócil esposa portuguesa.

O estalajadeiro lhe perguntou se ela desejava jantar. Só então se lembrou que passara o dia todo sem comer. Recusou de imediato. Ela não queria ficar ali, comer entre aqueles homens, no entanto, não podia ficar sem se alimentar. Desde criança se sentia muito mal, com dores de cabeça e, certa vez, chegara a desmaiar por falta de alimentação.

Antes de subir, perguntou a uma senhora que servia bebidas na taverna se ela teria leite. A senhora notou seu mal estar e a levou até a cozinha onde lhe deu um copo de leite que Catarina tomou rapidamente. Essa foi sua refeição.

Suspirou quando entrou no quarto pequeno onde mal cabiam suas duas arcas. Sentou-se na cama dura e sentiu o cheiro de bolor do travesseiro. Uma prateleira desalinhada dava um ar ainda mais desolador ao quarto.

Tinha vontade de sair pelas ruas à noite procurando Torres, mas sabia que seria perigoso e infrutífero.

Sentia saudades de Amsterdã, uma cidade muito segura onde o risco maior de se sair à noite seria cair em algum canal. A escuridão ali era tamanha que era terminantemente proibido circular à noite sem uma lanterna, mas a violência era mínima.

Sozinha, em uma cidade estranha e perigosa, ansiosa pelo momento de descobrir o que havia acontecido a seu filho, Catarina revolveu-se na cama tentando inutilmente dormir até os galos cantarem pela manhã.

Nos poucos momentos em que cochilou, ela despertava sobressaltada, angustiada, com um grito sufocado na garganta.

Seu corpo já não a obedecia; sentia fome, mas não conseguia comer; sentia sono, mas não conseguia dormir.

||

Saiu muito cedo na direção do porto e do escritório do fornecedor.

As ruas de Bilbao eram sujas, barulhentas e foi difícil se localizar e chegar ao endereço que ela tinha, um armazém no porto.

Homens negros e fortes carregavam os caixotes de madeira com açúcar das terras do Brasil para o interior do armazém e ela teve que desviar-se todo o tempo ou seria atropelada.

Um capataz gritava e ao fundo ela podia ouvir uma criança chorando. Sem saber porque, foi até o bebê que havia sido colocado dentro de um tonel cortado que lhe servia de berço. Procurou pela mãe ao seu redor, mas foi inútil.

Estava concentrada na criança, inclinada sobre ela, quando o capataz aproximou-se e tentou tomar sua cintura, se esfregando contra o corpo dela.

Catarina deu um salto, mas ele agarrou sua mão esquerda com força e soltou um bafo de álcool enquanto dizia:

— O que uma mulher tão bonita faz por aqui?

Foi um grande engano da parte dele.

A raiva que a vinha dominando nas últimas horas se concentrou em um único tapa que desferiu com todas as suas forças no rosto do capataz.

Foi um grande engano da parte dela.

O capataz era forte e começou a torcer seu braço.

— Álvarez, solte essa mulher imediatamente! Você andou bebendo de novo?

Era Torres que se aproximava. Seu olhar furioso e a fala entre os dentes mostrava que ele estava disposto a partir para a agressão física o que não impediu o tal Álvarez de mexer no cabelo de Catarina antes de sair cambaleando.

— Catarina, meu amor! O que você faz aqui? — Torres perguntou segurando-a — Você está bem?

Não, ela não estava bem.

Toda a emoção, as horas sem dormir e sem comer, o susto da violência, tudo isso fez com que ela se sentisse fraca e prestes a desfalecer.

Mas a última coisa que ela queria fazer era desmaiar.

De forma seca e sem olhar para ele, pediu a Torres que a levasse até a hospedaria onde ela poderia comer alguma coisa e reunir forças para confrontá-lo.

Ele chamou uma carruagem, mas ela sequer teve forças para subir nela. Desmaiou.

‖

Acordou confusa no quarto, ainda sonolenta com Torres ao seu lado.

Ele havia retirado suas saias, seu corpete e sua blusa. Catarina imediatamente puxou sobre si a coberta da cama como se ele nunca a tivesse visto despida.

— Eu precisei tirar sua roupa para que você dormisse melhor, meu amor.

— Quanto tempo eu dormi?

— Duas horas – alisou seu cabelo — Agora coma um pedaço deste queijo antes que a gente saia para almoçar para você me contar direitinho porque se arriscou tanto vindo até aqui.

Catarina inspirou profundamente, buscando calma dentro de si.

Não sabia como começar, mas foi Torres quem voltou a falar:

— Querida, eu encontrei o *Sidur* nos bolsos internos de sua saia. Você sabe o que acontece com quem é encontrado com um livro de orações judeu?

— Sim, acontece exatamente o que deve ter acontecido com meu filho depois que você o entregou para a Inquisição! – afastando-o, ela começou a sair da cama.

Seus olhos estavam arregalados; suas mandíbulas, contraídas e a voz saía tremida.

Em voz baixa, temendo ser ouvido, Torres respondeu, aparentemente aturdido.

— Catarina, de onde você tirou uma ideia tão fora de propósito?

Enrolada nas cobertas da cama, tropeçando, Catarina revirou os bolsos de sua saia até encontrar a estrela de anis dourada que ela havia envolvido em seu lenço. Era tão pequena que ele não a havia notado quando tirara sua roupa.

— Eu encontrei em suas coisas essa joia, a estrela que meu filho carregava consigo para onde quer que fosse.

Estendeu-a em sua direção:

— O que você fez com Salomão?

Sua voz saiu mais aguda e mais alta do que ela pretendia.

Calou-se, tremendo de raiva e aguardou.

Torres franziu o cenho, olhou a estrela surpreso e respondeu suavemente:

— Catarina, você está imaginando coisas, seu filho me deu essa estrela!

— Eu não acredito! Meu filho não iria se separar da estrela que eu lhe dei!

— Ele me deu essa estrela antes de ir para Lisboa, como sempre fazia.

— E por que?

— Ele temia que a confundissem com a estrela de Davi.

— E por que dar a você que também estava indo para terras de idolatria?

Torres segurou-a pelo pulso e tentou acariciar sua mão esquerda, o que quase fez com que a coberta caísse:

— Catarina, todos me conhecem por aqui, ninguém desconfia de mim, sabem que para mim uma estrela não quer dizer nada, sabem que eu sou...

Parou de falar, mas Catarina prendeu a respiração ao adivinhar o que ele quase ia dizendo.

— Catarina, todos acham — e ele reforçou bem a palavra *acham* — todos acham que eu sou cristão, me viram crescer, fazer negócios a vida inteira!

— Então por que você não me entregou essa estrela em Amsterdã? — Sua voz foi se elevando — Isso pertence a meu filho e a mim!

Ela havia se descontrolado de novo e o olhar de Torres lhe mostrou isso, falando ainda mais baixo:

— Eu não sabia que era algo tão precioso para vocês, pensei que fosse um amuleto dele.

— Nós não temos amuletos!

— Minha querida, por favor, fale baixo, não ponha nossas vidas e a de outras pessoas em risco.

— Eu estou falando baixo! — ela pronunciou cada sílaba devagar mas com muita força — Responda! Por que você não me entregou esta estrela antes?

— Eu não quis lhe entregar a estrela enquanto não soubesse do paradeiro de seu filho; eu a trouxe para entregá-la a você ou a ele, dependendo do resultado de nossas buscas.

— Como posso acreditar em você? — Sua voz estava mais baixa mas ainda estava estridente.

— Catarina, por que você acha que eu trouxe a estrela comigo?

— Por que?

— Por que razão eu guardaria a estrela se tivesse agido mal? Eu a poderia ter jogado fora para não me comprometer!

— E o que você estava esperando para me dar o que me pertence?

— Eu ia entregá-la, mas esperava que tivéssemos a fortuna de encontrar Salomão e eu a entregaria para ele.

Catarina manteve-se em silêncio. Chegara a hora de perguntar algo bem mais difícil de explicar: o recado de Torres para que seu filho fosse a Bilbao.

Respirou profundamente antes de perguntar:

— Por que você chamou Salomão a Bilbao?

— Não estou entendendo. Eu não chamei Salomão; ele foi para Lisboa.

Difícil não acreditar nele. Seus olhos mostravam um sincero espanto, e o cocheiro havia mencionado um recado. Quem teria mandado aquele recado?

Por algum motivo que nem ela mesma entendia, preferiu não mencionar o assunto para Torres. Ela teria que descobrir quem havia enviado o recado.

Torres, sem perceber os pensamentos que cruzavam a mente de Catarina, tomou suas mãos, livrando-a da coberta que caiu deixando-a nua, desprotegida, vulnerável.

Envolveu-a em seus braços:

— Eu amo Salomão, Catarina, amo como se ele fosse meu filho, você sabe disso. Eu jamais faria qualquer coisa contra ele.

Catarina viu então que toda a raiva que sentia por Torres era uma maneira de evitar o medo pela sorte de seu filho.

Devia estar aliviada. O fato da estrela estar com Torres não significava que seu filho estivesse morto como havia pensado em Bayonne.

Queria um culpado, queria uma razão, um motivo para o desaparecimento de Salomão.

Quando se deu conta disso, foi tomada pelo choro.

— Eu deveria ficar muito bravo com você por pensar algo tão ultrajante assim de mim, minha querida, mas não consigo.

Ela percebeu o absurdo do que havia pensado justamente do homem que sempre fora seu mais leal e fiel amigo e que agora era seu amado. Redobrou o choro.

Soluçava nos braços de Torres.

— Chore, amada — ele lhe disse, enquanto beijava seus olhos — chore o quanto você quiser, mas descanse mais um pouco.

Deitou-a na cama e enxugou suas lágrimas.

— Trabalha aqui uma criada portuguesa que cozinha muito bem. Tente dormir enquanto eu desço e peço que ela prepare alguma coisa para você comer.

No instante exato em que ele saiu do quarto, a mente de Catarina voltou a se encher de dúvidas.

Sentou-se na cama como que tomada por um impulso que a impedia de se deitar, que a punha em estado de alerta, de perigo.

O que ela sabia do Torres? Ele havia chegado a Amsterdã pouco depois da morte de Jacob.

Chegara sozinho, sem ninguém de sua família.

Havia se aproximado dela durante uma transação e seu tino comercial a fez admirá-lo a ponto de convidá-lo para ser seu sócio.

Mas quem, ela buscava em sua memória, quem o havia recomendado?

Todos. Ninguém.

Ele parecia conhecer a todos, mas Catarina não se lembrava de ninguém que o conhecesse no período anterior à sua chegada. Sua simpatia, no entanto, era tão grande que ele parecia pertencer à comunidade desde o início. Não havia quem não gostasse dele.

Por que ele havia ido para Amsterdã?

Para boa parte dos cristãos-novos, Amsterdã era o porto seguro onde podiam praticar o judaísmo, mas Torres não demonstrava um interesse maior pela religião.

Catarina sabia que muitos haviam se transferido para Amsterdã atraídos pelas excelentes oportunidades de negócios e retornado ao judaísmo para pertencer à comunidade e tirar proveito disso.

Seria este o caso de Torres?

Seu marido havia mencionado bons negócios com Torres antes de morrer, lembrou-se subitamente.

Ah, por isso ela havia confiado nele!

Seu marido havia confiado nele.

Jacob! Ele havia desaparecido, provavelmente preso pela Inquisição!

E se Jacob e Salomão tivessem sido denunciados por Torres?

As conclusões se seguiam como em uma avalanche.

Seria ele outro Vaz Pimentel, um informante a serviço do inimigo espanhol que tanto estrago causara à comunidade em Amsterdã?

Deu-se conta então do risco que corria. Estava na Espanha e Torres saíra provavelmente para avisar alguém da sua presença, provavelmente para denunciá-la. Estava em terras de idolatria, estava em perigo!

Ela seria presa, torturada e, quem sabe, até queimada na fogueira.

O *Sidur*! Seu livro de orações!

Procurou por ele inutilmente. Não, não estava ali!

Ele usaria o *Sidur* como prova assim como havia usado a estrela contra Salomão!

Catarina tremia e agora não era raiva ou medo; sentia um frio absurdo; tremia a ponto de bater os dentes. Tocou sua própria testa e se sentiu arder em febre. Estava apavorada demais para decidir o que fazer. Precisava sair dali o quanto antes.

Colocou sua roupa com bastante dificuldade, pegou sua bolsa e se arrastou para fora do quarto. Do alto da escada, viu Torres que falava com uma mulher no andar de baixo.

Eles não a viram, mas ela conseguiu ver um pouco da mulher. Ela era mais baixa do que ele e Catarina via seus dedos roliços apontados na direção de Torres.

Sentou-se no chão por detrás do balaústre e procurou ouvir. A mulher dizia em voz esganiçada e queixosa:

— Emanuel, não entendi seu recado. Você ficou fora todas essas semanas e agora não tem tempo para ficar comigo!

— Mas eu realmente preciso resolver esse negócio com meu fornecedor, Joana!

— E por que precisa dormir aqui e não lá em casa com as crianças? O padre quer falar com você!

A cada palavra ouvida, Catarina se sentia desfalecer mais um pouco. Seu queixo começou a tremer de forma incontrolável e uma bola se formou em seu estômago.

Ele era casado, ele era cristão, ele era um mentiroso. Crianças? Ele tinha filhos com aquela mulher!

Não conseguiu ouvir a resposta de Torres porque a voz deles ficou muito baixa e a cabeça de Catarina zunia.

Quem era esse homem?

Teria traído a confiança dela e de seu filho para ficar com os negócios quando todos tivessem sido entregues para a Inquisição?

Seria um criminoso?

Não sabia, mas sabia que em poucos minutos ele subiria por aquela escada e ela não conseguiria fugir.

A melhor coisa a fazer era voltar para o quarto e fingir que não sabia de nada. Ao menos ele ainda não havia saído e a denunciado para a Inquisição.

Quando ele entrou, Catarina já havia tirado a roupa e estava debaixo das cobertas.

Torres trazia uma sopa que serviu delicadamente e que ela tomou para recuperar suas forças o quanto antes.

Quando Torres tocou suas costas e as beijou, ela sentiu um arrepio de horror, mas disfarçou.

A febre estava baixando, e o frio foi substituído pelo calor. Torres pegou uma blusa dela e a molhou na água do aparador.

Passava a blusa delicadamente em seu rosto, em seu pescoço enquanto acariciava seus cabelos:

— Amada, amada — dizia — o que eu posso fazer para você se sentir melhor? Me diga, eu farei o que você quiser!

Resistiu ao sono o quanto pôde, em estado de alerta, mas por fim, sem forças, adormeceu.

Quando despertou, percebeu que, mesmo tentando aparentar calma e um cuidado extremo com ela, os movimentos de Torres eram rápidos e suas palavras, um pouco embaralhadas.

Disse que iria para o porto e ela fingiu que acreditava.

— É muito perigoso ficar aqui, Catarina. Eu tenho que sair e temo o que você possa revelar em seu estado febril. Você precisa voltar o quanto antes para Bayonne.

Sim, ela sabia sim o quão perigoso era ficar ali. Na verdade sabia muito mais do que Torres imaginava.

Ele não podia sair dali com seu *Sidur*.

— Claro, Emanuel, assim que eu estiver melhor viajo de volta para Bayonne. — adoçou a voz — Você pode me alcançar, por favor, meu *Sidur* para que eu possa rezar um pouco?

Torres o tirou debaixo do travesseiro dela e o entregou com mil recomendações de cuidados.

— Eu o coloquei aqui para que ninguém visse.

O *Sidur* estivera ali o tempo todo! Ele não o havia levado como prova!

A febre voltou várias vezes ao longo da manhã e sempre muito forte, mas ela não conseguia parar de pensar.

Por que ele não a havia denunciado para a Inquisição ainda? Que momento estaria aguardando?

Dormia, sonhava, acordava e voltava a sonhar com torturas, com seu filho fugindo, com Torres no lugar de um inquisidor.

À tarde, o mal-estar havia diminuído e ela tomou a sopa que a empregada da pousada lhe trouxe. Conseguiu estruturar melhor suas ideias.

Talvez ele não fosse denunciá-la à Inquisição, talvez Torres não fosse afinal um miserável traidor. O *Sidur* estava com ela e Torres tinha tanto a perder quanto ela. Ele também havia retornado ao judaísmo e, como ela pudera ver bem de perto, havia sido circuncidado. Se ela o denunciasse seria o fim dele também.

Talvez ele fosse apenas um grande mentiroso, um homem casado que a havia seduzido.

Talvez ela fosse apenas uma idiota que havia acreditado em doces e falsas palavras de amor.

Quando ele voltou à noite, ela estava melhor e mais calma.

Prometera a si mesma que se manteria calada. Ela era ou não a grande atriz que sua tia admirara?

Perguntas torturavam sua alma, mas ela não se deixaria levar pela curiosidade em tê-las respondidas.

Sentou-se na cama com as cobertas sobre os joelhos e observou enquanto Torres, de costas, tirava sua bota e se lavava.

Grande cavalheiro, grande conquistador, mentiroso de marca maior, a raiva avançava em um crescendo dentro dela.

Quando ele se voltou para ela, encontrou uma máscara de ódio. Olhando firmemente em seus olhos, ela disparou:

— Quem é aquela mulher que o procurou?

— Que mulher, minha querida, você teve algum sonho ruim provocado pela febre? — Ele riu um riso nervoso, tentando fazer graça onde não havia nenhuma.

Catarina ferveu de febre e de ira.

— Sua esposa, Torres, não negue! Eu ouvi vocês conversando sobre seus filhos, sobre um padre! Você é cristão, você é casado com essa mulher e ela é a "falecida" mãe de seus filhos!

Torres a olhou estarrecido, mas respondeu prontamente:

— Mulher? Ah, minha querida, aquela é Joana, minha irmã! Ela vive aqui em Bilbao com seu marido e seus filhos. É onde estou hospedado ou você acha que eu ficaria em um lugar como esse?

Algo em sua voz, algo em seu olhar, algo lhe dizia que ele estava mentindo.

Ou talvez fosse algo no tom de voz daquela tal Joana que não se parecia em nada com o tom de uma irmã saudosa.

— Irmã!!! Torres você nunca mencionou uma irmã!!!

— Você mesma disse que falamos muito pouco de mim. Não deu tempo.

— Por que não me falou dela quando disse que teria que vir a Bilbao?

Ele tentou se aproximar e tocar os ombros de Catarina. Ela o repeliu.

— Por favor, acredite em mim. Eu não queria lhe contar porque tinha medo de você não aceitar que eu fizesse parte de uma família cristã.

— Então me leve até eles, me apresente à sua "irmã" — ela o desafiou com ironia.

— Vou levá-la sim, com orgulho.

Isso a surpreendeu. Então, então, era verdade?

Com o cenho franzido, já não sabia o que dizer. Fazia todo sentido que sua irmã fosse cristã devotada, por que não? Fosse pela fé, fosse para fugir de um passado prejudicial, alguns judeus convertidos haviam se tomado de zelo ainda maior do que o dos cristãos-velhos.

A raiva recolheu-se como uma onda que se afasta indecisa.

Pensou no quanto devia ser difícil para Torres levar essa vida dupla: judeu em Amsterdã e cristão na Espanha.

O que significava para Torres viver entre esses dois mundos? Como sua alma devia viver torturada por tanta divisão!

Por que ela não podia ser capaz de ser um pouco mais compassiva, por que havia se descontrolado? Onde estavam seu equilíbrio, a calma que sempre mantivera em sua solidão de viúva?

Teve que admitir para si mesma que a paixão a havia tirado do prumo, que o medo e o ciúme a haviam arrebatado.

Deitou-se exausta. A discussão acabara com as poucas forças que lhe haviam restado. A febre estava voltando.

Alheio a esses pensamentos, Torres tratava de estender a coberta sobre ela.

— Você se sente melhor?

— Sim, um pouco melhor. Vamos à casa de sua irmã?

— Quer ir até lá agora, meu amor? Acha que sair no frio da noite vai lhe fazer bem?

Seu carinho, sua preocupação transformaram a onda de ira em uma onda de amor que desmanchou-se em brancas espumas enquanto ela o beijava aliviada, já arrependida de sua crise de ciúmes.

— Eu vou esperar que você durma e vou voltar para lá. Você tem que descansar e essa cama é muito pequena

— diante da hesitação dela, ele completou — mas se você quiser, posso dormir aqui com você.

Dormiram com as pernas entrelaçadas.

‖

Catarina não despertou melhor, e Torres teve que sair cedo para fazer negócios.

Deixaram a volta dela para Bayonne para o dia seguinte.

Catarina desceu, passou pela cozinha e quase parou para agradecer à empregada pela saborosa sopa, mas viu que Fernandes, o estalajadeiro se sentara na porta da hospedaria e preferiu conversar com ele e aproveitar o sol que brilhava forte.

— Boa tarde, a senhora está melhor? Sente-se aqui comigo, por favor!

Catarina se ajeitou em um banco de madeira de três pernas, disposta a conversar em espanhol.

— Muito obrigada, Senhor Fernandes. Eu realmente ainda me sinto fraca.

— A sopa de ontem lhe fez bem? — perguntou .

Comparado ao estalajadeiro de Bayonne, Fernandes parecia a criatura mais doce e acolhedora do mundo. Como gostava de conversar!

— Sim, senhor, muito obrigada. A sopa me fez muito bem.

— Pedi à minha criada que lhe fizesse um cozido, mas ela disse que a senhora iria passar mal se comesse a linguiça e o paio. O cozido estava muito forte e a senhora estava de estômago vazio então ela lhe fez uma sopa de galinha. A senhora gostou? É a especialidade dela.

Catarina seria eternamente grata a esta criada por poupá-la de comer carne de porco.

— Estava muito saborosa! Como é o nome de sua criada?

— Brites. Ela é de Portugal.

— Pois diga, por favor à senhora Brites que a sopa dela me fez muito bem; fez passar o frio que eu estava sentindo.

— Ah, mas uma sopa faz sempre muito bem, aquece!

— Sim, aquece mesmo. Depois que a febre começou a baixar eu sentia tanto calor que parecia estar ardendo em uma fogueira!

Catarina se surpreendeu dizendo aquilo. Como aquelas palavras haviam escapado de sua boca?

Ele riu:

— Fogueira? A senhora já assistiu a algum auto-de-fé? Já viu os judeus sendo assados vivos?

— Não — respondeu tentando conter seu choque — O senhor já?

— Claro! Eu não perdi o auto-de-fé no ano passado. Foi em Madri! Uma beleza! Fomos todos para a Plaza Mayor!

— É mesmo? — Quase perdeu o equilíbrio no banco.

— Sim, o rei participou, a Plaza Mayor estava linda, e a fogueira ardeu por muito tempo enquanto aqueles hereges safados eram queimados!

— Eles estavam presos em Madri antes? O julgamento foi lá?

— Não, o tribunal funciona em Toledo. Estão pegando todos os judeus que se fazem passar por cristãos.

— Mas o senhor teve que viajar muito. Madri é muito longe, não é?

— Sim, daquela vez a viagem foi longa, mas de vez em quando a gente tem nossa diversão aqui por perto, em Logroño. Já faz algum tempo que ninguém é queimado. Vamos ver se para o ano teremos um outro auto-de-fé, estão prendendo esses hereges antes deles fugirem para a França.

— Como o senhor sabe?

— Eu hospedo sempre aqui um frade dominicano do Santo Ofício e ele me conta várias histórias. Os processos correm em segredo, mas o frade gosta de um bom vinho e aí solta a língua. A senhora é francesa, não é mesmo?

— Sim, sou. Nasci em Bayonne, mas me mudei muito cedo para Paris. — tentou manter sua voz firme, sem demonstrar interesse pelo frade do Santo Ofício.

— Pois acho que vai gostar de uma história. Há pouco tempo atrás prenderam um sujeito que ninguém sabia se era francês, português ou holandês. Parece que o danado tinha parte com o diabo porque falava as três línguas como se tivesse nascido nesses lugares.

O sangue gelou nas veias de Catarina. Salomão havia herdado dela o gosto por línguas.

— Como era o nome dele? O que aconteceu com ele?

Sentia que ia desfalecer novamente.

— Ah, minha senhora, o nome dele ninguém sabe. Eles são tão falsos que tem mais de um nome. Esse aí dizia que era judeu, que sempre foi judeu e que nunca havia sido batizado.

— Dizia? Ou diz? — tentou se conter respirando fundo, bem fundo.

Ele não percebeu a dúvida dela quanto ao presente ou passado, pois estava entusiasmado com seu próprio discurso.

— Judeu que nunca foi batizado não pode ser queimado! Aí é que eu não consigo entender. O frade diz que quem nunca tiver sido batizado, não é herege e que portanto pode fazer coisa de judeu sem estar pecando. Mas para mim, se o homem é judeu tem que arder na fogueira.

Catarina insistiu procurando não se mostrar ansiosa:

— Então ele não era herege? Não era marrano? Era judeu? Foi solto?

Ignorando sua dúvida específica, ele prosseguiu em seu discurso.

— É uma bobagem, herege é quem é católico e faz coisa de judeu. Para a Santa Inquisição ser judeu pode, tem muitos lá em Roma que são judeus, o frade me contou. Não pode é fazer de conta que é cristão e fazer coisa de judeu.

— E o que aconteceu com esse moço? Estou curiosa.

— Não sei.

Ela o olhou atônita, de queixo caído e não conseguiu ocultar sua decepção:

— O senhor não sabe o que aconteceu com ele? E o final da história?

Diante das sobrancelhas arqueadas dele, ela se corrigiu sorrindo:

— Sabe, Senhor Fernandes, eu adoro histórias e queria saber o final dessa história.

— Ah, o frade acabou caindo numa bebedeira tão grande que no final não falava coisa com coisa e acabou dormindo. Ele deve voltar essa semana. Se a senhora quiser, eu posso perguntar para ele. A senhora pode até ajudar. E se esse prisioneiro for de Paris e a senhora conhecer? A gente nunca sabe em quem confiar.

— Eu não entendo dessas coisas, meu senhor. Só tinha curiosidade porque na França não temos Inquisição há séculos.

— Não sei como vocês aguentam viver com esses cães por perto! O cheiro do auto-de-fé não é muito bom, mas o espetáculo é bonito. Que sirva de exemplo para essa gente seguir Nosso Senhor Jesus Cristo.

Catarina sentiu-se tontear novamente, mas ele prosseguiu:

— No entanto, dizem os antigos que nada se compara com o que os portugueses fizeram em Lisboa no século passado.

Ela queria fazê-lo parar de falar, mas tinha que aparentar interesse e inclinou-se para frente numa tentativa de expressar uma curiosidade que ela não tinha.

— Isso sim foi bem feito, eles queimaram um monte de judeus durante três dias e três noites.

Ouviu paralisada. Ela conhecia a história da chacina da Páscoa de 1506. Os fiéis rezavam pelo fim da seca e da peste no Mosteiro de São Domingos quando alguém jurou ter visto no altar o rosto de Cristo iluminado, o que seria um milagre. Um cristão-novo observou que seria apenas o reflexo da luz do sol e foi por isso espancado. A raiva e a culpa pela peste e pela seca se estendeu a todos os judeus e cristãos-novos e, incitada pelos padres dominicanos, a multidão torturou, massacrou, violou e queimou em fogueiras improvisadas centenas de homens, mulheres e crianças.

Depois dessa chacina, os ancestrais de Catarina viveram em sobressalto, mas esperavam que a onda de terror passasse como tantas outras. Por fim, a ameaça da Inquisição e suas perseguições sistemáticas fizeram com que fugissem para Bayonne.

Entusiasmado, o estalajadeiro prosseguiu com voz cada vez mais alta:

— Ah, não precisava desta besteira de Tribunal não. Pegavam qualquer um nas ruas! Pegavam até dentro de casa! Iam empilhando e botando fogo. Uma maravilha! Milhares morreram.

Tentou se afastar, mas não conseguiu. Tudo o que sua família havia lhe contado como horror, este homem descrevia com alegria.

Ele abaixou a voz:

— Cá entre nós, eu acho que os portugueses exageraram porque muita criança morreu desse jeito, e a criança não tem culpa do pai ser judeu. Ou tem? O que a senhora acha? Eles já nascem malditos? Será que não era melhor acabar com a raça de uma vez?

— Por que matá-las? — Catarina perguntou com a voz débil — Se uma criança for convertida, vai ser católica e não judia.

— Que nada, isso tá no sangue, tá na raça. Sabe o que acontece quando eles se convertem?

Continuou ouvindo, o estômago embrulhado, a cabeça zunindo, as pernas mal conseguindo se manter sobre o banquinho.

— Com suas artimanhas, eles prosperam, ficam ricos no comércio, nas profissões, ocupam cargos que são nossos e que são proibidos para os judeus. Eles têm parte com o Diabo, por isso têm sucesso.

— É mesmo?

— Isso! Por isso que aqui nós temos a lei de pureza de sangue. Assim eles não competem conosco. Para quase tudo tem que apresentar o atestado de pureza de sangue, tem que provar que é cristão-velho.

— E funciona?

— Funciona! Não podem trabalhar para o Rei, entrar para a Igreja, para o Exército; é ótimo! Vocês deviam ter uma lei dessas na França. Já pensou? Ficar livre dessa praga que bebe o sangue de crianças cristãs e rouba hóstia para os seus rituais satânicos? A senhora com certeza conhece o caso do Santo Niño de La Guardia, a criança que eles mataram na província de Leon?

Não pôde suportar mais. Se ouvisse mais alguma crueldade, mais alguma mentira, iria começar a gritar e a chorar na frente dele.

— Ai, Senhor Fernandes, eu estou começando a sentir febre de novo. Vou subir um bocadinho para descansar.

— Claro, minha senhora. Se precisar de qualquer coisa, é só pedir.

— Passar bem!

— Passar bem!

||

A febre que ardia em seu corpo queimava também sua alma com as imagens de corpos sendo incendiados e de crianças assassinadas diante de seus pais.

Tudo o que ela ouvira a vida inteira sobre as perseguições ao povo judeu não a horrorizara tanto como aqueles breves minutos de conversa com Fernandes.

Judeus que bebem sangue de crianças? Ladrões de hóstia? Fernandes tinha certeza de tudo isso! Era um absurdo que alguém realmente acreditasse nessas lendas!

Sabia que o povo mais simples e mais ignorante era manipulado pelos nobres e pela Igreja. Como os judeus eram proibidos de exercer a imensa maioria das profissões e de possuir terras, serviam à nobreza, emprestando dinheiro, coletando impostos, atos que eram extremamente malvistos. Afinal, emprestar dinheiro era impuro e os impostos reais eram odiados!

Ninguém se lembrava que eles pagavam altas taxas para as ações mais básicas e que financiavam os reis e a nobreza em suas iniciativas. Pouca gente os relacionava às viagens e descobertas marítimas que eram feitas com esse dinheiro.

No entanto, quando incomodavam, quando os nobres não podiam pagar suas dívidas, o povo era manipulado para condená-los.

Era quando surgiam essas lendas, quando eram expulsos, quando ficavam sem o dinheiro que lhes era devido.

Catarina também sabia que durante a Grande Peste os judeus haviam morrido em número muito menor do que os cristãos e que por isso foram acusados de terem envenenado os poços de água.

Mas eles apenas haviam seguido as prescrições divinas como haviam feito ao longo dos séculos.

Enquanto cadáveres dos cristãos mortos se acumulavam nos cômodos, e suas roupas eram reutilizadas pelos sobreviventes, enquanto eles se orgulhavam de não tomar banho, os judeus queimavam as roupas dos mortos e se purificavam ao longo do dia e da semana e, especialmente, depois do contato com os mortos.

Se morriam em menor número não era por terem parte com o Diabo, mas por seguirem os preceitos divinos. Deus os havia poupado.

Agora Fernandes lhe mostrava mais um motivo para a perseguição. Mesmo convertidos, os cristãos-novos incomodavam porque podiam agora exercer qualquer cargo antes proibido, podiam escolher qualquer profissão. Incomodavam também porque tinham sucesso.

Daí a exigência de limpeza de sangue e a Inquisição para eliminar os hereges que persistiam sendo judeus.

Na visão de Fernandes, todos os horrores eram não apenas justificáveis, eram necessários e sua tranquilidade em dizer isso a assustou.

Percebeu então que sempre fora poupada porque nascera e vivera em terras de liberdade.

Nunca havia se deparado com o ódio ao seu povo em sua forma mais bruta, mais pura como a que Fernandes lhe ofereceu ignorando que ela era judia.

Ao longo de sua vida, Catarina havia conhecido pessoas de um bom nível cultural e econômico que nunca falariam como Fernandes.

Será que essas pessoas não haviam simplesmente ocultado dela o que realmente sentiam?

O povo judeu convivera com essa rejeição durante séculos, mas agora Catarina via como as pessoas encaravam não apenas os judeus, mas os cristãos-novos. Não era a religião que os rotulava.

Cães! Sangue! Raça! Praga! Foi assim que ele os chamou. Mesmo como cristãos, mesmo como convertidos, seriam sempre o outro, nunca fariam parte do "nós". Para eles, essas pessoas simplesmente não eram humanas.

Chorou, tomada por uma tristeza tão profunda que nada poderia aliviar.

||

O choro lhe fez bem, mas Catarina sabia que era um luxo que não poderia durar muito tempo.

Seu filho provavelmente era o jovem que Fernandes havia mencionado e corria risco de vida caso não conseguisse provar que havia crescido como judeu.

Salomão não havia sido batizado, Catarina poderia conversar com o tal frade ou mesmo se apresentar em Logroño e dar seu testemunho de que ele era judeu, nascera em Antuérpia e livrá-lo do cárcere.

No entanto, diferente de seu filho que nunca havia sido cristão, Catarina havia sido batizada em Bayonne quando menina e corria sério risco se fosse presa.

Uma vez cristã, sempre cristã, era como eles pensavam. E uma cristã ter práticas judaicas era heresia aos olhos da Inquisição. Pior ainda ter criado um filho como judeu!

No seu coração não havia qualquer dúvida quanto ao que fazer. Ela se sacrificaria para salvar seu filho se fosse preciso se apresentar e contar que ele nunca fora cristão.

Quando Torres chegou ao final da tarde, ela o esperava decidida.

Torres tirou seu grande chapéu preto, pendurou-o e olhou para ela compadecido.

Catarina sabia que estava abatida e lamentava não estar mais bela para o homem amado, lamentava não estar mais alegre. Havia penteado com cuidado seus cabelos que caíam soltos e fartos sobre os ombros e o recebeu com um longo abraço.

— O que aconteceu? — ele perguntou.

Aquele homem percebia seu estado de espírito apenas ao abraçá-la, ainda que ela não o expressasse em palavras.

Contou a ele o que havia ouvido do estalajadeiro e a decisão que havia tomado.

— Vou procurar a Inquisição para dizer-lhes que Salomão é meu filho e com isso salvá-lo.

— E quem você vai dizer que é?

Não havia lhe ocorrido mentir.

— Catarina de Leon, oras! A mãe dele.

— Catarina, onde você nasceu?

— Em Bayonne, você sabe.

— Sim, sei. E você foi batizada?

— Eu já sei aonde você quer chegar. Sim, eu direi que sou batizada e correrei o risco de ser presa pela Inquisição.

Ele agitava suas mãos no ar, incrédulo:

— Risco? Você certamente seria presa! Uma católica que retorna ao judaísmo e cria seu filho sem batizá-lo! Você não pode dizer quem você é!

— Mas Emanuel, esta é a única forma de salvá-lo!

Torres segurou o braço de Catarina e a fez sentar-se na cama.

— Ouça-me, por favor, ao menos uma vez na vida, ouça-me. Nós agora estamos juntos, seu filho é meu filho, mas você é minha mulher e eu vou protegê-la, protegê-la até de si mesma.

— Eu não me importo com o que vá me acontecer!

— Uma pergunta, Catarina. Por que você acha que seu filho ainda não se identificou como Salomão de Lima, comerciante judeu de Amsterdã? Ele próprio poderia ter dito isso, não?

— Ele pode ter dito isso, e eles podem não ter acreditado. Não sabemos!

— Sim, isso pode ter acontecido.

Ele deu um longo suspiro antes de prosseguir:

— Catarina, Salomão e eu conversamos algumas vezes sobre o que aconteceria se um de nós fosse preso e identificado.

— Um de vocês dois?

— Não, Catarina, um de nós, um dos comerciantes, gente da Nação. Eu seria preso também, mas há outros, há muitos outros e muitas famílias envolvidas.

Ouviu em silêncio com os lábios crispados.

— Todos nós usamos nomes cristãos, muitos se tornaram verdadeiramente cristãos, mas boa parte se mantém cristão apenas na aparência para viver em terras de idolatria.

Ela assentiu com a cabeça esperando que ele prosseguisse com a história que ela já conhecia. Começava a ficar irritada.

— Apenas uma porção pequena como você, seu filho e eu pudemos retornar abertamente ao judaísmo — ele insistia.

— Sim, sim, apenas em Amsterdã, em Livorno ou em Piza — acrescentou para apressá-lo — Emanuel, outras pessoas já foram denunciadas e a rede se manteve. Você não pode esperar que eu deixe meu filho morrer!

— Não estou pedindo isso de você. Mas você tampouco vai salvá-lo e aos demais agindo de forma irrefletida.

Aproximando-se dela com um olhar firme e a voz mais grossa do que nunca, ele perguntou:

— Você já pensou na família de Débora?

Ela já estava machucando seus lábios de tanto contraí-los. Muitas vezes havia se perguntado porque eles ainda se mantinham vivendo em terras de idolatria, mas não lhe cabia julgá-los nesse momento.

— Você quer dizer que eles estariam em risco.

— Seriam os primeiros, Catarina! De muitos!!! E seu filho sabe disso! O que ele pensaria da sua atitude? O que ele faria em seu lugar?

Catarina sabia muito bem o que seu filho esperaria que ela fizesse.

— Então o que eu posso fazer? Estamos de mãos atadas?

— Não sei, só lhe peço calma. Vamos pensar juntos? Nós vamos encontrar uma saída. Só espero que olhe para a situação com o olhar de seu filho.

Todo o seu corpo, todo o seu cérebro, todo o seu coração pedia que ela agisse, mas Catarina sabia que Torres queria protegê-la e o pedido de olhar a situação pelos olhos de seu filho a tocou.

Concordou e se abraçaram.

No abraço de Torres ela encontrou, como sempre encontrava, um pedaço de paz, um recolhimento, uma ilha que a acolhia e a isolava do mundo tempestuoso que a cercava.

Fizeram amor delicadamente, com muita ternura, e ela se deixou fundir no corpo de Torres, se entregou, se abandonou completamente.

No entanto, logo a seguir, enquanto Torres ainda se refazia de olhos fechados e respirando profundamente, a mente de Catarina, inquieta e ansiosa começou a perturbá-la novamente.

Antes que ele adormecesse, Catarina se inclinou sobre ele e sussurrou:

— Torres, eu quero conhecer sua irmã e seus sobrinhos.

Ainda de olhos fechados, Torres murmurou enquanto a enlaçava em seus braços:

— Vamos sim, querida. Quando você melhorar.

— Você não me entendeu, quero ir hoje, agora.

— Meu amor, eu vou dizer a eles que minha sócia chegou de Amsterdã. Me dê alguns dias, sim? Quando você estiver melhor e antes de retornar a Bayonne, nós vamos até lá.

Catarina se desvencilhou e se sentou na cama:

— Sócia? Pensei que fôssemos nos casar! Por que podemos ser marido e mulher para todos mas não para sua família? Apresente-me como sua noiva.

— Por favor, entenda que eles não sabem da minha vida judia em Amsterdã, eles pensam que eu permaneci cristão; não sabem que eu retornei ao judaísmo.

— E então?

— Então eu prefiro apresentá-la como minha sócia; é mais seguro.

— Por que não contar a eles que você retornou ao judaísmo? Ao menos para sua irmã, se é que ela é mesmo sua irmã.

O ciúme a dominava como um monstro, seu tom era duro e seu olhar cintilava de raiva.

— Por que você desconfia assim de mim, amada? Por que está me machucando? Se você quiser, eu a apresento como noiva, mas você tem que se passar por cristã, certo?

Ficou em silêncio, envergonhada por um lado e ainda mais desconfiada por outro.

— Ótimo, quando vamos? Hoje?

— Sabe de uma coisa, minha querida mestra judia? Você se esqueceu, mas entramos hoje no *Rosh Hashaná*. Eu trouxe maçã e mel para comemorarmos sem chamar muita atenção. Trouxe também uma garrafa de vinho.

Assim, com maçã, mel e vinho eles comemoraram o início do ano novo judaico.

Catarina sentiu uma saudade imensa de sua comunidade em Amsterdã. Durante duas noites, eles estariam reunidos em alegria, comemorando o novo ano ao som das bençãos do *shofar*[23]. Durante o dia todos rezariam, revendo sua conduta e pedindo perdão a Deus que nesse dia julga a todos de acordo com seus méritos.

Mas ela não podia voltar sequer a Bayonne e muito menos para Amsterdã. Nem mesmo o mel ou o vinho conseguiram adoçar seus pensamentos.

— *Tizku leshanim rabbot!*[24] – desejou ao brindarem. Mas teve que completar sozinha *ne'imot ve-tovot*[25] porque Torres desconhecia a saudação.

‖

Pela primeira vez na vida, Catarina não pôde celebrar o *Rosh Hashaná* apropriadamente, mas aproveitou o fato de estar recolhida para passar os dias que se seguiram se preparando para o *Yom Kipur*.

Durante este período, a febre baixou sem desaparecer por completo. Ela ainda não poderia viajar.

---

23 Instrumento de sopro sagrado, feito de chifre de animal casher (carneiro, por ex.)

24 Que você mereça muitos anos!

25 Bons e agradáveis – é como se responde durante a festa.

Torres passava o dia fora e vinha vê-la todas as noites. Alguns vezes dormia com ela, e outras não. Ela se debatia entre a suspeita e a compreensão, a raiva e a gratidão, o ciúme e o amor.

Sentia-se enlouquecer porque, apesar de todas as negativas, Catarina sabia que Torres ocultava algo dela .

Odiou-se por estar amando assim, por não conseguir se manter calada, por não conseguir confiar ou afastar-se dele de uma vez por todas.

A febre ia e voltava, e ela se sentia em contínua luta para manter a razão e não alucinar com tantas desconfianças.

Brites, a criada, a ajudou com as roupas que ficavam ensopadas. Ela as levava e as trazia limpas. Também conversava com ela durante as tardes nos breves momentos em que tinha algum tempo.

Não devia ter mais de quarenta anos. Sua figura pequena, morena e ágil entrava no quarto periodicamente para verificar como ela estava e lhe oferecer conforto.

Havia algo nela que Catarina reconhecia como solidariedade e, por breves instantes, imaginou que ela seria uma cristã-nova, uma judia também. Tomou isso como mais um delírio, como um desejo enorme de ter alguém em quem confiar.

Ela poderia perfeitamente ser uma delatora prestes a denunciá-la. Mesmo que fosse de origem judaica, poderia ter abandonado a fé de seus pais em troca da segurança.

Se seu filho havia se hospedado ali, ela poderia ser quem o havia denunciado.

Como Torres havia recomendado, manteve o *Sidur* guardado debaixo do travesseiro enquanto dormia e no fundo da arca quando estava acordada.

Fazer as coisas às escondidas mudou seu olhar sobre Débora e todos os cristãos-novos que tentavam permanecer fiéis à fé judaica em Portugal ou na Espanha.

Agora sim, ela sabia como era não poder ler os Salmos sem estar sobressaltada, não poder orar livremente, não poder acender as velas do *Shabat*, não poder trocar as roupas e a roupa de cama às sextas-feiras, mas, principalmente, como era viver com medo, com muito medo.

Agora sim, ela os compreendia.

Sua identidade judaica podia significar a morte e ela deveria negá-la.

Este período especial entre o *Rosh Hashaná* e o *Yom Kipur* era apropriado para pedir perdão pelas faltas cometidas. Esses dias eram críticos para a decisão final de Deus sobre quem inscrever ou não inscrever no Livro da Vida.

Pediu perdão à Deus pela arrogância com que havia tratado Débora em alguns momentos, pelo julgamento severo que fazia de quem não conhecia o judaísmo e suas práticas, da desconfiança que sentira de quem, como a família de Débora ou como Brites, se mantinha nas terras de idolatria.

Como tantos outros cristãos-novos que haviam retornado oficialmente ao judaísmo em Amsterdã, ela havia exigido de todos um rigor religioso que beirava o fanatismo. Era como se, depois de gerações afastados do judaísmo, no afã de se mostrarem verdadeiros judeus, um pouco do espírito inquisidor e fanático os tivesse contagiado e agora zelassem pelo cumprimento de todos os preceitos judaicos com um furor semelhante ao de seus antigos perseguidores.

Desejou estar diante de Débora para pedir-lhe perdão.

O perdão de Deus devia ser pedido apenas no caso de ofensas a Ele. No caso de ofensas a pessoas, o certo seria pedir perdão diretamente a elas. Pede-se perdão a Deus pelo o que se faz contra Ele e às pessoas, pelo que se faz contra elas. Assim havia aprendido com sua avó.

Desejou pedir perdão a pessoas como Brites por tê-las condenado em seu íntimo, por tê-las visto como judeus que haviam abandonado sua fé.

Se Brites fosse realmente uma cristã-nova, como poderia ter migrado para Amsterdã? Com que meios? Fernandes lhe parecia um cristão-velho empedernido que não hesitaria em denunciar a empregada se soubesse que, em seu coração, ela ainda era judia.

Foram dez dias de muita reflexão. A fragilidade física em que se encontrava, a instabilidade da sua condição e o medo pelo que poderia estar acontecendo ao seu filho, conseguiram quebrar boa parte dos traços de orgulho e fidalguia que ela levara dentro de si ao longo da vida.

Lembrou-se dos judeus tudescos e polacos que fugiam de pogroms, perseguições em que aldeias inteiras eram massacradas e chegavam miseráveis a Amsterdã. A comunidade de judeus portugueses os ajudava por serem judeus, mas não gostava de ser identificada com eles. Eles eram asquenazitas e não sefarditas. Eles e nós, sempre essa divisão absurda: judeus e cristãos, cristãos-novos e cristãos-velhos, judeus há muito tempo e judeus recém-convertidos, asquenazitas e sefarditas, Deus e nós.

Naqueles dias, Catarina descobriu o sentido da principal oração judaica, algo que compreendera intelectualmente através dos estudos, mas que agora sentia na alma ao rezar o Shemá várias vezes ao longo dos dias:

Shemá Israel, Adonai Elohênu, Adonai Echad.

Ouve Israel, Adonai é nosso Deus, Adonai é um.

Agora ela trazia para dentro de si esse conhecimento por vivê-lo, porque estava sendo tocada no coração. É um, tudo é um; Deus e nós somos um; sefarditas e asquenazitas, somos um; cristãos e judeus, somos um; o estalajadeiro e eu somos um.

A separação é uma ilusão.

Chorou de emoção porque se sentia mais frágil ao se identificar com pessoas em condições tão duras, mas, ao mesmo tempo, se sentia mais forte ao se saber una com o Todo.

Em alguns momentos, temia estar enlouquecendo e entendeu o cuidado dos mestres ao recomendar que o estudo da Cabala fosse feito passo-a-passo. Rezou então:

Shema Israel, Adonai Eloheinu

Adonai Echad

E se viu então falando com Deus, usando palavras que nunca usara em suas orações e que brotaram não de seus lábios, mas de seu coração:

> Fala através de mim, Senhor, porque somos Um.
> Faz vibrar em meu ser as palavras sagradas.
> Sou seu instrumento, sua harpa, seu shofar.
> Enche-me de conhecimento, oh, Amado!
> Como a vela que ora ilumina meu quarto,
> Incendeia, Senhor, meu coração e meu ser.
> Ilumina minha alma para que eu seja Luz
> Para este propósito, vou me deitar, vou repousar,
> Vou seguir minha vida confiando em Seus desígnios.
> Nada em minha vida acontece sem estar em Seus planos.
> Como serva obediente, vou dormir sem saber dos caminhos que o Senhor para mim traçou.

> O Senhor conhece minhas necessidades,
> O Senhor conhece meus sentimentos,
> O Senhor conhece meu potencial e saberá abrir caminhos para que eu o utilize a Seu serviço.
> Ilumine minha mente, conduza meus passos, sopre em meus ouvidos as palavras que devo dizer.
> Porque:
> Shemá Israel, Adonai Elohênu, Adonai Echad.

Na véspera do *Yom Kipur*, Catarina já se sentia melhor.

Torres lhe dissera que seria muito suspeito se ambos passassem o dia de *Yom Kipur* recolhidos em jejum e saiu cedo para a casa de sua irmã onde poderia alegar uma indisposição e não comer.

Ficou só.

Abandonada, era como se sentia. Abandonada, traída e muito desconfiada.

Colocou o quadro que Rembrandt fizera de seu filho sobre a prateleira.

Mergulhou em suas orações, mas não conseguia se concentrar.

Todo o tempo a dúvida. Quem seria aquela mulher? Irmã de Torres? Sua esposa? Sua amante?

Por que sua cabeça latejava e um vazio no ventre lhe tirava as forças?

Seria fome?

Não, não era fome.

Quem seria Torres? A história que ele contava fazia sentido, mas todo o corpo de Catarina se recusava a acreditar nela.

Tentava inutilmente retornar às orações quando uma batida na porta anunciou a entrada de Brites.

Ela trazia um pequenino vaso com flores cujo colorido e perfume inundaram o quarto. Colocou-o junto ao quadro.

— Ah, o que seria de mim sem seu carinho, Senhora Brites?

Ela apenas sorriu de forma misteriosa e Catarina soube que havia algo no ar.

— Ele chegou.

Ela sabia quem era ele.

Ela temia que fosse ele.

Ela queria que fosse ele, o Inquisidor.

Apenas uma parte de si lamentou que Torres não estivesse ali.

Ela estava pronta; ela teria que agir.

Precisaria ter força e raciocínio rápido. Teria que quebrar o jejum.

Perguntou a Brites se ela poderia lhe preparar um chocolate. A bebida havia se popularizado também na Espanha. Os judeus, como sua avó havia previsto, agora estavam proibidos de comercializá-lo.

Para sua surpresa, Brites lhe trouxe um chocolate muito denso e cremoso, temperado com especiarias e que lembrava remotamente o de Vó Cecília.

Sorveu-o com prazer.

— Brites, o frade vem sempre a Bilbao?

— Sim, praticamente todo mês.

— E o que ele faz em Bilbao?

— Ele diz que precisa descansar um pouco do trabalho difícil da Inquisição. Mas visita sempre algumas amigas e aposto que volta ainda mais cansado para Logroño depois destas visitas.

Para sua própria surpresa, Catarina riu a ponto de gargalhar, algo que não fazia há muito tempo.

— E por acaso ele passa as noites na casa dessas amigas?

— Não, ele é muito discreto, vai para lá à tarde, mas retorna no início da noite.

Catarina ainda sorria quando Brites deixou seu quarto.

Passou o dia orando e tomando três xícaras de chocolate. Pela primeira vez em sua vida quebrava um jejum de *Yom Kipur*. Pediu perdão a Deus, mas precisava estar forte para o que se seguiria.

||

No final da tarde, depois de orar, Catarina lavou seu rosto, prendeu os cabelos em um coque, deixando alguns fios fora da touca como uma vaidosa parisiense, colocou seu melhor vestido e desceu.

O frade bebia sozinho. Deveria beirar os sessenta anos, era alto, magro, de traços angulosos e uma espessa sobrancelha conferia um ar severo ao seu rosto.

A taverna estava vazia e a única mesa ocupada era a dele.

Catarina aproximou-se sorridente e se sentou na mesa ao lado.

Ele logo a cumprimentou:

— Bon soir, madame! O estalajadeiro me disse que uma senhora francesa estava aqui hospedada.

Respondeu ao cumprimento dele também em francês e prosseguiram nesta língua:

— Onde a senhora vive?

— Em Paris.

— Em que bairro? Conheço Paris como a palma da minha mão.

Por um momento seu coração disparou. Ela não conhecia Paris.

— Perto da catedral de Notre Dame — respondeu rápida e acrescentou com seu tom mais suave — e como o senhor fala francês tão bem?

— Sou um estudioso. Ah, senhora, por favor, desculpe a minha grosseria. Eu me chamo Frei Ortiz.

Sem pedir autorização, sentou-se na mesa de Catarina.

Ela apresentou-se como Catherine e começou a lhe fazer perguntas antes que ele as fizesse em sua fúria de inquisidor.

O frade gostou muito de expor sua erudição, de falar de seus estudos e bastou prosseguir nesta linha para Catarina ser poupada de sua curiosidade.

Ele tentava impressioná-la como um pavão mostrando suas penas e Catarina deixou que ele falasse, interrompendo-o apenas com palavras e expressões de admiração.

Não precisou perguntar sobre seu trabalho na Inquisição. Ele mesmo começou a falar e quanto mais bebia, mais se enchia de orgulho.

— Estamos limpando o mundo de hereges para que pessoas como a senhora não corram riscos. E não pense que somos bárbaros, somos um Tribunal legalmente constituído que segue regras do direito canônico, examina provas, ouve testemunhas. É um trabalho muito sério!

Ela ardia de vontade de perguntar sobre seu filho, mas sabia que ele ainda precisava confiar nela para falar sobre um processo específico e poderia estranhar uma pergunta direta.

A larga experiência de Catarina em negociações a ajudou a conter a sua ansiedade.

Ele seguia relatando como o Tribunal, que ele chamava de Santa Inquisição, funcionava.

— Quando o grande Torquemada foi Inquisidor Geral, ele criou Instruções que orientam nosso trabalho. O processo da Santa Inquisição pode se iniciar de três maneiras: *Per accusationem, Per inquisitionem ou Per denuntiationem.*

Tentou fazer a expressão mais enlevada possível como se o latim dele a impressionasse muito.

— O que quer dizer isso?

— *Per accusationem* é uma acusação pública de heresia, *Per inquisitionem* é uma suspeita que nós investigamos e *Per denuntiationem* é uma denúncia secreta, uma delação.

Com a cabeça inclinada, como se bebesse as palavras de um sábio, ela manteve seu ar ignorante, seus olhos sem piscar, sua boca entreaberta.

-Vou tentar explicar melhor, na prática, como funciona para ver se a senhora entende.

— Ah, por favor, muito obrigada, Frei Ortiz.

Seu estômago estava embolado, sua cabeça pesava, mas ela sabia dos riscos que estava correndo e eles eram suficientemente altos para que se contivesse. Havia observado muitas sessões na Bolsa de Valores e procurou se inspirar naqueles comerciantes que mantinham a calma mesmo quando boa parte de sua fortuna estava em jogo.

Ela não podia errar. Tinha que agir com calma e frieza para conduzir esta conversa para onde queria sem levantar suspeitas.

— Nossa intenção é tornar os cristãos-novos verdadeiramente cristãos.

— E como os senhores conseguem isso?

— Bem, quando chegamos a uma cidade há algo que se faz imediatamente. Depois da missa de domingo, o

Inquisidor lê o édito que explica as práticas heréticas. Houve um tempo em se esperava durante quarenta dias, o período da graça, que os hereges mesmos confessassem para receber o perdão e passassem, daí por diante, a viver uma vida verdadeiramente cristã.

— Quanta compaixão! — ela fazia o possível para não parecer irônica, usando sua expressão mais crédula e idiota — E funcionou?

— Não, na verdade não funcionou como esperávamos. Então foi criado o édito da fé para incentivar os que quisessem nos ajudar denunciando quem fosse herege. Agora sim, temos muito o que investigar porque, graças ao bom Deus, as pessoas estão colaborando.

Vê-lo envolvendo o nome de Deus em algo tão sórdido fez com que seu estômago se apertasse ainda mais, porém perguntou:

— São pessoas da igreja?

— Não, qualquer pessoa pode denunciar, e nós garantimos o sigilo. As denúncias são anônimas. O denunciado nunca sabe quem o acusou.

— É mesmo? — Apoiou o queixo em sua mão e balançou a cabeça com incredulidade.

— Claro! Pode ser um vizinho, uma amigo ou mesmo um parente! Já tivemos casos de filhos acusando pais, maridos acusando as mulheres e vice-versa.

— Filhos? Filhos adultos?

— Adultos ou crianças, não importa. Não há nada como a pessoa que convive com o herege para observar suas práticas.

— Não entendi. Como uma pessoa pode dizer se a outra é herege?

— Ah, veja que a senhora não conhece nada dos hábitos heréticos desta gente. Muita gente também ignora, mas nós explicamos tudo direitinho nos éditos. Uma pessoa que, por exemplo, acenda velas nas sextas à noite é um herege. Outra que tome banho ou troque sua roupa na sexta-feira também. Ah, minha filha, imagine cristãos comemorando o diabólico *Shabat* dos judeus! Um absurdo!

— Realmente, um absurdo! — Respondeu assentindo com o cenho franzido — e se a pessoa confessa que faz isso?

Olhou ao redor e notou que dois homens haviam entrado na estalagem sem que ela tivesse percebido de tão entretida que estava, mas o frade prosseguiu e ela não lhes deu atenção.

— Minha senhora, eles raramente confessam de imediato. Fingem não saber de que são acusados!

— Entendo — assentiu — Os senhores perguntam se eles fazem essas coisas, se tomam banho ou se acendem velas às sextas-feiras e eles negam, é isso?

— Não, não, a senhora não entendeu. –suspirou impaciente — Nós só dizemos que eles estão sendo acusados de práticas judaizantes. Não dizemos quais são essas práticas, não informamos do que eles estão sendo acusados.

— Não?

— Claro que não! Eles tem que rever suas consciências e confessar livremente. Não são soltos enquanto não confessarem e se arrependerem. Nós queremos uma confissão genuína, um arrependimento genuíno.

Ocultou seu horror e conseguiu perguntar:

— O que eles confessam tem que ser igual à denúncia sem que eles conheçam a denúncia?

— Sim! — o rosto dele se iluminou por ela ter, finalmente, entendido.

— Mas pode ser difícil, pode ser demorado, não? — sua voz soava doce e preocupada.

— Ah, minha filha, mas para isso temos nossos métodos de extrair a verdade.

Catarina não podia acreditar no quanto ele ia se abrindo sem que ela fizesse mais do que perguntar de forma ingênua. No entanto, não quis ouvir sua descrição dos métodos de tortura e o interrompeu com sua próxima pergunta, não sem antes tomar um gole de vinho.

— E qual a punição?

— Ah, minha filha, depende muito, varia de caso para caso. Nosso trabalho é sério e demorado. Tomamos muitos cuidados para sermos justos. Uma pessoa que colabora conosco, que denuncia outros hereges não pode ter a mesma pena de quem resiste e tenta nos enganar.

— Claro! E quais são as punições?

— Bem, praticamente todos tem a usar o sambenito quando saem.

— O que é isso?

— Uma roupa, uma capa marcada com a letra X que anuncia ao mundo que essa pessoa é um herege.

— Ah, entendi.

— Mas ela também pode ser condenada ao exílio em nossas colônias, ou ainda a pagar uma multa pelos seus pecados. A senhora há de compreender que um trabalho como o nosso carece de muitos recursos.

— Sim, claro! Mas a Igreja e os monarcas os apoiam! Afinal os senhores estão nobremente ajudando a salvar o cristianismo!

Não podia acreditar que tivesse dito aquilo; ela havia incorporado a figura de uma dedicada dama cristã!

Brites, de forma discreta, tratava de manter o copo do frade sempre cheio enquanto que Catarina bebia seu vinho bem devagarinho.

Aos poucos a estalagem ia se enchendo de homens e mulheres, mas eles pareciam não notar o entusiasmo do frade que elevou a voz para ser ouvido por Catarina no meio do vozerio:

— Infelizmente não temos todo apoio que precisaríamos. – agitava as mãos — Nem todos têm a clareza de visão que a senhora tem. Roma não nos apoia; os monarcas querem nos influenciar.

Fez a expressão mais apiedada que conseguiu e lamentou:

— Mas é um absurdo! E como a Santa Inquisição consegue fazer seu trabalho sem recursos?

— Deus provê! Um dos primeiros passos do processo inquisitório é tirar os bens do acusado, suas propriedades, para pagar as custas do processo inquisitorial.

Claro que ela entendia. Não por acaso, nos últimos tempos, mais e mais famílias ricas vinham sendo perseguidas pela Inquisição.

— Claro, claro! E em último caso?

— A punição mais severa?

— Isso, os autos-de-fé.

— Periodicamente, fazemos uma cerimônia pública nas maiores praças das cidades para onde são conduzidos os condenados à fogueira para que sirvam de exemplo para todos.

— E eles são queimados vivos?

— Sim, mas para aqueles que nestes momentos finais se arrependem, a Igreja é generosa.

— Eles são soltos?

— Não! — ele ficou indignado e sua voz subiu ainda mais, atraindo a atenção de alguns clientes que os olharam, mas que logo voltaram às suas animadas conversas.

Algumas mulheres com roupas decotadas e cabelos soltos haviam chegado, e as risadas e a bebida eram distribuídas com fartura para os clientes.

— Os condenados à fogueira são os hereges mais renitentes. Não há como libertá-los nesse ponto. No entanto, os que se arrependem no último momento e aceitam morrer como cristãos recebem a graça de serem asfixiados pelo garrote antes de serem queimados.

Ele ficou então em silêncio, um silêncio que Catarina não ousava quebrar por medo do que poderia ouvir, mas o vinho estava exercendo seu efeito. Ele oscilava entre cabecear de sono e chegar perigosamente próximo dela.

Tinha que ser rápida:

— E neste processo alguém é inocentado?

— Bem, é muitíssimo raro, mas pode ser que tenhamos um caso ou outro sobre os quais pairem dúvidas.

— O senhor se lembra de algum?

Catarina podia sentir suas mãos geladas pelo suor enquanto aguardava a tão esperada resposta.

— Bem — e o frade tomou mais um gole do vinho — Não que a pessoa fosse exatamente inocente; era um rapaz que se dizia judeu. Alguns de nós achávamos que ele devia ser submetido a algumas provas para descobrirmos se estava sendo verdadeiro, mas o francês dele era perfeito, ele era de Paris como a senhora. Eu fui um dos que concordaram que ele deveria estar dizendo a verdade quando dizia que fora criado no judaísmo.

Atreveu-se a fazer a pergunta:

— De Paris? Qual o nome dele?

— Jean Leon.

O coração de Catarina que já batia acelerado a traiu. Sentiu que ficara vermelha e sem fôlego. O frade percebeu e a olhou espantado, com os músculos ao redor dos olhos se apertando em desconfiança:

— A senhora está bem? A senhora conhece esse rapaz?

Ela jamais poderia admitir isso. O risco era muito alto, ela não poderia revelar qualquer envolvimento. Mas seu instinto materno falou mais alto:

— Jean Leon? Qual a profissão dele?

— Comerciante. Parece que negocia com açúcar.

— Hum, pode ser que seja alguém com quem meu irmão tenha feito negócios...

Hesitou, pensou em dar seu testemunho de que o "rapaz" era realmente judeu, mas concluiu cuidadosa:

— Esse nome não me é estranho, mas como saber? Jean Leon é um nome tão comum e são tantas as pessoas que conhecemos na vida! — seu coração batia forte, o sangue latejava em sua cabeça e ela tentava acalmar em vão sua respiração que ficara ofegante — é claro que algumas pessoas, como o senhor, são inesquecíveis! Nunca vou me esquecer do seu nome!

— Obrigado, a senhora é muito gentil – relaxou e sorriu.

— Mas a senhora parece que vai desmaiar, precisa se refrescar!

O frade colocou-se ao seu lado, se inclinou sobre ela e baixou sua touca tentando colocar seu braço ao redor dos ombros de Catarina com um olhar lascivo.

Catarina se desvencilhou, afastou-se, levantou sua touca, mas ele persistia inclinado sobre ela enquanto tentava tocar seus cabelos.

— Ah, Frei Ortiz, se o senhor perguntar para o senhor Fernandes vai saber que eu venho me sentindo muito mal nos últimos dias. Essa conversa me exauriu.

Sabendo que talvez estivesse esticando demais a corda, com um ar desinteressado, jogou no ar:

— E o final da história do tal rapaz? Ele voltou para Paris?

Sua respiração estava agora em suspenso, o frade abaixou a voz e rodando uma mecha de cabelos em seus dedos, sussurrou com seu hálito de vinho:

— Não, não. Quando ele foi preso disse que estava a caminho de Lisboa.

Lisboa! Cerrou seus olhos, cerrou seus dentes com medo, com raiva, com dor. Conseguiu se afastar um pouco mais com o pretexto de lhe servir mais vinho.

O frade, satisfeito, tomou a taça cheia de um só gole e Catarina começou a se erguer, ansiosa por sair dali o quanto antes, mas parou ao ouvir o frade:

— A senhora não acha que foi inteligente soltá-lo?

Solto! Implorou ao Senhor que lhe desse forças para ir até o fim:

— Por que? – conseguiu perguntar.

— Nós já temos pessoas alertadas em Lisboa para segui-lo e comprovar se ele realmente é quem ele diz que é. Ele deve tentar fugir para o Brasil.

— E então? – suas pernas tremiam, mal conseguindo sustentá-la.

— Nós vamos conseguir desbaratar a rota de fuga que esses marranos usam.

— E já se tem alguma notícia dele?

— Não, não, ele demorará algumas semanas para chegar a Lisboa porque as estradas estão bastante esburacadas com as chuvas que têm caído.

Catarina tentou sorrir, na verdade, fez um esforço enorme para sorrir:

— Que ótimo! Vocês estão usando esse rapaz como isca! Muito inteligente!

O frade elevou seu copo:

— À Inquisição!

Ele tentou piscar ao lhe dizer isso, no entanto seus olhos já estavam por demais relaxados pela embriaguez e suas palavras se embaralhavam.

O senhor Fernandes se aproximou para encher mais uma vez seu copo, mas ao ver seu estado terminou por ajudá-lo a subir para seu quarto.

Desculpando-se, Catarina afastou as pessoas que estavam em seu caminho e subiu as escadas tão rapidamente quanto conseguiu.

Quando, por fim, fechou a porta do quarto, se pôs a respirar com força enquanto se desfazia de suas vestes.

Ela se sentia sufocar e estava tonta ao mesmo tempo.

Atirou-se na cama seminua.

Seu filho estava vivo! Como ela sempre suspeitara, seu filho estava vivo!

Chorou de alegria, deu graças a Deus, exultou de felicidade.

Ele havia se passado por um judeu de Paris.

Ele conseguira! Seu filho estava vivo, provavelmente não fora torturado, mas ainda corria perigo.

Qualquer deslize dele em Lisboa seria observado pelos espiões da Inquisição.

Como encontrá-lo? Como avisá-lo? Voltaria ele para Amsterdã?

Não importava, nada importava. Ele havia escapado das garras da Inquisição, ele estava livre, e Catarina o ajudaria a permanecer assim. Com a ajuda de Deus.

||

Poucos minutos depois, Torres irrompeu pelo quarto inundando-o com sua presença.

Seu rosto estava contorcido pela raiva:

— Eu vi tudo, Catarina!

O choque deixou Catarina sem palavras. Torres estava irreconhecível!

— Eu vi quando aquele homem tirou a touca de sua cabeça, eu observei você se oferecendo para ele!

Estarrecida, ela tentava explicar, mas ele a interrompia.

— Não, não, Emanuel, você está entendendo errado, aquele homem…

— Cale-se, vagabunda! Você já está seminua para ele, é isso?

Ela se cobriu com as cobertas.

— Não! — gritou.

— Você pensou que eu não viria e se aproveitou. — Ele tirou as cobertas de cima dela com violência — É assim que você costuma comemorar o *Yom Kipur*?

— Emanuel! – agoniada, Catarina se encolheu.

— Você estava tão inebriada por aquele homem que sequer notou minha presença logo atrás de você.

— Mas, meu amor, aquele homem é um frade!

Isso apenas atiçou mais ainda sua agressividade e ele saltou na direção de Catarina sacudindo-a pelos ombros:

— Claro que eu sei que ele é um frade! Até mesmo para um frade você se ofereceu! Como eu me enganei com você

Catarina, como eu pude me enganar assim! Minha mulher! Ou melhor, a mulher que eu pretendia tomar como esposa!

Ele se afastou.

Seus olhos estavam ejetados, suas narinas se abriam como as de um touro prestes a atacar e ele segurava suas próprias mãos como se as quisesse conter enquanto andava pelo quarto de um lado para o outro.

Ela se encolheu contra a cama muito, muito assustada. Nunca o havia visto assim.

— Eu, eu... estava buscado informações sobre o meu filho! Ele é um inquisidor! — conseguiu falar com a voz débil.

— Como? Fale mais alto!

— Ele é um inquisidor — repetiu com mais força.

Ele parou surpreso. Mas isso durou apenas alguns segundos.

Aproximou-se dela e praticamente gritou em seus ouvidos:

— E o que eu havia lhe pedido?

— Como?

— O que foi que eu havia lhe pedido, Dona Catarina? — Berrou com mais força ainda.

Ela não sabia o que responder, estava confusa, tonta, fragilizada pelas emoções do dia seguidas por esta confrontação que ela não entendia.

— Nós havíamos combinado que faríamos tudo juntos, que você não tomaria essa decisão sozinha! Não apenas eu, mas toda a gente da Nação iria resolver este assunto.

— Sim, mas...

— Não me venha com mas... Não se faça de idiota. A senhora achou que o jeito mais fácil de resolver isso era se oferecendo para aquele frade dos diabos!

Olhando-o nos olhos, Catarina respondeu entristecida:

— Eu não posso acreditar, Torres, não posso mesmo!

— Quem não acredita sou eu!

— Eu estava tentando ajudar... Meu amor, eu consegui mais informações do que você e toda a rede sefardita conseguiriam em mil anos!

Ao invés de o acalmar, isso o deixou mais furioso.

— E com que meios, Dona Catarina! Com que meios! A senhora me desonrou! Minha mulher não se oferece para outro homem ou para um meio-homem como esse frade em troca de informações.

Como fazê-lo entender?

— É a vida do meu filho que está em jogo! E eu posso ajudá-lo! Torres, por favor, seja razoável. Eu descobri que Salomão está vivo!

Por alguns segundos Catarina pensou que aquilo o acalmaria porque ele ficou quieto, mas a seguir ele respirou fundo, abanou sua cabeça, abaixou-se na direção dela e pronunciou cada palavra com uma voz gélida e cortante:

— Catarina, de agora em diante, eu me afasto de você, eu me afasto de seu filho e trate você de encontrá-lo sozinha já que sabe como. Você sabe muito bem seduzir os homens para atingir seus objetivos como fez comigo e com esse frade!

Em choque, Catarina enfiou sua cabeça sob o travesseiro para abafar seus soluços enquanto ele andava de um lado para o outro do quarto esbravejando:

— Não adianta tentar me enganar. Pare com esse jogo dissimulado! Eu agora sei do que você é capaz. Duvido que você me ame! Você me usou assim como usou este frade para atingir seus propósitos!

O absurdo de suas acusações crescia, mas, com a voz entrecortada, Catarina ainda tentava chamá-lo à razão:

— Não me acuse disso, meu amor, por favor, pare com isso! Não suje assim a minha honra e o nosso amor.

— Honra? Que honra? Como posso ter me enganado? — ele a segurou pelos ombros e a chacoalhou novamente — Como posso ter sido cego? Duvido que sua viuvez tenha sido tão solitária como me contou! Diga-me, quantos amantes você teve depois que seu marido morreu? Quantos homens você seduziu para ter sucesso nos negócios? Ou será que o idiota do seu marido foi traído por você sem se dar conta?

Catarina se soltou e lhe deu um tapa na cara:

— Pare com isso, eu estou lhe avisando! Pare com isso! Você me conhece, você sabe da minha honra.

O tapa o surpreendeu, e ele se afastou.

— Não tenho orgulho do que fiz hoje, mas faria tudo de novo se fosse preciso. A vida do meu filho tem muito mais valor que qualquer julgamento que você faça sobre mim.

— Você quer dizer que se fosse preciso iria para a cama com aquele frade? — as veias do pescoço de Torres pareciam saltar enquanto ele tentava controlar sua raiva — Faria com ele o que você faz comigo?

— Não coloque palavras em minha boca. Eu não disse isso. Você me ofende com essas palavras.

Ele ia dizer algo, mas ela o cortou com a voz áspera como uma navalha:

— Eu sabia o que estava fazendo. Aquele frade havia voltado de uma tarde com amigas e estava bêbado.

Agora era ela quem continha suas mãos para não tornar a esbofeteá-lo.

— É mesmo? — a ironia e o desprezo desfiguravam seu rosto revelando um homem que ela não conhecia enquanto ele rodeava a cama.

— Vocês já estão íntimos assim? Ele lhe contou isso?

— Não, a Brites me contou.

— E você espera que eu acredite nisso?

— Sim, espero, confirme com ela se duvidar.

— E atrair mais suspeitas? Você diz isso porque sabe que eu não vou perguntar a ela. Eu vou é sair daqui — afirmou com o dedo em riste.

Ela ainda tentou alcançar sua mão, mas ele a retirou com violência:

— Esqueça os planos de casamento, Dona Catarina. Eu jamais me casaria com uma mulher sem caráter como a senhora.

Furiosamente ela partiu para o ataque. Saltou da cama com as mãos na direção do pescoço dele:

— Vá mesmo, vá para a sua casa, vá ao encontro da sua mulher, fique com sua mulher cristã!

— Ela é minha irmã! — ele gritou em seus ouvidos antes de se dirigir para a porta.

— Não me importa mais se ela é sua mulher, sua irmã, sua amante ou uma rameira qualquer — segurando a maçaneta e com a voz entrecortada pelos soluços, ela o expulsou — Suma da minha vida, suma de meus negócios, desapareça de Amsterdã!

Quando Torres saiu, batendo a porta violentamente atrás de si, Catarina se atirou na cama esmagada pela tristeza, pela revolta, pela dor.

A ilusão de viver um grande amor, de contar com um homem honesto que a protegeria se desfazia ali.

Ela estava só e seria sozinha que buscaria seu filho.

CAPÍTULO QUATRO

TERRAS DA IDOLATRIA, NOVEMBRO DE 1633

"todos os prejuízos (...) dependem de um só, a saber: os homens supõem comumente que todas as coisas da Natureza agem, como eles mesmos, em consideração de um fim, e até chegam a ter por certo que o próprio Deus dirige todas as coisas para um determinado fim, pois dizem que Deus fez todas as coisas em consideração do homem, e que criou o homem para que lhes prestasse culto."

– Baruch Spinoza

NA MANHÃ SEGUINTE, Brites veio ao quarto perguntar a Catarina se ela estava melhor e se precisava de algo. Era impossível que ela não tivesse ouvido o tumulto da noite anterior, mas mostrou-se discreta.

Catarina havia dormido muito mal, inundada por emoções desencontradas de esperança, medo, raiva, e perda.

Despertara muitas vezes no meio da noite sem saber se havia vivido um sonho de amor ou um pesadelo, demorando para se dar conta da realidade.

Enquanto se penteava lentamente, cada escovada lhe custando um esforço enorme, observava Brites que arrumava o quarto.

Nos últimos dias tivera várias demonstrações de que ela talvez não fosse uma cristã fervorosa.

Notara que, ao se inclinar e rezar diante da oratório do corredor, ela mal olhava para a imagem da santa, mas tomava o cuidado de sempre passar a mão em uma pequena estrela na base do oratório e de, em seguida, beijar seus próprios dedos.

Várias vezes ela lhe trouxera alheiras[26] no almoço e nem uma única vez lhe oferecera carne de porco.

Porém, mais do que qualquer outro sinal, Catarina sentia da parte dela uma cumplicidade, um carinho, uma compaixão que ela não podia definir mas que eram muito concretos.

Decidiu arriscar:

— Brites, você tem filhos?

— Sim, Dona Catarina — respondeu enquanto arrumava a cama — tenho dois rapazes e uma rapariga.

---

26 Alheiras — alimento semelhante a uma linguiça mas recheada com carne de frango provavelmente criado pelos cristãos-novos para simularem estar comendo carne de porco.

— Pois eu preciso de ajuda para ir ao encontro do meu filho desaparecido.

Foi até sua arca e tirou dela o pequeno quadro de madeira:

— Este é o retrato dele. Você o viu alguma vez?

— Pois sim — ela a olhou sem qualquer traço da timidez que sempre estivera presente quando estavam na frente de outras pessoas — eu conheci seu filho e o reconheci justamente por este quadro que a senhora colocou sobre a prateleira naquele dia.

Surpreendida pela sua resposta, Catarina ficou muda, e ela prosseguiu:

— Eu o via junto sempre com o Senhor Torres. Um rapaz muito bonito e gentil para com todos. Foi sempre um imenso prazer servi-lo.

— Mas então... — Catarina balbuciou — então você sabia...

Interrompeu-se, sem coragem de revelar que era judia.

— Sim, eu sei. Não tenha medo, soube quando encontrei seu livro de orações.

Catarina sentiu-se gelar de medo.

— Foi numa das noites em que a senhora delirava, e eu tentei acomodá-la melhor ajeitando seu travesseiro. Nunca havia visto um livro de orações assim, mas reconheci algumas orações em ladino. São orações que nós sabemos de cor, especialmente o Shemá, orações que minha mãe me ensinou e que aprendeu com sua avó.

— Quer dizer que você se mantém fiel às leis de Moisés?

— Sim, minha senhora, procuro seguir os preceitos dos antigos e o faço com muito orgulho. Que meu patrão nunca desconfie disso.

— Abençoado seja o Senhor! — Catarina tomou suas mãos entre as dela — Por isso então me ajudou falando do frade?

— Não só por isso, Dona Catarina. Eu faria qualquer coisa para ajudar uma mãe na sua situação. Minha mãe quase enlouqueceu quando meu irmão foi preso e sofre com sua ausência desde que ele foi exilado para a Nova Espanha.

Seus olhos se encheram de lágrimas, e Catarina lhe ofereceu seu lenço.

Aquela mulher e ela eram uma só naquele instante, unidas pela perda, unidas pela luta contra um inimigo impiedoso.

— Brites, eu preciso ir ao encontro dele em Lisboa, mas não conheço ninguém, não confio em ninguém e não posso mais contar com Torres.

Ela demonstrou espanto, mas foi discreta e não fez perguntas sobre Torres.

— Dona Catarina, eu quero muito ajudá-la, mas não posso me arriscar. Teremos que ser muito, muito cuidadosas. Quando a senhora quer partir?

— Imediatamente!

— Pois vai despertar suspeitas no senhor Fernandes a não ser que tenha um motivo muito forte para partir sem avisar com antecedência. Ele tem feito muitas perguntas sobre a senhora e o senhor Torres.

— Então o que podemos fazer? Não posso perder um dia sequer com os espiões da Inquisição nos calcanhares de meu filho!

— Se a senhora sair justamente na direção de Lisboa, eles estarão no encalço da senhora. Se o senhor Fernandes desconfiar e contar para o frade, a senhora os levará até seu filho.

— Não há como partir sem que o senhor Fernandes saiba para onde vou?

— Normalmente ao se contratar os coches, o destino é combinado antes da partida e o Senhor Fernandes ficará sabendo.

— Então eu teria que ir para um outro lugar e de lá seguir para Lisboa?

— Dona Catarina, tenho um primo que poderia conseguir quem a leve de barco. A senhora contrataria um coche para San Sebastian aqui perto. De lá a senhora toma o barco para Lisboa ou para o Porto. O que acha?

— Acho, Brites, que a senhora é um anjo do Senhor.

Catarina virou-se pronta para recolher suas roupas e colocá-las no baú.

— Por favor peça ao senhor Fernandes que consiga o coche para mim, sim?

— Não, não, o senhor Fernandes não me imagina tratando de negócios como esses.

— Por que?

— Uma mulher verdadeiramente inteligente sabe a hora de permanecer calada. Para ele eu sou uma mulher ignorante, sem muita cabeça para qualquer coisa que fuja às lides domésticas. Ele nem imagina que eu saiba ler e escrever.

— Muito sábio, Brites! – Catarina mal conseguia acreditar no que estava ouvindo. Que mulher surpreendente!

— Fale a senhora mesma com ele; é mais seguro. E não demonstre pressa.

Catarina a abraçou sem palavras para expressar sua admiração e gratidão. Ela era a humilde aprendiz de Brites na arte de dissimular e viver na mentira para manter sua fé verdadeira mesmo nas condições mais adversas. Se era isso que os cristãos-velhos temiam tanto ao chamá-los pejorativamente de marranos, era isso o que ela seria agora: uma marrana!

Para sua surpresa, no dia seguinte enquanto aguardava a partida do coche arranjado pelo senhor Fernandes e refletia sobre a ausência de Torres, Catarina viu Brites entrar no coche e sentar-se ao seu lado.

Sorridente, ela lhe informou:

— Disse a ele que a senhora me ofereceu um lugar como sua criada.

— E ele não ficou furioso?

— Não! Como me deve dois meses de pagamento, ficou bem satisfeito em se ver livre de mim sem colocar a mão no bolso.

— Mas Brites, nós nem conversamos! Quanto vou lhe pagar?

— Não é necessário. Eu só preciso ir até San Sebastian ao encontro de minha família. A senhora pode me ajudar, permitindo que vá consigo?

— Claro, Brites!

— Não consigo mais suportar esse homem vociferando contra os judeus e colocando neles a culpa por todos os seus problemas.

Durante a curta viagem, conversaram e Catarina pôde conhecê-la um pouco melhor. Viúva há muitos anos, Brites tinha sua tia e seus primos em San Sebastian e seus quatro filhos espalhados por várias cidades, obrigados pela necessidade a buscar trabalho onde ele estivesse.

Ao final, foi Catarina quem propôs:

— Brites, uma mulher viajando sozinha desperta muitas suspeitas, não acha?

— Sim senhora. Desperta mesmo.

— Você poderia trabalhar para mim enquanto eu viajo? Iria comigo até Lisboa?

— Terei muito gosto em acompanhá-la e em servi-la.

Seu estilo direto, sua ousadia e firmeza a agradavam muito. Catarina nunca fora mulher de meias palavras, de rodeios, de deixar coisas no ar e lhe parecia que Brites, apesar de todo o cuidado e necessária dissimulação, sabia quando ser direta e buscar o que queria.

A conversa com Brites a ajudava a não pensar em Torres, a colocar foco na missão que tinha pela frente, mas sua figura, sua voz, seu toque, estavam presentes em seu corpo e em sua mente.

Ela se lembrava de viajar com a cabeça no peito dele, sentindo seus dedos a acariciar seus cabelos e não podia conter as lágrimas.

A essas doces lembranças se mesclavam as dúvidas quanto ao seu caráter e honestidade. Quem era aquela mulher que procurara Torres? Sua irmã ou sua amante? Seria Torres casado?

Cerrava os dentes, irritada consigo mesma. Que lhe importava isso? Agora nada mais importava, tudo estava acabado. Por mais doloroso que pudesse ter sido para ele observá-la junto ao frade, nada justificava uma reação tão intempestiva, um ciúme tão violento e cruel.

Quando chegaram a San Sebastian, sua intenção era ir diretamente para o porto, mas a prudência de Brites fez com que ela pedisse ao cocheiro que as deixasse em frente à hospedagem que ela indicou.

Tão logo o cocheiro virou a esquina, Brites a deixou esperando e foi buscar um outro coche para irem ao porto.

O porto de San Sebastian era bastante movimentado.

Deixaram o cocheiro esperando, enquanto Brites buscava seu primo que as levou a um barco que partiria para Lisboa nos próximos dias.

O capitão Nunes, um homem moreno, de cabelos grisalhos e com um bigode impressionante, as olhou de cima abaixo quando Catarina pediu lugar no barco para si e para sua criada.

Ela podia ler em seus olhos a curiosidade de saber o que fariam sozinhas em Lisboa.

Mas quando Catarina aceitou sem pestanejar o preço absurdo que ele lhes cobrou, calou sua curiosidade.

Concordou em reservar um espaço para o camarote delas.

Se o tempo cooperasse, o barco partiria nos próximos dias e elas deveriam estar prontas para partir assim que ele lhes mandasse um aviso através do primo de Brites.

‖

Brites fez questão de que ficassem na casa de sua família.

A casa era simples, ladeada por dois pinheiros e se fazia alegre pelo colorido das rosas que a cercavam. Lembrando-se do seu querido jardim em Amsterdã, Catarina estranhou que essas rosas ainda resistissem ao outono que, apesar de bem mais suave que em sua cidade, já trazia ventos inclementes e céus prenhes de tempestades.

Entraram, e a lenha crepitando no fogão lhes deu boas vindas e calor, antecedendo a acolhida da família de Brites, uma gente simples e educada.

Ninguém lhe fez qualquer pergunta sobre seus planos ou a razão dela ir a Lisboa. Viviam ali sua tia viúva e seus filhos.

A família havia migrado para a Espanha quando a perseguição em Portugal se acirrou. Nessas idas e vindas e com a morte precoce dos pais de Brites, seus recursos foram se exaurindo. Assumiram a identidade cristã e agora buscavam sobreviver da melhor forma possível.

Catarina aproveitou o tempo em que ali estava para se restabelecer por completo e para conhecer Brites melhor. Soube que sua filha vivia em Londres e que Brites temia pelo futuro dela.

— Por que ela está tão longe da família?

— Minha filha é uma moça pobre e está sempre em busca de trabalho, Dona Catarina. Ela vivia em Lisboa, mas hoje esta é uma cidade muito perigosa. Mudou-se para Londres.

— A situação está muito difícil com os espanhóis dominando tudo, não é mesmo? — Lembrava-se dos comentários de Salomão quando retornava de suas viagens à Lisboa.

— Sim, muita gente mudou-se de Lisboa; não há empregos. Cecília está trabalhando, mas meu sonho é que ela se case e me dê netos.

— Seria ótimo!

— Mas ninguém vai querer se casar com ela. Não temos dote algum para oferecer.

Catarina contou-lhe então da Dotar, Companhia de Dotar Donzelas, que ela havia ajudado a organizar em Amsterdã.

Tinham o objetivo justamente de prover dotes para moças sem posses.

— Em Amsterdã? Mas minha filha vive em Londres!

— Brites, a Dotar beneficia jovens na Inglaterra, na França, na Prússia e em várias outras cidades. Nós queremos que nossas jovens possam se casar e prosseguir ensinando a seus filhos as tradições judaicas.

O rosto de Brites se iluminou de esperança, mas Catarina concluiu:

— O nome de todas as candidatas é enviado para nós e colocado em uma linda urna de prata. Se sua filha for sorteada, ela recebe o dote.

— Ah, um sorteio... — um suspiro e Brites abaixou a cabeça.

Seu estado de desilusão, porém, durou pouco:

— Dona Catarina, o que a senhora está me dizendo é que, ao menos, existe uma chance de melhorar o futuro de minha filha. Com isso já me alegro.

Como seria de se esperar, no quarto dia em que ali estavam, falaram do Torres. Estavam caminhando, e Catarina perguntou:

— Brites, a senhora conhece bem o Torres?

— Bem – lentamente, ela escolhia as palavras — bem, ele sempre se hospedava na estalagem...

Então ele não tinha mesmo uma família! Alegrou-se por um instante.

— ...quando seu filho vinha com ele...

Catarina murchou, visivelmente murchou.

— Brites, há algo que você queira me dizer sobre o Torres?

— O senhor Torres é um homem muito bom, muito educado — ela parecia hesitar — mas, não sei como dizer...

Catarina parou e virou-se para ela com o olhar aflito:

— O que, Brites, por favor, me diga o que você está ocultando?

Brites porém hesitava.

Catarina já sabia, já temia, queria e eu não queria ouvir o que Brites tinha a dizer, mas prosseguiu:

— Brites, não me torture, seja minha amiga, o que é que você tem a dizer sobre o Torres? — segurou seu braço com firmeza, com decisão, com súplica — O que você sabe dele?

— Senhora Catarina, o senhor Torres e aquela mulher vivem juntos.

Catarina calou-se, fechou-se. Podia sentir a tensão em seu maxilar cerrado enquanto a cabeça tentava encontrar um sentido no que Brites me dizia.

Calada, ela prosseguiu caminhando e Catarina a seguiu.

Ela praticamente podia ouvir as batidas do seu coração e era como se o ouvisse se quebrando a cada batida forte:

— Você tem certeza, Brites? Aquela mulher, aquela que foi à pousada, ela não é a...

— Irmã dele? Não, senhora Catarina. Aquela mulher vive amancebada com ele.

— Mas ele vive em Amsterdã!

— Sim, e também vive com ela em San Sebastian.

— Você está me dizendo que ele tem uma vida dupla? E aquelas crianças?

— Aí já não sei se são dela, se são dele... ou se são filhos de ambos.

Catarina buscou o ombro de Brites para se apoiar, com medo de desfalecer:

— Então ele é amancebado e feliz em Bilbao? Por que não a leva para Amsterdã?

— Não estou dizendo que ele seja feliz, mas sua concubina é uma cristã devotada e já denunciou alguns dos nossos para a Inquisição; é uma mulher perigosa.

O coração de Catarina parou de bater de imediato. Ficou tonta e sem fôlego.

Voltou-se totalmente para Brites:

— Ela pode ter denunciado meu filho, Brites? É isso que você está me dizendo?

— Dona Catarina, não se torture, esqueça o senhor Torres e essa mulher.

— Mas...

Brites a cortou:

— Nós não podemos perder tempo tentando descobrir quem denunciou seu filho. Temos que encontrá-lo. E antes da Inquisição.

O senso prático de Brites a trouxe à realidade. Por fim se acabavam suas dúvidas e, junto com elas, seus sonhos e anseios. Uma parte de si ainda se apegava à ínfima possibilidade de que aquela mulher fosse irmã de Torres e que ela estivesse sendo severa demais, desconfiada demais, mas agora esse fiapo de esperança se rompia.

Este então era Torres, um homem mentiroso que tinha uma vida dupla! Alguém que lhe fizera promessas e a levara a acreditar em algo irreal. Também era o homem que se relacionava com uma delatora, colocando em risco a vida de tantas pessoas.

Reconhecer isso foi muito doloroso.

Ela havia se fiado em seu amor, confiado nele, se entregado por inteiro enquanto que ele jamais tivera a intenção de casar-se com ela.

Catarina se amaldiçoava por ter amado uma ilusão, um homem que não existia. Quem era Torres de verdade?

Ela nunca saberia e talvez nem ele mesmo soubesse, tão enredado em sua vida dupla e nas mentiras que construía para mantê-la. Cristão, marrano, judeu, viúvo, solteiro, casado, amancebado, bom comerciante, homem de muitas caras, gentil, cruel, enfim, eram muitas suas identidades e ela se viu tendo que destruir todas elas dentro de si, apagá-las como um erro, e o que restou foi apenas uma grande raiva de si mesma.

À noite, em silêncio, chorou muito.

Chorou a perda da ilusão.

Chorou com raiva de sua inocência.

Chorou a perda do homem amado.

E, porque não admitir, chorou também sua ausência.

Isso se repetiu por três longas e insones noites. Pela manhã, ela não queria se levantar da cama e, não fosse Brites e seus chamados, se deixaria ficar ali, mergulhada sem qualquer vontade de enfrentar o dia ou se alimentar.

À tristeza e ao medo pelo destino de seu filho, agora se somava a dor de ter seu coração partido.

A vinda do primo de Brites no décimo dia de sua estadia, lhes avisando que deveriam estar no porto ao alvorecer do dia seguinte, coincidiu com momento em que havia decidido não pensar mais no assunto para manter sua sanidade mental.

Em suas orações, passou a incluir um pedido de paz e serenidade.

Porém, mais do que nada, ela precisava de disciplina! Gostaria de poder comandar sua mente.

Em um esforço extremo, passou a afastar qualquer pensamento que lhe viesse sobre aquele homem.

Quando alguma lembrança ou sentimento de raiva tentava invadi-la, Catarina repetia para si mesma:

— Eu já chorei por isso, não preciso chorar de novo. Dor, você pode ir embora por favor?

Na maior parte das vezes funcionava. Nas outras, a mente de Catarina continuava girando como um pião e a enchendo de sofrimento a cada volta.

||

Catarina despertou muito nervosa no dia da partida e, apesar de tentar aparentar calma, Brites também estava bastante ansiosa.

Elas se arrumaram caladas para não despertar os demais e porque tinham muita pressa de chegarem a tempo ao porto.

O primo de Brites havia pedido a um amigo cocheiro que as levasse.

No porto, aguardaram dois botes: um que as levaria até o navio e outro que levaria suas arcas.

Atraíam a atenção dos que passavam e, apesar de Catarina manter seus olhos pregados no chão, estava consciente de cada um dos passos ao seu redor.

A todo momento imaginava que teria sido denunciada por Fernandes, o estalajadeiro, e que o inquisidor apareceria para prendê-la.

Ofegava com a demora.

Teria o Capitão Nunes avisado alguém?

Notou quando uma pessoa passou por elas, interrompeu seus passos e voltou, parando à sua frente.

Ela podia ouvir sua respiração ofegante, podia sentir seu cheiro, podia adivinhar sua presença, mas não esperava por aquela voz:

— Vejam quem está aqui!

Foi com temor que ergueu o olhar. Aquela voz lhe embrulhava o estômago. Quem seria?

O capataz do armazém do porto de Bilbao a olhava da cabeça aos pés com cobiça, com desejo, com luxúria.

O conhecido de Torres! Será que ele estaria por ali também?

Seu coração bateu acelerado entre o medo e a vontade de rever Torres.

Neste instante, o bote que as levaria chegou. Ante o chamado do marinheiro, Catarina e Brites se dirigiram a ele.

O capataz se adiantou, pulou para o bote e estendeu a mão para apoiá-la.

— Parece que terei uma bela companhia nesta viagem!

Sem responder, Catarina preferiu a ajuda do marinheiro que também lhe estendia a mão.

Enquanto durou a rápida travessia, só se ouviam os remos cortando as águas com precisão. Catarina evitou olhar para o capataz que desta vez, talvez por não estar bêbado, não insistiu.

O capitão as esperava e as apressou enquanto as ajudava a subir as escadas de corda do navio.

Os marinheiros se agitavam, içando as velas em uma movimentação febril.

Ao invés de ver a partida, elas preferiram buscar sua "cabine" no nível inferior ao lado da cabine do capitão. Separadas por tabiques e rodeadas pela carga, havia duas redes onde dormiriam nos próximos dias. Suas arcas foram ali colocadas. O odor da madeira molhada do navio se misturava ao suave aroma do trigo em fardos em uma combinação que disfarçava o cheiro forte de suor e bebida que emanava dos marinheiros que ali trabalhavam.

Galinhas cacarejavam agoniadas. Elas seriam mortas ao longo da viagem para alimentar a todos. Em viagens mais longas, levavam-se cabritos e porcos, mas Catarina e Brites seriam poupadas do odor desses animais naquele reduzido trajeto.

Inquieta, Catarina se perguntou se estaria fazendo a coisa certa.

Quem garantiria a segurança de duas mulheres sozinhas em meio a marinheiros que dormiriam a apenas alguns metros? A presença daquele sujeito grosseiro só aumentava sua preocupação.

Como que respondendo às suas inquietações, Brites colocou sua mão no braço dela e lhe disse em um tom baixo, mas suficientemente alto para que alguns marinheiros que por ali estavam ouvissem:

— Dona Catarina, estamos muito seguras aqui. A tripulação é de total confiança, e meu primo me disse que o Capitão Nunes é excelente navegador e lhe deu a sua palavra de que vai nos proteger.

— Que bom! — respondeu sem muita convicção.

— Ademais, meu primo é bastante conhecido e seguiria até o inferno qualquer pessoa que nos fizesse mal e todos sabem disso.

Com isso, Catarina ficou um pouco menos preocupada, mas sugeriu a Brites que se revezassem em vigília à noite.

Maldito Torres que a havia acostumado a se sentir segura e protegida!

Era assim que ela trataria suas lembranças dali em diante.

Com raiva, porque era o que elas mereciam.

‖

A viagem foi mais tranquila, rápida e segura do que Catarina havia imaginado. Os ventos lhes foram favoráveis e em poucos dias entravam em Lisboa pelo rio Tejo.

Catarina estava na proa quando o navio passou pela Torre de Belém e pelo Mosteiro dos Jerônimos. Magníficas, imponentes, essas rebuscadas construções, pareciam o cenário de uma história de fantasia e não combinavam com o conto de horror que ela estava vivendo.

Deixaram o navio quando ele ancorou em frente ao Terreiro do Paço.

Catarina só suspirou aliviada quando viu o capataz de Bilbao desaparecer sem olhar para trás no meio de negociantes, marinheiros, nobres e gente do povo que passavam pela imensa praça onde mercadorias eram desembarcadas e negociadas.

Estranhou de imediato a quantidade de escravos negros que transportavam cargas e pessoas em liteiras. Nunca havia visto tantas pessoas com aquela cor, aliás nunca havia visto tanta gente em toda a sua vida.

Ficou aturdida pelo vozerio e sons de carroças e animais. Passou por elas uma gaiola com pássaros multicoloridos e outros animais que Catarina não reconheceu. Com certeza vinham da América ou das Índias.

O movimento intenso lhe trouxe à memória sua avó falando do período de ouro depois dos descobrimentos. Ela havia lhe contado que Veneza e Gênova haviam se arruinado depois que as rotas marítimas tinham encurtado os caminhos. Negociantes de outros países se estabeleceram em Lisboa para se beneficiar do intenso fluxo de comércio exclusivo o que fizera dela a cidade mais rica do mundo, um lugar por onde passavam especiarias, plantas medicinais, tecidos, diamantes, porcelanas, pau-brasil, açúcar, frutos secos e vinhos revendidos por grandes comerciantes para o resto da Europa.

Agora, com o trono nas mãos dos espanhóis, Lisboa perdera muito da sua força e riqueza, mas o movimento ainda era intenso.

Tomaram um coche e, seguindo a indicação de Brites que havia morado em Lisboa, buscaram uma hospedaria na Ribeira, o mesmo bairro onde residiam os pais de Débora. Para não despertar suspeitas, Catarina não quis se hospedar na casa do casal.

Chegaram exaustas pela viagem e descansaram um pouco, mas à tarde Catarina se preparou para ir à casa de Álvaro e Ruth Dias.

Não havia tempo a perder.

Quando estava pronta, Brites a olhou de cima em baixo e, balançando a cabeça, ponderou:

— Dona Catarina, se a senhora não se incomodar, enquanto a senhora faz lá sua visita, vou preferir ir à casa de umas primas minhas na Alfama para ver se encontro roupas mais simples e discretas para a senhora.

— Você tem razão, Brites, por favor faça isso.

— E nem pense em andar a pé por aqui, Dona Catarina. Especialmente à noite, a cidade está cheia de malfeitores.

Tomou uma cadeirinha que a levou a uma rua próxima à margem do rio. Felizmente o trajeto foi curto porque o cheiro de mofo e o sacolejar pelas ruas sem calçamento lembraram a Catarina os dias e noites no navio.

Os pais de Débora moravam em uma casa de dois andares em uma vizinhança que já vira melhores dias, mas os azulejos azuis que cercavam a porta davam um especial encanto à casa.

Além do endereço correto, Débora a havia descrito para ela tantas vezes que teve certeza que havia chegado ao lugar certo.

Em tempos tão cheios de perigo, Catarina não havia ido a Lisboa para o casamento e não conhecia os pais de Débora.

Estava segura que os espiões da Inquisição não a haviam seguido, mas mesmo assim tomou o cuidado de verificar se não havia alguém de vigia perto da casa. Estava muito consciente do seu papel de portuguesa, evitando não chamar a atenção ao caminhar, falar ou olhar para as pessoas. As roupas iriam complementar o disfarce.

Catarina se fez anunciar, dizendo que Catarina ali estava para visitar a Senhora Ruth e a criada lhe pediu que esperasse enquanto chamava a mãe de Débora.

Apesar de não se conhecerem, ao ver Ruth, Catarina identificou nela os belos traços de Débora.

O mesmo ar meigo, a mesma delicadeza e atenção que a haviam cativado estavam refletidos no rosto que se iluminou com um sorriso quando a viu. Vinha tirando o avental, gesto que também lembrava Débora e seu gosto pela cozinha.

Antes que Catarina dissesse qualquer coisa, anunciou:

— Catarina, minha querida amiga! Que bom revê-la! Infelizmente não poderei recebê-la como você me recebeu no Porto!

Porto? Será que Ruth a estava confundindo com outra pessoa?

— Estou com novos criados e temo que o atendimento ainda não esteja à sua altura.

Mais que por suas palavras, a expressão de Ruth, os lábios premidos com força e seu olhar alerta fizeram com que Catarina entendesse que ela não confiava nos criados e que temia ser denunciada. Melhor que não soubessem quem era Catarina. Com certeza, Ruth já sabia que Salomão estava desaparecido, indagados que foram de seu paradeiro pela rede de amigos.

Trocaram um longo abraço, palavras cordiais e, em voz baixa para que os criados não ouvissem, Catarina a pôs a par do que descobrira em Bayonne.

Ruth se conteve com as mãos todo o tempo sobre a boca, mas seus olhos expressavam a alegria de saber que Salomão estava vivo.

A criada se aproximou para anunciar que o jantar estava servido e ela sussurrou quando ficaram a sós:

— Bem — disse ela — primeiro você vai jantar conosco e depois vamos buscar uma solução juntas. Há quanto tempo você não tem uma refeição caseira? Enquanto meu marido não chega, venha sentar-se comigo um bocadinho na câmara para conversarmos.

Catarina estava com um aspecto horrível e não se lembrava da última refeição que fizera. No navio havia colocado para fora quase toda a comida de péssima qualidade que haviam lhe dado.

Na câmara, aquele espaço reservado para mulheres como sua avó sempre dissera que era costume em Portugal, sentaram-se de pernas cruzadas em almofadas sobre um estrado recoberto por um lindo tapete oriental e conversaram longamente.

Ruth quis saber tudo sobre a vida de Débora em Amsterdã, como estava a gravidez e como ela havia reagido às notícias do desaparecimento do marido.

— Querida amiga, fico tão contente que você esteja cuidando de minha amada!

— Sua filha é uma bênção de Deus em nossas vidas, Ruth. Sempre positiva, generosa, sorridente, Débora alegra a quem quer que esteja ao seu redor.

Ruth começou então a contar fatos da infância e juventude de Débora. Mostrou-lhe um cacho de seus cabelos, lhe falou de seus pratos favoritos, lhe disse como Débora havia sido uma excelente filha e como haviam ficado contentes em vê-la casada com Salomão.

— Ah, minha querida, você não sabe a falta que ela me faz, não sabe como é difícil ficar longe de uma filha tão preciosa!

Antes mesmo de terminar de pronunciar estas palavras, Ruth se retraiu ao lembrar-se que sim, Catarina sabia como era ficar longe de um filho.

Sem dizer nada, se abraçaram e se permitiram chorar juntas um choro manso e silencioso como uma garoa invernal.

Foram interrompidas pela chegada de Álvaro Dias, um homem corpulento e sóbrio que cumprimentou Catarina formalmente. Sentaram-se para jantar.

À mesa estavam muitos pratos que seriam um banquete para Catarina, mas que era para eles a comida do dia à dia. Comeram postas de bacalhau assadas com batata, tomate, cebola e pimentão e acompanhadas por um delicioso vinho português. Ao final, um manjar branco, frutas e um vinho do Porto deixaram Catarina satisfeita como há muitas semanas não se sentia.

O sabor do pão, do azeite, do bacalhau e do vinho eram excepcionais e agora Catarina compreendia a falta que Débora sentia da comida de sua terra.

Deu-se conta também do quanto ela mesma ansiava por uma refeição normal em casa com a família reunida.

No entanto, ela não classificaria como normal uma refeição onde não podiam conversar livremente. Jamais poderia viver em uma casa ou em um país onde tivesse que pesar cada palavra e cada gesto com medo de uma eventual denúncia.

Ao final da refeição, foram para a sala e, longe de todos, discutiram o que poderiam fazer.

Salomão teria que ser avisado discretamente antes de chegar a Lisboa.

— Onde vamos encontrá-lo? — Catarina indagou — Ninguém o encontrou até agora!

— Ele seguirá as rotas conhecidas e nela há pontos de parada onde temos nossos amigos — Dias acendeu seu cachimbo.

— Esperávamos por ele antes, mas se foi solto recentemente vai passar por esses lugares só agora. Nós vamos avisar Salomão antes que ele chegue a Lisboa.

— Mas o que ele fará? Para onde irá? Está sendo seguido! — Catarina apertava as mãos suadas uma contra a outra.

Soltando uma baforada, Dias acrescentou:

— Nossos amigos o ajudarão a despistar os que o seguem.

A tranquilidade dele, ao invés de acalmá-la, a deixava mais nervosa. Como ele podia estar neste estado quando a vida de Salomão estava em jogo?

Ruth, percebendo seu estado, pegou-a pelo braço, e a levou até o pátio nos fundos da casa.

Fazendo de conta que lhe mostrava as lindas rosas vermelhas, falou devagar e com a mesma voz doce e suave de sua filha:

— Catarina, fique tranquila e não estranhe o comportamento do meu marido. Por baixo daquela calma toda se esconde um vulcão.

— Eu vi a fumaça do cachimbo, mas não vi qualquer vulcão.

— Há anos ele tem sido forçado a aparentar frieza e calma para que pudéssemos sobreviver.

Catarina dobrou uma rosa de cor laranja, trazendo-a até suas narinas enquanto perguntava sem atentar para os espinhos que lhe feriam a mão:

— A senhora quer me dizer que ele estava nervoso? A situação é mais perigosa do que ele tenta demonstrar?

Olhando firmemente nos olhos de Catarina, Ruth tomou suas mãos tentando acalmá-la:

— Dias e nossos amigos estão acostumados, tudo vai correr bem, mas é o genro dele que está em perigo, são nossas famílias, nosso meio de vida e o de muita gente.

Catarina assentiu.

— Antigamente estaríamos a salvo por pagarmos altas taxas e impostos, mas a Inquisição tem buscado as famílias de maior renda e ninguém sabe até quando vamos resistir.

— Como vocês conseguem viver assim, Ruth?

— Não sei se conseguimos, Catarina querida. Nós temos recebido notícias do Recife onde há liberdade para vivermos sem temor.

— Tenho uma amiga em Salvador com quem me correspondo e que me fala um pouco desse paraíso que ela chama de Nova Jerusalém. Ela pretende mudar-se para o Recife.

Ruth agachou-se no jardim de ervas com um fingido interesse e lhe indicou que fizesse o mesmo.

— É o que pretendemos fazer.

— Vocês também vão se transferir para o Recife?

— Sim, conseguimos comprar um engenho lá e, se Deus permitir, nos mudaremos em breve.

— E como vão fugir? — Catarina alisou um ramo de alecrim e aspirou o perfume deixado em suas mãos.

— Ah, Catarina, apenas confie, tudo vai dar certo. Quem sabe vocês também não se mudam para lá?

Como que coordenado com sua esposa, Dias veio ao jardim, esperou que elas se erguessem e sugeriu em voz baixa:

— Agora a senhora deve repousar alguns dias e, em breve, eu lhe darei notícias de onde pode se encontrar com seu filho em segurança.

As garantias de Dias não deram segurança a Catarina, mas o carinho de Ruth acalmou seu coração.

Agitou a barra de seu vestido para tirar um pouco da terra que ali se instalara enquanto tentava afastar o medo do seu pensamento também.

‖

Os dias de outono foram ficando mais e mais frios enquanto Catarina aguardava ansiosa as notícias prometidas por Dias.

Novos temores a assaltavam. E se Torres fosse realmente um traidor e tivesse avisado a Inquisição?

E se seu filho não conseguisse se livrar dos que o seguiam?

Para não perder as notícias, Brites e ela se alternavam na hospedaria o que fez com que Catarina tivesse que conhecer Lisboa sozinha. Saía para não enlouquecer de ansiedade dentro do pequeno quarto da hospedaria.

Como uma mulher da sua condição social não sairia sozinha à rua sem despertar a atenção de pessoas mal intencionadas, as roupas que Brites trouxera, bem mais simples e mais quentes, diminuíam esse risco, mas ainda assim Catarina tomava a cadeirinha ou o coche, dependendo de seu destino.

O traçado das ruas da cidade, estreitas e irregulares, havia se feito conforme a necessidade e diferia muito do traçado das ruas espanholas dispostas em fileiras muito bem espaçadas como um jogo de xadrez ou das ruas abertas como um leque a partir do centro como em Amsterdã.

Catarina suspendeu seu julgamento sobre aquele labirinto quando se lembrou que justamente esse traçado irregular poderia estar salvado Salomão ao ajudá-lo a despistar seus perseguidores.

Mesmo temendo por sua segurança física e com medo de se perder, Catarina não abriu mão de visitar pontos da cidade que seriam um reencontro com sua avó e as histórias que ela contava sobre seus ancestrais.

Logo descobriu que o castelo dos Mouros, tão mencionado por ela como sendo o berço de Lisboa, era o Castelo de São Jorge, visível de vários pontos da cidade.

Foi ao Rossio, local onde havia acontecido o horrível linchamento em 1506. Catarina perguntou para um transeunte onde era o Paço dos Estaus e tremeu ao se ver de frente ao edifício que já fora um palácio para hóspedes ilustres do rei e onde funcionava agora a temível Inquisição. Seu coração disparou, apertado pelo medo. Ela tinha que encontrar Salomão e salvá-lo ou seria aquele o seu destino.

Depois da visão tenebrosa do edifício da Inquisição, Catarina seguiu até as imediações da Igreja do Carmo, tentando voltar ao tempo em que ali havia uma judiaria onde os ancestrais mais remotos de sua mãe haviam morado antes que todo o bairro fosse doado pelo Rei Dom Dinis ao Almirante genovês Manoel Pessanha em 1317.

No dia seguinte, Brites caminhou com ela pela Alfama, bairro construído pelos mouros e a levou pelas ruelas tortuosas até a Rua da Judiaria. Para lá haviam fugido os primeiros membros da família de seu pai quando começaram as perseguições na Espanha. Procuraram o número 8 do Beco das Barrelas, mas não encontraram sinais da sinagoga que um dia existira. Catarina reparou que eram muitas as casas que tinham ainda um buraco no lugar onde antes devia existir uma *mezuzá*[27] e que agora traziam, escavadas na pedra, cruzes a sinalizar a nova religião de seus moradores.

— Dona Catarina, preste atenção. Se alguém gritar pela janela "água vai" a senhora saia correndo.

— Por que?

— Estão anunciando que vão despejar as águas sujas pela janela.

O cheiro das ruas e a sujeira faziam com que ela enjoasse e sentisse saudades de Amsterdã onde todos eram responsáveis por manter limpas as frentes de suas casas. Em Lisboa, como em Amsterdã, a água era escassa, mas aqui as ruas eram impressionantemente sujas. Ao menos em Amsterdã jogavam-se as águas servidas nos canais!

Infelizmente, lavar-se e tomar banho, hábitos tão comuns para os judeus, não eram comuns em parte alguma e muito menos em Lisboa.

Tomar banho era um hábito relacionado aos marranos, um hábito judeu. Um bom cristão pouco se banhava, se restringindo a lavar partes do corpo em bacias alguns dias da semana.

Havia gente que se orgulhava de jamais ter tomado um único banho em toda a sua vida!

Por isso, o odor que emanava das pessoas não era nada agradável e se misturava ao cheiro de pão cozido, sardinha e castanhas assadas, preparados em fogareiros à frente das casas pela gente que não tinha uma cozinha.

27 *Mezuzá* – pequeno rolo de pergaminho que contém duas passagens da Torá colocado no umbral das portas.

Por mais que gastasse seus dias conhecendo aquela cidade, sua ansiedade não diminuía.

Estava mais perto do que nunca de seu filho, esperava vê-lo a cada esquina, temia vê-lo a cada esquina, estremecia diante de cada religioso em sua batina.

‖

Um dia, ao voltar de um de seus passeios, Brites a aguardava contente:

— Notícias!

Brites recebera um recado para que Catarina fosse à casa dos Dias o quanto antes.

Os condutores da cadeirinha já a tinham como freguesa e foi rápido chegar à casa dos Dias.

Aguardando para entrar, Catarina teve que segurar sua touca para que ela não voasse com um vento forte que a fazia recordar Amsterdã.

Outro "banquete" a esperava, regado novamente ao melhor azeite que Catarina já havia provado.

Desta vez, porém, quis receber as notícias antes de comer e quando a criada saiu da sala, repetiu em voz baixa a pergunta que a angustiava há meses:

— Onde está meu filho?

Dias e Ruth sorriram. Em tom forte, Dias lhe perguntou:

— Catarina, você conhece o queijo da Serra da Estrela? Ele é muito saudável! Especialmente se for feito pela senhora Rodriguez em Belmonte!

Não levou um minuto para entender.

Serra da Estrela! Claro que já ouvira falar daquelas montanhas. Então seu filho estava lá! E estava são e salvo na casa da senhora Rodriguez!

Fez menção de rezar *Baruch Atá Adonai,* mas parou de imediato diante do olhar de Ruth.

A criada vinha voltando.

Comeram, beberam, brindaram e Catarina voltou para a hospedaria leve como não se sentia há muitos meses.

Dias estava montando um plano para tirar Salomão de Portugal e Catarina confiava que ele daria certo.

Adormeceu feliz.

||

No dia seguinte, pediu a Brites que levasse à família Dias alguns marzipãs que se vendiam perto da hospedaria onde estavam.

No momento exato em que ela retornou, Catarina soube que algo estava errado.

— O que houve, Brites?

— A senhora Ruth Dias foi denunciada e está presa pela Inquisição.

Sentiu uma fisgada no estômago. Ruth, a doce e meiga Ruth nas garras dos inquisidores?

— O senhor Dias pediu que a senhora que não se aproxime da casa agora. Há muito perigo.

A tontura fez com que tivesse que se apoiar na cadeira à sua frente. Quem a teria denunciado? Isso teria alguma relação com Salomão? O capataz de Bilbao teria alguma coisa a ver com isso?

O mundo inteiro lhe parecia cheio de perigos e sua vida coalhada de inimigos e possíveis colaboradores da Inquisição.

Sentia-se culpada. Teria sido sua visita? Ela despertara suspeitas? Algum gesto seu fora percebido pela criadagem?

Um pensamento gelou sua alma.

— Brites! Torres e aquela mulher podem ter alertado o frade! Torres tem o endereço da família Dias!

Agora a tontura fez com que ela se sentasse.

— Não, Dona Catarina. A senhora não havia me dito que Dona Ruth desconfiava dos criados?

— Sim, eu podia notar isso nitidamente.

— Então pode ser que algum deles tenha feito a denúncia.

Calou-se, sem descartar totalmente a hipótese de que Torres ou sua mulher tivessem contribuído para aquela prisão.

Cerrou os olhos e procurou respirar fundo, manter a calma.

— Uma coisa eu não entendo, Brites, por que Ruth e não seu marido?

— Ah, Dona Catarina, as mulheres são mais denunciadas que seus maridos.

— E por que? Os homens então não rezam, não estudam, não cumprem as tradições? — Catarina se revoltava.

— Eles não podem fazer isso, não temos mais livros, não temos yeshivás nem sinagogas, nem sequer temos rabinos! Se rezam, rezam em silêncio, se seguem as tradições do *Shabat*, somos nós que fazemos os gestos que nos denunciam.

— Como assim?

— Somos nós que trocamos as roupas de cama na sexta-feira, somos nós que preparamos a comida para o *Shabat* e acendemos suas velas, nós que zelamos pelo jejum da Rainha Esther, enfim, nós é que vivemos e mantemos as tradições no dia a dia.

As mulheres pagavam o preço por manter o judaísmo vivo nos lares marranos!

— O que acontecerá com Ruth? — fez a pergunta mais para si mesma que para ouvir qualquer resposta de Brites que se calou.

Ambas sabiam o que aconteceria com ela.

Teria que confessar a prática judaica pela qual estava sendo acusada mesmo sem saber que prática seria essa.

Seria condenada a usar um sambenito pelo prazo que aqueles loucos determinassem.

Poderia ser extraditada para o Brasil ou outra colônia.

Poderia ser executada em um auto-de-fé caso se recusasse a confessar ou a se arrepender.

O que Catarina poderia fazer para ajudá-la? Nada. Naquele instante ela estaria diante de seus inquisidores sendo interrogada, torturada, ferida e nem Catarina nem Dias nem ninguém poderia fazer coisa alguma.

Por força da tortura, ela seria forçada a denunciar outros...

Salomão!

O pensamento a sacudiu e ela gaguejou:

— Brites, meu filho... meu filho pode ser descoberto!

Brites a fitou com seus olhos doces e inteligentes como se tivesse lido seus pensamentos e apenas esperasse que ela os manifestasse:

— Os inquisidores podem torturar Ruth a tal ponto que ela acabe por contar onde está Salomão!

— Sim, esta é uma possibilidade.

— Malditos!

O ódio lhe vinha em ondas que ela tentava conter sem muito êxito.

Ódio dos inquisidores, ódio de Frei Ortiz, ódio da pessoa que denunciara Ruth e Salomão, ódio, ódio, ódio.

Tentou respirar fundo, tentou se acalmar, tentou rezar, mas nada conseguiu.

Mais do que chorar, mais do que clamar pela justiça divina, ela queria vingança, ela queria que aquelas pessoas sofressem o que seu filho sofrera, o que Ruth estava sofrendo.

E queria ser ela mesma o instrumento desta vingança.

Catarina girava sobre si mesma dando voltas no pequeno quarto para espanto de Brites que tentava contê-la.

— As paredes tem ouvido, Dona Catarina!

Queria gritar seu ódio, rugir, espancar, esfaquear e tudo o que podia fazer era grunhir, arquejar, dar socos no ar. Alguém poderia ouvir.

Sempre alguém, sempre uma sombra, sempre um censor, um delator, um inimigo oculto.

Odiava esse alguém, odiava profundamente esses muitos *alguéns* que tanto perseguiam e faziam sofrer seus entes queridos.

Sentou-se na cama sem fôlego, e Brites a amparou, segurando-a pelos ombros.

— Respire, Dona Catarina, respire fundo!

Era tudo o que ela podia fazer, respirar. Tinha que engolir seu choro, engolir sua raiva.

Respirou, respirou, respirou. A cada expiração, ela colocava para fora um pouco do seu ódio.

Mas ficou dentro de si uma raiva forte o suficiente para fazer com que ela agisse.

— Não podemos esperar! Tenho que buscar meu filho e tirá-lo de Portugal.

Teriam sido essas palavras que assustaram Brites ou o seu olhar?

Ela podia sentir seu maxilar duro, seu olhos estreitados, seu cenho franzido. Nem mesmo Catarina reconhecia a pessoa que agora a habitava.

Era como se ela ali já não estivesse, como se ela houvesse se transformado em outra pessoa que agia, que fazia, que falava, mas que já não mais sentia.

Em silêncio, Brites começou a se preparar para a viagem.

‖

Para não serem seguidos, saíram de madrugada.

Catarina já não confiava em desconhecidos e, temerosa de que um dos condutores de coche a denunciasse, temerosa de ser seguida até seu filho, pediu a Brites que não fossem de coche a Belmonte e que ela encontrasse alguém de sua total confiança para acompanhá-las.

— Como, Dona Catarina? É impossível ir a pé! Vamos levar semanas e, com o inverno se aproximando, não vamos conseguir.

— Claro que é impossível — impacientou-se Catarina — vamos surpreender quem deseja nos surpreender. Vamos a cavalo.

— Isso é completamente inusitado! A senhora sabe montar?

— Não estou acostumada, Brites, mas eu aprendo. E é melhor que seja inusitado.

Viajaram guiadas por João, um jovem conhecido da família de Ruth que conhecia bem a Serra da Estrela.

João devia ter uns dezessete anos ou menos, a pele de seu nariz adunco ainda apresentava muitas espinhas e, mesmo sob os casacos, era possível ver que era muito magro. Falava pouco e parecia o tempo todo vigilante.

Catarina temia que os espiões do Frei Ortiz estivessem atrás dela, mas, com o passar das horas, para onde quer que ela olhasse, não conseguia avistar ninguém e ficou mais tranquila.

O frio era intenso e em algumas semanas começaria a nevar. Algumas árvores ainda conservavam suas folhas laranjas ou marrons, mas a maioria apresentava apenas seus galhos ressequidos.

Catarina se sentia assim como elas: sem seiva, sem cores, como se lhe tivessem arrancado a vida folha a folha, e ela agora estivesse seca e se preservando para enfrentar o inverno mais rigoroso.

Cada perda que sofrera em sua vida: seus avós, seus pais, suas filhas, seu marido e as quais ela suportara com bravura agora lhe doíam como feridas recém-abertas.

Uma delas latejava mais.

A imagem de suas meninas aprendendo a andar, tagarelando entre si entretidas em um mundo só delas, seus bracinhos e pernas disputando o colo de Catarina, a maciez de seus cabelos, seu cheiro, seus olhos curiosos, tudo isso invadia sua mente com a força de memórias reprimidas, mas as doces lembranças vinham mescladas à imagem delas doentes e ao susto da perda súbita.

Suas filhas imóveis, suas filhas caladas, suas filhas sem vida.

As lágrimas corriam angustiadas, não contidas, embaralhando sua visão. Chorava o choro que não lhe havia sido permitido à época do falecimento de suas filhas, ocupada que estava com Salomão e a mudança para Amsterdam e desejosa de não preocupar Jacob demasiadamente.

Seu cavalo a guiava e naquele ritmo compassado passaram por vales, riachos e subiram mais e mais na direção de Belmonte.

Dormiam em casas de conhecidos que lhes davam abrigo em troca de algumas moedas, mas ela pouca conversação travou com esta gente. Não queria conhecer mais ninguém, criar laços com outras pessoas que mais cedo ou mais tarde sofreriam e com isso a fariam sofrer.

Brites compreendeu seu mutismo e o respeitou sem que ela precisasse explicá-lo.

Catarina só tinha um objetivo: rever seu filho e levá-lo de volta em segurança.

Chegaram ao anoitecer, quando o nevoeiro encobria Belmonte.

Estava ansiosa por rever seu filho, preocupada em como faria para fugirem de Portugal e tensa, absolutamente tensa por não saber o que encontraria. Como estaria Salomão?

‖

Apearam e seguiram pelo calçamento de pedras onde ruelas estreitas e casas também de pedras escuras pareciam engolir a todos junto com a neblina.

Havia um certo encanto naquela pequena aldeia de pedras, mas ela não se deixou seduzir por este encanto.

Trazia isso sim pedras na boca do estômago, se sentia seca como as árvores e, obstinada como cada uma daquelas sólidas casas. Só conseguia enxergar um objetivo: seu filho a cada passo mais próximo de si.

Por fim, chegaram à casa da Senhora Rodriguez onde Dias havia dito que estava Salomão.

Com a respiração em suspenso, o coração agitado, a boca seca e os lábios contraídos, Catarina bateu na porta.

Ninguém atendeu.

Teria Ruth confessado seu esconderijo?

Tornou a bater e a bater sem sucesso.

O silêncio tardou a ser quebrado por passos lentos.

A porta se entreabriu.

Quando a Senhora Rodriguez surgiu pequenina com os cabelos grisalhos em coque e um xale marrom sobre um longo casaco negro, lhe pareceu tão familiar que o coração de Catarina se abrandou um pouco.

Cumprimentou-a e a Senhora Rodriguez indicou-lhe a porta para que ela entrasse.

Teve que se inclinar para passar pela porta baixa, mas antes notou uma marca no batente no ponto onde em algum momento do passado havia existido uma *mezuzá*. Tocou a marca e ia beijá-la em um gesto automático, mas se retraiu. A senhora Rodriguez então beijou e tocou o local da *mezuzá* e lhe indicou com um aceno da cabeça que fizesse o mesmo.

Estavam em um antigo bairro judeu e os poucos vizinhos que ainda se encontravam na rua naquele horário e naquele frio eram de confiança, ou ao menos foi o que Catarina entendeu naquele gesto.

Duas velas iluminavam fracamente a sala e lhe permitiam ver que a casa era acolhedora, mas sem grandes luxos; o luxo maior era mesmo o carinho de Dona Rodriguez.

Ela tomou Catarina pelas mãos e a levou até um canto da sala onde havia uma cama separada por uma cortina.

— A febre está baixando — ela avisou em um sussuro.

Lá, deitado no escuro, seu filho, um vulto magro com o torso desnudo, dormia um sono agitado por espasmos e acessos de tosse.

Catarina sentou-se ao seu lado, quase desfalecendo de emoção, fazendo o possível para não perturbar seu sono.

Ela tremia, chorando lágrimas surdas, mansas, que brotavam sem que ela as contivesse ou enxugasse.

Soluçava baixinho:

— Meu filho, meu filho amado, meu filhinho. Meu amor, meu amor...

Seu coração batia forte, seus olhos foram se acostumando com a falta de luz, e Salomão foi se revelando para ela. Cobriu-o de bênçãos em silêncio, abraçou-o em pensamento, seus lábios estalavam em beijos ao ar enquanto murmurava:

-Você está aqui, enfim, meu querido, enfim ao alcance dos meus braços como tantas vezes eu sonhei...

Ao final, não resistiu e com suavidade alisou aquele rosto suado, acariciando suas sobrancelhas, seu nariz, seu queixo. Com o dorso de suas mãos percorreu suas bochechas. Onde estavam as bochechas rechonchudas que ele mantinha desde a infância? Que rosto encovado era aquele?

— Meu filho, meu amado filho, enfim nos encontramos — Seguiu louvando e agradecendo ao Senhor por esta bênção.

Assustou-se e retirou sua mão quando um acesso de tosse muito forte o despertou.

— Mãe? Mãe? — Ele tossia e tossia, mas voltava a chamá-la — Mãezinha, estou sonhando, estou delirando?

— Não, meu amor, sou eu, estou aqui com você.

Esperou que ele parasse de tossir e se sentasse. Abraçaram-se longamente.

Podia sentir seus ossos sob a pele, seus cabelos antes em cachos agora estavam grudados sobre a testa, mas era ele, era Salomão, seu filho, vivo em seus braços.

Ela orava, abençoava, louvava ao Senhor, mas não deixava de abraçar e de beijar seu filho entre lágrimas.

Aquela era a noite mais feliz de sua vida. Era como se tivesse dado à luz a ele de novo, como se o estivesse vendo pela primeira vez.

Brites entrou no quarto com um pano úmido com que limparam o suor da pele de Salomão.

Catarina foi respondendo a suas perguntas, contou-lhe um pouco da sua jornada, mas não teve coragem de indagar coisa alguma.

Mesmo na semiescuridão, via as marcas da tortura em suas unhas, em seu peito, em seus pés, mas foi seu olhar o que mais a impressionou.

Onde antes havia luz, alegria, ela via um vazio dolorido, a marca profunda de um sofrimento atroz.

Então aquele frei maldito havia mentido. Seu filho havia sido torturado.

Ajudaram-no a vestir uma camisa, e Salomão fez questão de se levantar e de ir até a mesa.

Sobre ela um chá de erva-cidreira e um delicioso pão os esperava e Catarina podia notar, em cada detalhe, os cuidados de Dona Rodriguez em bem receber. Jarras, xícaras, pratos, talheres tudo era muito bem feito e bem conservado.

Uma mulher assim, com certeza, preservaria bem as tradições judaicas.

Para fugir das perguntas incômodas que queria fazer a seu filho e para que, ao menos naquela noite, pudessem apenas festejar o reencontro, a conversa foi conduzida nesta direção.

Dona Rodriguez confirmou que ali em Belmonte eles iam à igreja, mas que comemoravam o *Pessach* fazendo pão ázimo, acendiam as velas do *Shabat* e respeitavam o jejum do Perdão como eles chamavam o *Yom Kipur*.

Havia até mesmo uma sinagoga secreta onde os rituais de *Brit milá*[28], *Bar Mitzvá* e casamento eram celebrados.

Catarina já ouvira falar da existência de cidades onde comunidades judaicas secretas viviam ocultas da Inquisição, mas imaginava que não passassem de lendas e se emocionou ao ouvir o relato de Dona Rodrigues.

Era como conhecer alguém que carregasse uma tocha em meio a uma tempestade.

Brites e a Senhora Rodriguez foram se deitar e os deixaram à sós.

— Quando partimos, mãe?

A pergunta de Salomão a trouxe para o futuro, para a vida que os esperava em Amsterdã.

— Assim que você estiver melhor.

Ele abanou a cabeça:

— Eu estou melhor.

— E esta febre, meu filho?

— Amanhã estarei melhor, quero partir o quanto antes.

— Então amanhã veremos.

— Mãe, a senhora não entendeu. Eu preciso partir.

Catarina sabia de quem ele havia herdado esta teimosia, mas usou sua autoridade materna:

— Vamos esperar dois dias sem febre; não podemos nos arriscar. Faz muito frio nas estradas, especialmente para quem viaja a cavalo.

— Faz muito mais frio nos porões da Inquisição, mãe e eu não quero voltar para lá! A senhora também seria presa e eu não quero correr o menor risco disso acontecer.

Levantou-se e pôs suas mãos ao redor dos ombros dele:

---

28 Circuncisão de bebês no oitavo dia como símbolo da aliança entre Deus e o povo de Israel.

— Calma, meu filho, nós daremos um jeito, nós vamos conseguir fugir a tempo.

— Mãe, o chão é molhado, não há luz, urinamos e defecamos no chão! — ele afastou as mãos dela com um olhar alucinado que a assustou.

— Uma palha imunda, entendeu, mãe? Imunda, coberta de fezes, molhada de urina e de vômito permanentemente, a senhora pode imaginar?

Ela não queria ouvir aquilo, não queria imaginar seu filhinho naquele lugar horrível.

Mas ele prosseguiu:

— Mas o pior não era isso. Eu nunca sabia quando iriam me buscar para os interrogatórios, passava as noites e dias sem saber o que me esperava.

Silêncio.

— Eu ouvia os gritos, mãe, os gritos me davam muito medo... eu tinha medo de fraquejar e confessar algo, de denunciar nossa família.

— Sim, sim, meu filho, eu entendo, eu imagino.

Em pé, de costas para ele para que ele não visse as lágrimas que lhe molhavam a face, Catarina seguiu ouvindo sua voz:

— Não, minha mãe, nem a senhora nem ninguém pode saber o que é isso.

— Eu... eu estava nas mãos de um ser que havia perdido qualquer traço de humanidade, que não era humano, que a qualquer momento podia me causar dores extremas, que tinha poder de vida e de morte sobre mim e sobre minha família.

Sua voz soava trêmula, Catarina se virou e viu uma criança assustada, apavorada ao despertar de terrível pesadelo. Seu olhar era de pavor e ele voltara a suar, desta vez de medo.

— Eu não sabia o que confessar, mãe! Eu dizia para eles que era judeu, que era de Paris, mas eles insistiam em dizer que eu era alguém que eles estavam buscando, alguém do Porto. E seguiam me batendo, me batendo, me sufocando, me queimando.

Catarina queria que ele parasse de falar, mas sabia que ele precisava falar e que lhe cabia ouvir. Enxugava suas lágrimas com as mãos, estraçalhada pela dor.

Salomão enterrou a cabeça em seus braços, mas mesmo assim seguiu falando entre soluços, e Catarina pôde entender algumas palavras que a fizeram estremecer:

— Eu... eu tenho vergonha, mãe, me fizeram coisas que... que eu não sei mais se poderei... se vou conseguir... a Débora... outro filho...

Catarina não suportou mais. Caiu no chão e ali deixou-se ficar chorando também. Ela já não tinha forças para ouvir, não tinha mais forças para ajudar seu filho, para lhe dizer palavras que o ajudassem; ela simplesmente não conseguia seguir adiante.

Choravam ambos, isolados fisicamente, mas unidos na dor.

Quando se acalmou um pouco, ergueu-se, foi até ele e passou a mão nos seus cabelos dizendo simplesmente:

— Se você amanhecer sem febre, partimos amanhã mesmo, meu amado. Amanhã mesmo.

— Obrigado, minha mãe — sua voz saiu em um último soluço. Ele já voltava a respirar normalmente.

— Agora vamos dormir para você se restabelecer.

Colocou-o na cama, deitou-se ao seu lado, mas não conseguiu pregar os olhos.

Tentou embalar seu sono cantando em ladino:

Durme, durme, hermoso hijico
Durme, durme sin ansia y dolor
Cerra tus lindos ojicos
Durme, durme con sabor.
Durme, mi querido hijico,
Durme, durme con sabor
Cerra tus lindos ojicos,
Durme, durme con sabor.[29]

Mas cada palavra de Salomão vibrava ainda dentro dela e sua voz tremia ao cantar. Velando pelo sono de seu filho, ela o viu agitar-se em pesadelos, ela assistiu a seu filho sendo torturado, cenas lancinantes tomando de assalto sua mente.

Revia os ferimentos em seu corpo e lembrava-se das descrições das torturas: membros sendo esticados, ferros em brasa, água pingando na testa, açoites, lembrava-se de tudo o que mais queria esquecer.

Catarina não dormiu em Belmonte apesar de seu corpo ali estar; Catarina passou uma noite inteira sendo torturada nos cárceres da Inquisição com seu filho.

||

Quando a madrugada chegou e o sono de Salomão ficou mais tranquilo, Catarina começou a fazer planos.

Além do medo de uma eventual confissão de Ruth, agora via perigos por toda parte.

Já havia encontrado seu filho, mas o desafio de tirá-lo de Portugal era enorme.

Teriam que voltar para Amsterdã de navio, pois a ameaça da onipresente Inquisição era muito menor que a possibilidade de um ataque marítimo. Como poderiam partir sem despertar desconfianças?

29 Inserida na playlist da autora: Durme, durme

Tomada por esta urgência, tão logo viu que Salomão havia despertado sem febre, decidiu apressar a partida.

Saíram depois do pequeno almoço, quando João voltou com um cavalo extra para Salomão.

O dia amanhecera luminoso e o céu claro permitia que divisassem a torre do castelo da família Cabral.

Para proteger Salomão do frio intenso, a Senhora Rodriguez conseguiu dois casacos pesados.

Seu carinho era tanto que, antes de partirem, ela tentou dar a Catarina a *mezuzá* que pertencera a seu avô para que ela os protegesse na viagem.

— Não tive filhos e ficaria muito contente se seu filho a tivesse com ele.

Era uma pequenina caixa de madeira decorada e em seu interior um pequeno pergaminho continha duas passagens bíblicas do Deutorônimo. Seria a forma de terem um pouco da *Torá* perto deles na viagem, uma forma de proteção.

Catarina agradeceu delicadamente, mas não a aceitou e tampouco deu-lhe o real motivo para não querer a *mezuzá*.

Seguiram calados.

Catarina estava profundamente abalada. Seu filho não havia sorrido uma única vez, seu olhar era dolorido como um animal que fora muito ferido, sua cabeça antes tão altiva agora pendia para o lado esquerdo.

Sua alma havia sido quebrada, dilacerada pelo que vivera.

Catarina tinha a esperança de que ele se recuperasse quando visse sua esposa, quando seu filho nascesse.

Temia, no entanto, que sua própria alma jamais se recuperasse, que o ódio e a tristeza a dominassem pelo resto de seus dias.

Já não orava. Pelo contrário, tinha pensamentos heréticos.

Desde a noite anterior toda a harmonia havia saído de sua vida. Tudo havia ficado feio, sujo e sem sentido.

Descobrira que, ao longo de sua vida, quem fazia a harmonia era ela.

Era ela quem relacionava os fatos, as visões, os acontecimentos e, com suas palavras, com sua sensibilidade os arranjava em relatos e percepções que recebiam pinceladas de belo significado.

Onde ela enxergara Deus e sua harmonia, descobriu que na verdade era ela quem agia para evitar a dor e buscar a alegria.

Nada tinha um significado mais profundo ou mesmo qualquer outro significado senão aquele que ela e somente ela lhe atribuía.

Seu filho preso e torturado, Ruth sofrendo em prolongada agonia não tinham nada de belo, nada de profundo, não tinham qualquer significado.

A ausência do divino a feria não pela falta que lhe fazia, mas por se sentir traída, tola, enganada.

Deus nunca estivera presente.

Tudo de bom que lhe acontecera era só o que de bom havia acontecido na sua vida.

Tudo de ruim também.

E só isso existia.

Sua família fora perseguida pela ganância de reis e de homens poderosos.

Pessoas eram presas e torturadas porque membros da Igreja queriam mais e mais poder e não admitiam visões diferentes das suas.

Ruth estava presa pela ignorância de alguém que a via como ameaça.

Enquanto pensava nisso, seu cavalo tropeçou e ela quase caiu, mas nem mesmo assim se assustou.

Pelo contrário, ela já não temia a morte.

Tampouco temia o que viria depois, se é que algo viria.

A menina assustada que temeria estar se arriscando ao enfrentar Deus já não existia.

Ela não daria um significado à morte. A morte poderia acontecer ou não, independentemente do que ela pensasse, dissesse ou sentisse.

Se seu cavalo caísse e ela partisse o pescoço, seria um acidente e não um castigo divino. Ponto final.

Com o vento a fustigando, voltou a pensar no seu filho.

Que Deus faria sofrer daquela maneira um rapaz que viveu cada um dos preceitos de sua religião, que pensara a vida inteira mais no próximo que em si mesmo, que amara com todo o seu ser a todos o tempo todo?

Não, as torturas, as perseguições tampouco eram culpa de Deus.

Os homens sim, eram culpados.

Se Deus não era então responsável pelo mal, como implorar a ele proteção para que conseguissem fugir?

O pensamento a aturdiu.

Deus não era onipotente! Não podia ser acusado do mal e tampouco se podia implorar a ele pelo bem.

Uma tempestade se avizinhava, João apressou os cavalos, mas ela estava mais calma e mais tranquila do que jamais estivera.

Como havia sido tola!

A perda de suas filhas, o desaparecimento de seu marido, a prisão de seu filho e ela sempre mantivera sua fé.

Pensando bem a fé sempre a mantivera.

Por um Deus que era o próprio amor, ela tingira a vida de tons pasteis, mesmo quando o momento era de sangrentas cores.

Enquanto as dores haviam sido suas, ela conseguira relacioná-las com aprendizados e seguira adiante.

Agora não! Agora ela enfrentava esse Deus com muita ira.

Agora era seu filho, agora era Ruth, pessoas bondosas e amorosas a receber em sua carne dores lancinantes e sem outro sentido que não o de serem dores.

Por eles, ela enfrentava quem devia ser Pai, o protetor de todos.

Continuaria a distribuir amor, a buscar a beleza, o significado, a harmonia.

Mas agora já não contava com Deus; contava com pessoas como Dona Rodriguez, como Brites e como Ruth. E elas contavam com ela.

E isso sim era divino.

Aspirou o ar frio, galopou e alcançou seu filho que seguia adiante com João.

‖

Salomão tossia bem menos quando chegaram a Lisboa.

Apesar do frio, apesar do incômodo da viagem, a vontade de chegar e o medo de ser capturado eram tão grandes que seu jovem corpo reagiu. A febre o abandonara.

Tão logo deixaram Salomão na hospedaria, Brites e Catarina tomaram um coche até as cercanias da casa de Dias.

Brites foi até lá sozinha e voltou acompanhada de Dias que fez um sinal para que Catarina descesse do coche.

Pediu ao cocheiro que a esperasse e foi em sua direção para conversarem longe de ouvidos perigosos.

Álvaro Dias estava irreconhecível. Parecia muito mais velho, perdera o porte altivo e estava tão magro que seus olhos pareciam saltar do rosto encovado.

— Senhora Catarina, muito me alegro em saber que seu filho está de volta.

— Obrigada, Senhor Dias, o senhor tem notícias de Ruth?

Diante do silêncio dele, ela insistiu:

— Como ela está? Eu ainda não tive coragem de contar a Salomão que ela foi presa.

Ele entrecerrou os olhos e lhe disse o que Catarina temia:

— Ruth tinha uma saúde frágil; não sobreviveu às torturas.

Ficaram em silêncio.

Catarina não derramou uma única lágrima, apenas contraiu as mandíbulas e teve que se esforçar para se manter de pé.

— Lamento muito, Dias, lamento mesmo. Débora e Salomão vão sofrer muito.

— Sim, senhora Catarina, mas a vida sequer me dá tempo de manter o luto adequado; temos que nos apressar porque o cerco está se fechando.

Ela admirou, uma vez mais, seu sangue frio e recuperou sua capacidade de raciocínio:

— E como podemos fugir? Salomão está muito fraco para suportar uma viagem por terra. Como vamos tomar um navio sem sermos presos?

— Não podemos nos arriscar a tomar um navio português.

— E o que vamos fazer?

— Vamos tomar um navio de outra bandeira, de outro país. João Roles nos ajudará. Vou providenciar um transporte para vocês até a quinta dele em Oeiras, às margens do Tejo. Vocês esperam por mim lá.

— O senhor vai também?

— Sim, eu vou finalizar alguns assuntos e me encontro com vocês em dois ou três dias. Este lugar fica na saída do Tejo. De lá um pequeno barco pode seguir pelo rio e nos levar a algum dos navios ingleses ou flamengos que estejam ancorados no mar.

— Então o senhor não vai mais para o Brasil?

— Quero ir a Amsterdã antes, conhecer meu neto quando ele nascer. Só depois vou para o Brasil. Felizmente já tenho a posse do engenho. Mas não temos tempo a perder. Conversaremos durante a viagem.

— Muito bem.

Palavras gentis passavam por sua cabeça, mas não queriam sair pela sua boca: "Eu me sinto bem mais segura sabendo que o senhor irá conosco." Pensava, mas as palavras resistiam. "Salomão e Débora vão precisar da sua presença bem como o senhor do carinho deles." Guardou os pensamentos para si.

Não era o momento de gentilezas ou carinho. Tudo o que ela queria era estar em segurança com seu filho, e segurança significava Amsterdã.

Despediram-se e Catarina voltou para o coche onde Brites a aguardava.

Quando chegaram à hospedaria e antes de entrarem, contou a Brites sobre a conversa com Dias. Ela ficou chocada com a morte de Ruth, mas tampouco tiveram tempo de chorar.

— Temos que nos preparar para a viagem, Brites.

— Dona Catarina, vou sentir muito sua falta.

— Mas, Brites, você vai conosco para Amsterdã, não vai?

— Não, Dona Catarina, minha família e eu pretendemos ir para o Brasil. Só espero que minha filha ganhe o concurso da Dotar para irmos para lá e começarmos vida nova.

— Brites, eu tenho uma proposta para você. Faça como Dias. Acompanhe-nos até Amsterdã e de lá vá para o Brasil.

— E minha filha? Temos que esperar seu dote.

— Brites, o dote da sua filha está garantido. Será meu presente para vocês, bem como a viagem para o Brasil. Se você quiser ir para o Recife, eu posso pedir ao Dias que lhe encontre um bom trabalho no Recife ou no seu engenho. Ele vai precisar de alguém de confiança.

Brites abanou a cabeça:

— Não, Dona Catarina, isso eu não posso aceitar.

— Brites, eu nunca poderei compensá-la pelo que você e sua família fizeram por mim e por meu filho. Por favor, aceite este singelo presente.

Emocionada, Brites a abraçou. Catarina podia senti-la e a toda a humanidade naquele abraço. Ou a quase toda a humanidade.

Ela não conseguia incluir os inquisidores na humanidade.

Eles eram "os outros".

||

Em Oeiras, aguardavam a chegada de Dias a qualquer momento e quanto mais escuro o céu ia ficando, mais aflita Catarina se tornava.

Dias já havia garantido o pagamento da fuga até o navio de bandeira inglesa que partiria à noite, e um barco os aguardava para levá-los pelo Tejo até o mar.

Sua mensagem havia sido clara. Se ele não chegasse até o final da tarde, deveriam partir sem ele. Brites parecia feliz pela perspectiva do início de uma nova vida. Catarina, no entanto, ainda não se permitia ficar alegre.

A febre de Salomão havia voltado, mas era a mesma febre baixa que o acometia todos os dias ao final da tarde.

Uma garoa fina caía e tornava a visibilidade muito ruim.

Nada parecia adequado, nem a febre de Salomão, nem o clima e muito menos a demora de Dias.

Mestre Adrião Duarte e seu filho Manuel os aguardavam já no barco com os marinheiros a postos. Catarina, Brites e Salomão entraram no barco e as velas estavam sendo infladas quando Dias chegou.

— Desculpem a demora! Tive que despistar alguém que parecia me seguir. Subiu no barco e trocou um longo abraço com Salomão.

Na noite precoce de inverno quase nada se via e eles confiavam nos marinheiros que conduziam o barco com perícia pelo rio.

Salomão tremia de frio, envolvido em muitos casacos. Dias conversava com ele em voz baixa. Catarina percebeu quando a conversa foi interrompida por um acesso de tosse de Salomão, seguido por um lamento. Dias devia estar lhe contando sobre o destino de Ruth.

Neste instante, ouviu-se um som de remos na água e algo bateu contra o barco.

Três homens os abordaram.

A princípio pensaram que fossem ladrões, mas o que eles disseram fez com que o sangue gelasse em suas veias:

— Pensavam que poderiam fugir? Nós estávamos de olho em vocês, seus marranos sujos.

Soldados, soldados armados!

O que se seguiu ainda permaneceu confuso na memória de Catarina por muito tempo.

Os marinheiros e Dias reagiram, e dois soldados foram atirados na água.

O terceiro soldado sacou sua arma para disparar contra Salomão que avançou contra ele.

Dias se interpôs entre eles e foi atingido. Brites bateu com o remo na cabeça deste guarda e ele desmaiou.

Catarina nunca soube o que aconteceu com seu corpo ou com os outros guardas que haviam sido empurrados.

Pelas conversas que ouviu, eram soldados da Torre de Belém e esperavam a passagem de Dias para desbaratar o esquema de fuga dos judeus.

Lembrava-se apenas dos marinheiros tentando domar o vento que nesta noite os impulsionou com fúria e força para a foz.

Dias sangrava profusamente. Catarina sabia que ele não iria resistir a um tiro no peito disparado a tão curta distância.

— Senhora Catarina — ele se agarrava às mãos dela em desespero — Catarina… cuide bem de minha filha… cuide de meu genro e de meu neto.

— Nós cuidaremos, Dias e você irá conosco.

— Não, Catarina, eu estou morrendo e quero que a senhora me ouça atentamente.

Sua voz foi ficando cada vez mais fraca e o vento que zunia dificultava ainda mais que ela o ouvisse.

Praticamente colou seu ouvido contra a boca de Dias.

— Não deixe que o capitão do navio veja meu corpo… Ele não pode saber que fomos perseguidos… vai ficar com medo e não vai levar vocês. Entendeu, Catarina?

Catarina concordou e ele seguiu:

— Cubra… cubra meu corpo… antes de subirem no navio.

— Sim, sim, fique tranquilo.

— Pegue… meu dinheiro para pagar os marinheiros. Pague o dobro do combinado com os marinheiros… Quanto ao capitão… do barco… e meu corpo…

Não deixou que ele prosseguisse:

— Dias, eu resolvo esses assuntos, não se preocupe!

— Mas o engenho… você tem que procurar… Moyses… Navarro no Recife… Ele vai ajudar você…

Ele já não podia falar e em alguns minutos faleceu. Ficaram ao seu redor, orando até chegarem ao navio que os aguardava para partir.

CAPÍTULO CINCO

AMSTERDÃ, ABRIL DE 1634

A paz não é a ausência de guerra; é uma virtude, um estado de espírito, uma disposição para a benevolência, a confiança e a justiça.

– Baruch Spinoza

CATARINA AFUNDOU O NARIZ NOVAMENTE no pescoço de seu neto. Aquele cheiro despertava nela tamanha ternura que ela podia se esquecer do mundo e suas maldades. Jacob havia acabado de mamar, e ela o mantinha erguido sobre seu ombro para que arrotasse. Ele levantou sua cabecinha loira e a fitou com os olhos azuis, claros como os de seu avô.

— Veja só! — Débora, orgulhosa, a olhava desde a cadeira de amamentar — Com três meses e já está firmando a cabeça!

Catarina sorriu para ambos muito feliz.

Jacob era uma bênção para sua alma. Cuidar dele, banhá-lo, fazê-lo dormir, limpá-lo eram ações que ela "roubava" de Débora tanto quanto ela permitia. Sua fé em Deus, tão abalada em sua dolorosa jornada, voltava a crescer a cada instante em que tinha aquele pequeno milagre em seus braços.

Ouviram Salomão tossir e se entreolharam.

Débora foi até o quarto, e Catarina ficou à sós com seu neto e seus pensamentos.

O médico havia sido categórico. Salomão só teria chances de cura se fosse para um clima melhor. Catarina relutava em deixar Amsterdã, a cidade onde haviam sido tão felizes, mas o caminho estava traçado.

Em dois meses, iriam para o Recife e assumiriam o Engenho Trapiá que Débora herdara de seu pai.

Com o dinheiro apurado na venda dos negócios, estariam muito bem estabelecidos em uma terra que só trazia prosperidade aos que para lá haviam ido.

Jacob soluçou, e Catarina viu que seus pezinhos, apesar das duas meias, estavam frios. Nunca conseguiam deixar a casa suficientemente quente. Colocavam uma roupa sobre a outra na vã tentativa de se aquecerem. Calçou nele mais um par de meias e o envolveu em mais um cobertor. O soluço parou, e ela o embalou, cantando a mesma cantiga de ninar em ladino que cantara para Salomão, mas desta vez sua voz já não tremia, era suave, uma carícia de paz:

Durme, durme, hermoso hijico
Durme, durme sin ansia y dolor
Cerra tus lindos ojicos
Durme, durme con sabor.
Durme, mi querido hijico,
Durme, durme con sabor
Cerra tus lindos ojicos,
Durme, durme con sabor.

Dona Catarina — Hannah a chamou do andar de baixo — o senhor Torres chegou.

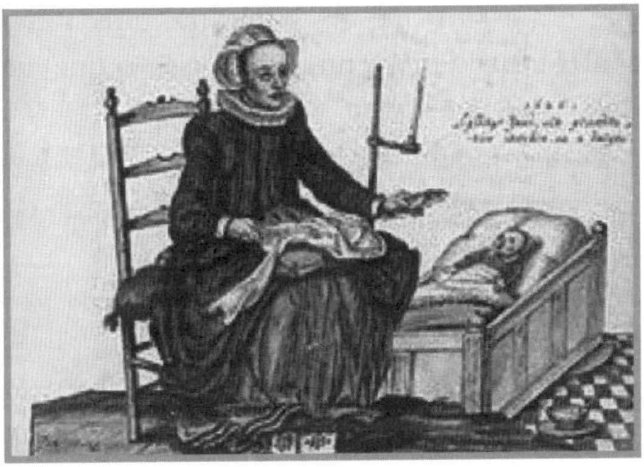

Ela colocou Jacob no berço e desceu as escadas sem a menor pressa.

Era sempre muito difícil ver Torres.

Ele tentava ser agradável, e ela tentava não lhe dizer tudo o que pensava dele.

Seu sorriso já não a atraía porque ela sabia ser um sorriso fácil e enganoso.

Suas palavras ressoavam em seus ouvidos como o tilintar de moedas falsas.

Seu corpo... bem, ela evitava olhar aquele corpo que tanto havia desejado porque a alma que o habitava não era bela.

Durante toda a viagem de navio, Catarina havia hesitado quanto ao que fazer. Sabia que se fosse ao *Mahamad* para fazer uma denúncia, teria que ter provas. Como poderia comprovar que seu marido, seu filho, Ruth e Dias haviam sido denunciados por Torres como ela suspeitava?

E se essas suspeitas fossem infundadas? E se ele não tivesse nada a ver com as denúncias?

Ademais, ela não confiava na justiça; não o suficiente para invocá-la no que poderia parecer a vingança de uma mulher desprezada.

Porque era assim que ela se sentia, uma mulher desprezada, abandonada. No fundo, era isso o que mais doía, saber-se iludida, enganada.

Bem, Brites poderia depor e contar ao *Mahamad* quem era Torres realmente: um falso judeu que vivia com uma cristã que servia à Inquisição.

Ah, o *Mahamad*, com certeza, lhe daria o *cherem*[30] perpétuo.

Mas e se Torres fosse tão vingativo que perseguisse e denunciasse a família de Brites que ainda vivia em terras de idolatria?

Catarina temia também que Torres a caluniasse, temia por sua reputação.

Todos esses pensamentos haviam se alternado em sua cabeça durante a viagem inteira.

O que Catarina não esperava é que ele já estivesse em Amsterdã, e a recebesse como se nada tivesse acontecido, como se suas desculpas pelo seu comportamento irracional bastassem para que ela o perdoasse.

30 Excomunhão e proibição de fazer negócios

Todos na casa viam as lindas tulipas vermelhas chegando todos as manhãs e sendo jogadas no lixo assim que Catarina as via. Justo ela que amava flores! Isso era muito intrigante.

Apenas Tia Sara sabia do que havia acontecido entre Catarina e Torres e ouvia calada enquanto Débora e Salomão cogitavam se a frieza de Catarina se devia à proximidade de Dr. Benjamim, o médico com quem ela travara amizade no navio.

Quando chegou à sala de estar, Torres estava conversando com tia Sara e eles gargalhavam.

Pararam quando Catarina entrou.

Com um sorriso largo e os braços abertos, ele a saudou:

— Bom dia, Catarina! Como está a avó mais bela de Amsterdã?

— Bem, obrigada, Senhor Torres. O senhor trouxe os papéis que eu lhe pedi?

Tia Sara trocou dois beijos com Catarina e saiu:

— Vou deixar vocês a sós para tratar de negócios. Uma boa tarde para o senhor!

Com seu olhar mais sedutor, Torres tentou se aproximar, mas Catarina apontou a cadeira para que ele se sentasse e se colocou do lado oposto da mesa.

— Catarina, eu lhe peço mais uma vez. Considere que eu estava nervoso e não consegui conter meu ciúme. Eu amo você, você é o grande amor da minha vida! Eu não quero perdê-la.

Suspirou enfastiada ao ver como os movimentos exagerados das mãos de Torres acompanhavam aquelas palavras tão ilusórias.

— O senhor já me perdeu, Senhor Torres e, por favor, não insista. Onde estão os documentos?

— Catarina, ouça-me. Case-se comigo e eu a farei a mulher mais feliz do mundo, eu juro!

— O senhor me insultou, me abandonou quando eu mais precisava de ajuda. — sua voz não deixava transparecer qualquer emoção.

Torres tentou, em vão, tocar as mãos de Catarina sobre a mesa.

— Eu fiquei desesperado quando voltei na tarde do dia seguinte. Procurei você por toda parte, imaginei que o frade tivesse prendido você, procurei por ele, vasculhei a região, mas não encontrei nenhum sinal de seu paradeiro.

Catarina permaneceu em silêncio, de braços cruzados.

— Acabei descobrindo que o frade havia ido para Madri sozinho e deixei Bilbao. Você não pode imaginar minha alegria quando você retornou a Amsterdã!

Seus olhos brilhavam enquanto dizia isso, mas a menção do nome Bilbao fez disparar toda a raiva contida em Catarina que se ergueu e deixou a mesa.

— E sua irmã, como está? — o tom de voz era gélido, cortante.

O sorriso de Torres murchou.

Catarina foi para um canto da sala, aproveitando o choque dele.

— Minha irmã? Mas por que essa pergunta agora?

— Porque eu me lembrei dela. Aliás, nunca me esqueci! — Sua respiração era entrecortada e o coração parecia querer saltar do seu peito.

Foi a vez dela avançar na direção dele, queixo erguido, mãos na cintura:

— Como vai sua "irmã"? — insistiu — ela veio com você para Amsterdã? Seus "sobrinhos" também?

Pronunciou as palavras “irmã” e “sobrinhos” com a força de golpes, de punhaladas.

Por mais que quisesse, Catarina não conseguia conter a emoção, uma emoção tão intensa e dolorosa que era quase insuportável. Queria vingança, queria feri-lo pelo que ele havia feito, pelos enganos, pelas mentiras, pelo abandono.

Não, ela não queria prosseguir ouvindo o que ele tinha a dizer.

Por que se enganar? Ela nunca conseguiria perdoá-lo. Era inútil; sua raiva e seu medo eram muito mais fortes. Esse homem nunca lhe diria a verdade. E ela viveria sempre no temor de que ele a enganasse.

Aprumou-se e respirou fundo, antes que se descontrolasse completamente:

— Bem, vejo que o senhor não trouxe os documentos — dirigiu-se à porta — Terei que ir ao *Mahamad* e lhes explicar algumas coisas que, com certeza, lhe renderão o *cherem*.

— Catarina, não me ameace, eu nada fiz, não entendo a que você está se referindo — ele tentou tocar o braço dela que o afastou com violência — Não me afaste, querida. Você me ama, eu tenho certeza.

Abanando a cabeça, Catarina suspirou:

— Por que é tão difícil para o senhor compreender uma coisa tão simples? Eu não o amo, o senhor morreu para mim, entende?

Catarina se continha para não dizer-lhe o que sabia dele e de sua vida dupla em Bilbao.

Seu pedido de casamento soava para ela como uma armadilha para calar sua boca, para que ela não o denunciasse. Seu pretenso amor por ela não passava de uma ilusão para atender a seus interesses de negócio.

Ele se ajoelhou.

— Você não pode ir para o Recife, Catarina, deixe que seu filho vá e fique aqui comigo; nós podemos ser muito felizes.

Balançou a cabeça aturdida pela ousadia da proposta. Aquele homem era realmente louco em imaginar que ela se afastaria de sua família para ficar justamente com ele.

— Eu jamais faria isso, Torres. Jamais, está me entendendo? Agora, por favor, só volte a essa casa com os documentos assinados para que eu possa concluir a venda da minha parte nos negócios e o *Mahamad* aprove, sim? E eu o proíbo de contar os reais motivos de sua saída da sociedade para Salomão!

Abalado, Torres ergueu-se e tirou do bolso do casaco os papéis que pousou na mesa.

— Preciso de uma pluma, por favor.

Catarina apressou-se em buscar sua pluma, seu tinteiro e o mata-borrão na sua escrivaninha.

Torres não a olhava, com certeza engolindo sua raiva, sua humilhação.

Assinou os papéis lentamente e saiu, batendo a porta.

Com um misto de alegria e amargura, Catarina olhou aqueles papéis que selavam muitos finais e a liberavam para a vida em um novo e desconhecido mundo.

Ia premindo o mata-borrão sobre a assinatura, mas notou algo estranho no alto do texto.

O papel estava molhado e não era de tinta. Ele chorara. De raiva com toda a certeza.

Prosseguiu prensando o papel com toda força como quem esmaga um inseto, um pensamento, um passado.

Deixando Débora e o pequeno Jacob dormindo a sesta da tarde, Catarina foi até a sinagoga.

O rabino Menasseh Ben Israel, apesar de sua aparência conservadora, nunca havia visto Catarina como uma mulher, mas sim como uma alma sedenta de conhecimento, e ela vinha aproveitando cada dia que lhe restava em Amsterdã para prosseguir aprendendo com esse grande sábio.

No entanto, vinha sendo difícil para ela entender e aprender o que o rabino dizia. Era como se Catarina houvesse trazido consigo, das terras de idolatria, uma nuvem que lhe toldava o pensamento.

Queria conversar sobre os obstáculos que vinha enfrentando.

Sentaram-se na sala de estudos, vazia naquele momento.

— Rabino, por que estou tendo tantas dificuldades para compreender, para aprender o que o senhor vem me ensinando?

— Catarina, há dois obstáculos principais que impedem alguém de se desenvolver plenamente. Na sua opinião, quais seriam?

Essa era a maneira do rabino ensinar, fazendo perguntas.

— Hum, falta de inteligência?

— Não, não tem nada a ver com raciocínio lógico, mas com a emoção. Aliás, são duas as emoções que impedem que se raciocine.

— Duas emoções?

— Sim. Se você acertar uma delas, eu lhe aponto a segunda.

— Bem, acho que o medo de aprender, a falta de confiança em mim mesma já me impediu algumas vezes no passado de aprender — fez uma pausa buscando palavras para não parecer arrogante — mas, sinceramente, Rabino, o medo hoje não me domina.

— Sim, eu sei disso, Catarina, sua fé é grande e esse é o maior antídoto contra o medo.

— O pequeno Jacob e as conversas que temos tido, Rabino, têm me ajudado muito a resgatar minha fé, mas continuo com dificuldades para aprender.

— Talvez por causa da outra emoção, aquela que perturba seus pensamentos e sobre a qual temos conversado.

Catarina hesitou.

— A outra emoção? — seria o oposto do amor? Seria o ódio?

— Isso, a raiva é um enorme obstáculo para o nosso desenvolvimento — a satisfação do rabino com sua aluna era visível pela maneira como ele esfregava as mãos.

— Ah, é essa emoção que perturba meu entendimento? A raiva?

Respirou aliviada por finalmente admitir aquilo que lhe oprimia o peito.

O rabino ajeitou o quipá[31], um gesto que fazia constantemente, e a mirou com seus olhos compreensivos:

— Como segue sua raiva dos inquisidores?

— Ai, Rabi, é impossível não ter raiva de quem fez um mal tão grande a meu filho. Por mais que eu tente, eu não consigo! — Sua voz, normalmente grave, afinou como se ela fosse uma menina de dez anos.

E, como uma menina, baixou os olhos emburrada.

— Então, meses depois, eles continuam a lhe fazer mal, ou seja, você continua prisioneira deles.

— Como? Prisioneira? Não entendi.

— Você está prisioneira deles, do passado, das dores. Só o perdão pode libertá-la.

A resposta de Catarina foi um profundo suspiro. Desde criança ela tinha uma enorme dificuldade para se libertar de mágoas e as arrastava como uma carga enorme. A raiva explodia dentro dela nos piores momentos e machucava a muitos que ela amava.

Até mesmo de Deus ela havia tido raiva quando voltava da Serra da Estrela com seu filho!

O rabino quebrou o silêncio:

— E o que você pretende fazer, Catarina? Vai continuar prisioneira?

— Não é o que eu quero, Rabi. Mas o que posso fazer?

— Perdoe.

— Eu tento. Todas as noites ao rezar o Shema, dou especial atenção ao perdão, durante o *Yom Kipur*, jejuo e

31 *Quipá* — chapéu usado pelos judeus

tento, sinceramente, Rabi, eu tento perdoar, mas eu não consigo.

— E por que, Catarina?

— Ai, Rabi, uma coisa é esquecer, não guardar raiva, mas perdoar? Perdoar quem perseguiu meus antepassados, quem queimou na fogueira tantos inocentes, quem torturou pessoas como meu filho?

— Sim, perdoar significa desistir de toda a esperança de um passado melhor. Você não vai conseguir mudar o passado. Por que não se libertar dele?

Catarina refletiu por um momento. "Perdoar significa desistir de toda a esperança de um passado melhor".[32] Sim, o que ela vinha querendo é que as coisas não tivessem acontecido daquela maneira. Porém, por mais que ela quisesse, nunca conseguiria mudar o passado.

— É muita energia gasta com uma tentativa vã, é isso o que o senhor está me dizendo, Rabi?

— Sim, quando você deveria estar usando esta energia para se aproximar de Deus.

Catarina não tinha coragem de expressar o quanto ela também guardava mágoa de Deus, pelo que Ele havia permitido que acontecesse com seu filho.

— Catarina, vejo pela sua expressão, que você ainda se sente incomodada.

— Sim, Rabino, sei que vou dizer uma heresia, mas como posso perdoar Deus?

Esperou que o rabino a condenasse, mas ele sorriu.

— Catarina, vamos chegar a esse ponto. Mas antes, me responda, quando você perdoa os outros em suas orações, está se colocando como a pessoa ofendida, a pessoa correta e os demais como culpados, errados, certo?

32 Jack Kornfield, A Arte do Perdão, da Ternura e da Paz

— Sim, claro!

— E se você visse na outra pessoa um meio para seu próprio crescimento, uma maneira para que você melhore algo dentro de você que precisa ser melhorado?

— Humm, estou entendendo aonde o senhor quer chegar. A pessoa que me causou mal seria um instrumento.

— Sim, um instrumento inconsciente.

O rabino ficou em silêncio, deixando que essas palavras ocupassem todo o ar da sala vazia, permitindo que Catarina refletisse um pouco.

— Catarina, se alguém esbarrasse em você na rua e a derrubasse, como você reagiria?

— Talvez eu ficasse com raiva. É, com certeza eu ficaria com raiva.

— Seria possível você perguntar-lhe por que ele não olha por onde anda?

— Sim, é bem possível — tinha que ser sincera.

— E se você descobrisse que se tratava de um cego? Ainda assim sentiria raiva?

— Não, claro que não — a tensão em seu rosto se acentuou.

— Você acredita que se aquelas pessoas soubessem, realmente soubessem do mal, de toda a extensão do mal que estavam fazendo elas teriam perseguido e torturado seu filho?

Catarina suspirou. Começava a ver aonde o rabino queria chegar.

— Não, não creio que soubessem. Elas estavam cegas pela sua ignorância e ambição — dizendo isso Catarina trincava os dentes.

— Então você reconhece que elas eram ignorantes?

— Sim...

— Você admite que está em um caminho de aprendizado contínuo?

— Sempre, Rabi – tinha muita segurança ao dizer isso.

— E você pode visualizá-las como um instrumento para seu próprio crescimento?

— Sim, talvez, quero dizer… acho que sim.

— E pode perdoá-las?

Catarina hesitou e o Rabino aguardou até que ela finalmente disse:

— Mas se não existe culpa, se eles não são culpados e sim ignorantes, não precisaria haver perdão!

— Exatamente, Catarina!

— Mas o sofrimento de meu filho, meu sofrimento, que sentido poderiam ter? Qual o aprendizado?

— Isso é o que você deve descobrir.

Como sempre fazia quando relutava em aceitar algo, Catarina coçou a cabeça.

— Eu estaria então pagando por algo que fiz? Meu filho também? Um rapaz que é só bondade?

— Não, pagar por algo, resgatar culpa, tudo isso seria voltar ao modelo anterior. Veja no sofrimento a oportunidade de crescimento e sua perspectiva muda. Há um plano divino para que nos tornemos como Ele e isso envolve oportunidades como essas onde podemos optar por reagir com ódio ou resistir a esse ódio e nos conectarmos com o mundo da Luz.

Atenta a cada palavra, Catarina cuidadosamente sugeriu:

— Então nosso sofrimento faria parte deste plano de Deus, deste caminho de melhoria?

— Exatamente. Você é quem opta por fazer disso um sofrimento ou um caminho de melhoria.

O que ela iria dizer tinha todo o ar de uma heresia, mas ela não podia deixar de perguntar:

— Então estaríamos perdoando Deus por este plano?

— Sim — e o sorriso do rabino a tranquilizou — ou você poderia escolher ser grata a Deus e a quem lhe machucou por lhe dar esta oportunidade de crescimento.

— Neste caso então, a pergunta não é o que foi que eu fiz, ou porque devo pagar, mas como essa situação ou pessoa vai me ajudar a crescer, a melhorar algo em mim que precisa ser melhorado?

— Exatamente, Catarina! — O rabino exultava e voltou a esfregar as mãos uma contra a outra — Como isso vai ajudá-la no seu caminho de crescimento? Essa é a pergunta, essa é a busca, é o que vai deixá-la mais próxima de Deus, que vai ampliar sua consciência.

— Sim, e isso, no fundo é tudo o que eu quero.

Ficaram em silêncio. Pensando.

Quase ficou calada, a boca retorcida como que contendo algo que ansiava por sair.

Ela não se chamaria Catarina se guardasse o que pensava naquele momento.

Disparou:

— Mas e a raiva, Rabino, como faço com a raiva?

A voz do Rabino se tornou suave na mesma proporção em que a voz de Catarina havia tremido pelo descontrole:

— Essa raiva faz bem a você?

Catarina negou com a cabeça.

— Ela é tão importante para você?

Novo silêncio e nova negativa.

— Você vai se apegar a ela e deixar de viver em um estado melhor?

A raiva estava dentro dela, e deixá-la ir embora doía tanto quanto abrir mão de um bem, de uma posse, de algo que havia sido dela por tanto tempo.

Ela e a raiva haviam se tornado uma só!

O rabino deixou que a batalha de emoções se desenrolasse dentro de Catarin enquanto ela refletia.

Deixar a raiva significava…

Significava a paz.

Mas ela tinha direito a ter raiva! Tudo o que acontecera lhe dava esse direito. Pensou mais um pouco.

Ter direito a uma coisa ruim? Quem quer esse direito?

Debatia-se em silêncio, mas, por fim, Catarina balançou a cabeça, e o rabino entendeu que era a hora de quebrar aquele silêncio:

— Catarina, o que você escolhe, a raiva ou a paz?

— A paz…

— Não estou ouvindo, você poderia repetir, por favor? O que você escolhe?

— A paz — a voz soou um pouco mais forte.

— Como?

— Eu escolho a paz! — E sua voz estava pura, forte, cristalina.

— Então o caminho é o perdão, perdoar você mesma pelo que fez aos outros e a si, perdoar aos demais e perdoar sim a Deus.

— Ai, Rabino, se você acaba de dizer que não seria necessário haver perdão!!!

— Sim, eu lhe expliquei isso.

— Então porque o caminho é o perdão? Não estou entendendo!

— Bem, agora que você já entendeu porque não há culpados fica mais fácil perdoar já que também não há culpa ou ofensas. O que você escolhe mesmo?

— A paz — sua voz soava serena e decidida.

CAPÍTULO SEIS

AMSTERDÃ, JULHO DE 1634

"A mais alta atividade a que o ser humano pode se dedicar é a de compreender, porque compreender é ser livre."

– Baruch Spinoza

EU ESCOLHO A PAZ, eu escolho a paz, eu escolho a paz — Catarina voltava feliz, cantarolando essas palavras e tão concentrada em si mesma que quase esbarrou no médico que saía de sua casa.

Magro, alto, de tez morena e cabelos parcialmente grisalhos, Dr. Benjamim seria um belo homem não fosse pelo seu nariz pronunciado onde um par de óculos tentava se equilibrar, mas o que para algumas pessoas seria um defeito, para Catarina era uma marca, um belo nariz imponente a anunciar a atitude decidida de seu dono.

Convidou-o para entrar novamente.

Antes mesmo que se sentassem, o médico disparou:

— Querida, você pensou no que eu lhe propus?

Com suavidade, ele passou o dorso de sua mão ao redor do rosto de Catarina. Quando estavam a sós ele sabia ser muito carinhoso e sua voz um tom mais baixo perdia o som estridente e se tornava agradável e suave.

Ela se lembrava com gratidão dos terríveis momentos passados à bordo do navio que os trouxera de Lisboa a Amsterdã quando ela, ainda em choque, encontrara forças no apoio de Dr. Benjamim, na época praticamente um desconhecido tão poucas haviam sido as vezes em que haviam se encontrado antes.

Uma infecção grassara pelo navio e teria levado a vida de Salomão e de outros, não fosse a dedicação daquele médico.

Catarina havia gostado particularmente de vê-lo trabalhar concentrado, falando com as pessoas doentes, ouvindo com total atenção e dando seu diagnóstico apenas depois que os males do corpo e da alma eram descritos e o corpo examinado.

Tornaram-se grandes amigos desde então, e ela ficou sabendo que ele nascera em Altona, nas imediações de Hamburgo onde seu falecido marido vivera. Estudara na

Universidade de Pádua e havia se mudado para Amsterdã com sua família quase que na mesma época que Catarina e seu marido. Quando sua esposa faleceu, lhe deixara quatro filhos que ele educava com amor e disciplina. Ao longo dos anos, pouco frequentara jantares e festas, sempre muito ocupado e dividido entre o trabalho, seus estudos e sua família.

Agora estava decidido a se mudar para o Recife também.

Não eram todas as pessoas da comunidade que gostavam do Dr. Benjamim. Era contundente, duro em suas colocações, passional na defesa de seus pontos de vista. As pessoas se assustavam com sua franqueza, especialmente quando ele criticava seus hábitos e os relacionava às enfermidades.

Exageros na comida e na bebida eram sempre objetos de sua crítica para espanto de seus pacientes que viam nisso uma grande fonte de prazer.

Suas visitas à Salomão agora rareavam e era Catarina a mais visitada. Ela apreciava especialmente os muitos momentos de silêncio em que ele simplesmente tomava suas mãos e ela podia sentir que ele gostava dela ainda que nunca tivesse dito que a amava.

— Pensou, Catarina? Você tem uma resposta para mim?

— Benjamin, tenho pensado, mas ainda não consegui chegar a uma conclusão.

Com um suspiro, ele tirou seus olhos dos olhos dela e aprumou sua postura:

— Não me perca, Catarina, por favor, não me perca! Não sou homem de esperar a vida inteira.

Naquela noite ela aguardou mais uma vez que ele dissesse enfim as palavras mágicas, dissesse que a amava e que por isso queria casar-se com ela.

Mais uma vez foi inútil.

Quando ele havia proposto casamento a ela, havia dado as razões mais práticas do mundo: ambos estavam sós, ela seria uma boa mãe para seus filhos, eles tinham pontos de vista e gostos semelhantes. Enfim, dissera tudo, menos o que ela esperava e que sabia que nunca ouviria.

Ele já havia confessado que havia amado muito sua falecida esposa e que não se sentia capaz de amar novamente.

Catarina admirava e agradecia essa sinceridade que só aumentava o afeto que ela sentia por ele.

Sabia que ele não a decepcionaria porque não levantaria expectativas irreais e que o tempo só iria fortalecer seus laços.

Então por que não se casar com ele? Seria tão fácil, tão conveniente! Não era ela quem pregava que o amor romântico era uma tolice, uma ilusão? Não defendia que as atitudes eram mais importantes que palavras?

Ele era honesto e esse era o atributo que ela mais buscava em um homem. Mas não se sentia segura.

Tomaram um chocolate enquanto conversavam sobre os temas mais variados e se despediram no habitual silêncio das mãos entrelaçadas.

||

Faltavam poucas semanas para a viagem e ajudar Brites em seus preparativos era uma tarefa à qual Catarina se dedicava de bom grado, especialmente naquela manhã em que precisava deixar para trás as dúvidas e ansiedades de uma noite mal dormida.

Em Amsterdã, era ela a guia, a conhecedora de tudo e de todos e se sentia muito bem retribuindo à amiga toda a ajuda que recebera.

O tratamento formal entre elas desaparecera, e Brites era tratada e apresentada a todos como a amiga de Catarina.

Percorriam as lojas em busca de lindos tecidos, encomendavam vestidos, sapatos, chapéus, tudo da melhor qualidade porque Catarina fazia questão que Brites e sua filha chegassem ao Recife como grandes damas que eram. Já havia reservado o dote para que a garota pudesse se casar com alguém da comunidade judaica do Recife.

No final da manhã foram à Companhia das Índias Ocidentais para acertar os detalhes da viagem e do apoio que Catarina teria para essa mudança e para seus negócios no Recife.

Saíram bastante animadas, comentando o jantar da noite anterior.

— Brites, o que é que eu faço com o Dr. Benjamim? Você viu como ele criticou a alimentação de Tia Sara ontem?

— Ele cura todo mundo, mas sofre de um mal que não consegue enxergar nele mesmo.

— Que mal, minha amiga?

— Dr. Benjamim sofre de excesso de sinceridade! — e ambas desataram a rir.

Neste instante Catarina avistou Torres descendo de um barco no canal.

Um fluxo de sangue percorreu seu corpo, tirando-lhe as forças e ao mesmo tempo deixando sua cabeça mareada.

Conseguiria perdoá-lo algum dia? Depois da conversa com o rabino, ela despertava todos os dias certa de que o havia perdoado, mas sabia que seria muito mais fácil perdoá-lo quando ele fosse apenas uma lembrança do passado, quando estivessem no Brasil.

Mas ali estava ele e as lembranças ainda eram emoções perturbadoras, em estado bruto.

As mentiras, o jogo de gato e rato em que ela tentara conhecer a verdade, a insegurança, a explosão violenta de raiva e de ciúme, o abandono no momento em que ela mais precisava dele, tudo isso embolava seu estômago. No entanto, naquela tarde, ao vê-lo, um outro sentimento a dominou.

Sentia falta do sócio protetor, da voz grossa, do olhar firme e das brincadeiras que a faziam rir boa parte do tempo.

Odiava admitir, mas sentia falta do homem que trouxera sua feminilidade de volta, que a fizera sentir-se inteira, uma mulher com um corpo todo ativo a saborear os múltiplos prazeres da vida, e não apenas uma cabeça pensante.

Este corpo agora se arrepiava ao vê-lo, um arrepio pulsante, vibrante, como se ela tivesse sido atingida por um raio.

Observou-o à distância, enquanto ele cumprimentava um conhecido e se abaixava para falar com uma criança.

— Bem que você havia dito que ele era um homem diferente, minha amiga! — ao seu lado, Brites sorria.

— Ah, Brites, por que você diz isso?

— Quem aqui se abaixa para falar com uma criança?

— Bom, ele sabe encantar a todos, sobre isso não há dúvidas.

Agora Torres havia dito algo que fizera a criança se dobrar de rir.

Com voz firme Brites prosseguiu:

— Mas você e eu sabemos porque você não deve se deixar encantar por ele.

Por que mesmo que ela não deveria se deixar encantar por Torres? Com suas ideias zunindo, ela não conseguia se fixar nos motivos para ter raiva dele.

— Você sabe bem, Catarina, e você mesma já me disse mil vezes. Este homem mente, engana, não é confiável.

— Ele está vindo para cá! Vamos embora, Brites!

— Você vai fugir novamente, minha amiga? — Brites segurou Catarina pelo antebraço para que ela não seguisse adiante.

— Mas o que eu faço, Brites? — a forte, independente e quase autoritária Catarina respirava com força e rapidamente. A roupa lhe apertava, seus pés doíam, seu coração parecia querer saltar pela boca.

— Você não disse que o perdoou? Vocês já não são mais sócios, mas não precisam ser inimigos. O tom de voz grave, pausado e suave de Brites tentava, em vão, acalmá-la.

Seu corpo inteiro pulsava: Eu não estou pronta, eu não estou pronta! Vontade de fugir dali correndo.

Mas o corpo dela não conseguia se desvencilhar de Brites e tampouco fazia o menor esforço para isso.

Ela estava pregada no chão, fluida, mole, sem forças.

Torres se aproximava com um sorriso iluminado no rosto:

— Boa tarde, Dona Catarina! Há quanto tempo!

Ai, aquela voz grave novamente, aquele olhar que se fixava nela como se nada mais existisse no mundo enquanto tomava suas mãos e as beijava. Ela se sentia uma serpente Naja, saindo do cesto hipnotizada pelo som da flauta de um encantador de serpentes como nos contos indianos de seu tio Antônio.

— Boa noite, senhor Torres! — A voz de Catarina soou um pouco mais elevada do que pretendia numa vã tentativa de altivez — O senhor já conhece minha amiga Brites!

— Claro, conheço-a desde Bilbao, mas é sempre bom rever quem foi sua grande protetora nas terras de idolatria — Torres tirou o chapéu, fez um cumprimento e tomou a mão de Brites para beijá-la — Eu lhe serei eternamente grato, minha senhora!

— Muito obrigada, Senhor Torres! — Brites lutava para segurar um sorriso que teimava em surgir no canto da boca e por manter-se séria.

— E a senhora, Dona Catarina como tem passado? — Seu olhar já estava fixo nela novamente — Soube que Salomão vai assumir o engenho comprado pelo sogro, que vai se tornar um senhor de engenho! Espero poder contar com o açúcar que vocês exportarem.

— Sim, planejamos exportar não só açúcar mas também tabaco e pau-brasil.

Sua mente reagira à menção dos negócios. Alívio! Agora podia comandar seu corpo e sair dali com um mínimo de conversação. Mas a curiosidade falou mais alto:

— E o senhor, como tem passado?

— Estou pensando em aproveitar o excelente momento e me mudar para o Brasil também.

O sangue sumiu do rosto de Catarina enquanto Torres parecia se divertir com o espanto dela.

— Como? O senhor irá se estabelecer em Salvador?

— Não, no Recife. Fiz uma sociedade com o primo de seu marido, o senhor Simão Vaz de Fontes...

— Simão Vaz de... Ah, claro, Isaac Fontes de Lima!

— Vejo que até mesmo a senhora se confunde com tanta duplicidade de nomes!

— Nomes portugueses, nomes judaicos em Amsterdã, nomes mudados lá no Recife. A duplicidade sempre me confundiu! — Catarina sorriu sem que ele percebesse a ironia, mas o sorriso durou pouco.

Sua respiração ficou acelerada e o rubor lhe tomou as faces e sentiu-se sufocar em seu vestido pesado. A lembrança da duplicidade, das mentiras quase fizeram com que se descontrolasse.

Foi salva por Brites:

— Então o senhor se tornou sócio do primo de Catarina?

— Bem, pois então, fiz uma sociedade com ele e no último leilão da Companhia das Índias consegui parte do direito de arrematar impostos sobre os engenhos e o dízimo sobre o açúcar. Agora estou fechando outros negócios com o senhor Moisés Navarro.

Catarina retomou o controle sobre si:

— Tenho certeza que o senhor será muito bem sucedido, recolher impostos é um ramo em que nossa comunidade tem prosperado. O senhor Navarro também pode ajudá-lo. Foi pioneiro e tem bastante experiência nisso.

— A senhora o conhece?

— Sim, ele nos foi indicado pelo falecido pai de Débora e vai nos ajudar no Recife. Parabéns pela escolha!

— Muito obrigado, Dona Catarina — ele a olhou ainda mais intensamente — eu tenho tido muito sucesso em minhas sociedades. Pena que tenha perdido minha sócia mais querida.

Sua voz, apesar de grave, era doce, suave e as pernas de Catarina fraquejaram. Amaldiçoou-se por reagir tão languidamente por quem ela sabia ser um completo mentiroso. Controlar sua mente, controlar seu corpo e sair daquela situação com urgência era tudo o que ela queria.

— Bem, desejo-lhe sucesso em suas iniciativas. Agora precisamos voltar para casa, estamos atrasadas.

Torres não se abalou, mantendo os olhos fixos nos olhos de Catarina:

— Espero revê-la no Recife em breve.

— Bem, ao menos já sei quem irá arrecadar nossos impostos.

Ela poderia ter parado ali e se despedido, mas prosseguiu:

— Mas como arrecadador de impostos talvez o senhor não seja tão admirado pelos seus queridos cristãos quanto era na Espanha.

Ela se espantou com suas próprias palavras. A quem se referia? Aos queridos cristãos ou a uma querida cristã, à concubina de Torres?

Como ela havia se enganado todos esses meses em que orara e meditara para desfazer-se da raiva que sentia de Torres! Raiva não era o sentimento correto. Ela não conseguira suportar a ideia de ter sido trocada por outra mulher! Ciúme era um nome mais apropriado para o que sentia.

Posse, sentimento de posse, apego e orgulho. Mais pontos para trabalhar em si mesma.

Suspirou resignada, quase não prestando atenção enquanto Torres contava a Brites uma história engraçada que ela já conhecia sobre cobradores de impostos.

Perdoar, entender que ele é um instrumento para o meu crescimento, não guardar raiva, eu escolho a paz, eu escolho a paz. Foi se acalmando a tempo de ouvi-lo dizendo:

— Não pretendo criar inimizades desnecessárias com os cristãos.

— O senhor não precisará buscar inimigos, eles não gostam de nós e gostam menos ainda dos arrecadadores de impostos.

Uma piscada de olhos da parte dele, um riso gostoso e fácil:

— Em que parte do mundo gostam de arrecadadores de impostos, Catarina?

Nem ela resistiu e seu rosto se descontraiu em um sorriso:

— Pois o senhor tome cuidado. Ouvi falar que a inveja que eles sentem é imensa. Não se esqueça que falamos as duas línguas o que nos ajuda muito a intermediar negócios.

Antes que a conversa prosseguisse, Brites deu o braço a Catarina e a levou:

— Então vamos, Catarina? Tia Sara deve estar preocupada com nossa demora.

— Sim, vamos. Boa tarde, senhor Torres!

— Boa tarde, Dona Catarina!

Outra piscadela. Outro sorriso.

Não devolveu o sorriso, mas caminhou decidida a trabalhar os sentimentos de posse e inveja dentro de si. Se teria que continuar a vê-lo no Recife, se as demonstrações de raiva e o afastamento não haviam sido suficientes para mantê-lo afastado, só restava a ela tomar para si o poder de não se sentir atraída por ele, trabalhando os sentimentos de posse, inveja, orgulho ferido.

Relembrava sua conversa com o rabino e refletia: como essa situação, como essa pessoa vai me ajudar a me transformar em uma pessoa mais próxima do mundo da Luz?

Brites seguiu calada ao seu lado, ela mesma imersa em seus pensamentos, mas volta e meia olhava para a amiga, impressionada com a tensão em seu rosto.

||

— O que você faz aí tão quietinha no escuro, sobrinha querida?

Catarina assustou-se com a chegada silenciosa de sua tia.

A noite caíra e a rua escura e a sala se confundiam.

— Estou pensando.

Para não perturbar os pensamentos de Catarina, Tia Sara não acendeu nenhuma vela além da que trazia.

Permaneceram na penumbra, sem se ver, mas se ouvindo.

— Tia, perdão pela inconveniência do Dr. Benjamin ontem à noite.

— Ele tem razão quanto a me recomendar que não coma tanta gordura.

— Só não precisava falar aquilo na frente das outras pessoas. Perdão mais uma vez, tia!

— Ah, Catarina, já nem me incomodo mais. Ele sabe como dizer as coisas erradas na hora errada.

— Sim, é um atrapalhado na vida social. Não sei como tem tantos pacientes!

— Com a falta de médicos que temos e o conhecimento dele, ninguém vai se indispor. Precisamos dele! E depois, ele não é má pessoa.

— Lá isso é verdade. Especialmente comigo, é tão atencioso. Desde que chegamos tem sido um amigo para todas as horas. E é muito honesto!

— Claro! E ele voltou a lhe pedir em casamento?

Um suspiro impaciente precedeu Catarina em sua resposta:

— Sim, ele insistiu.

— E você? Por que não aceita? Você não gosta dele? Ele é aborrecido, mas é uma boa pessoa.

— Ai, Tia Sara, já imaginou ser casada com alguém aborrecido o resto da vida?

— Não preciso imaginar.

— Não?

— Ih, eu fui casada com alguém assim, minha querida sobrinha — e gargalhou.

— É mesmo, tia? Nós nunca conversamos sobre seu casamento.

— É que eu não gosto de falar sobre o passado; prefiro olhar para a frente.

— Entendo, se não quiser, então nem comente nada.

— Não, Catarina, não tem importância. Por que você acha que eu gostava tanto de receber visitas?

— Para ter diversão, porque ele era muito aborrecido?

— Bom, para não ser injusta preciso dizer que seu tio era normal, como todos os maridos.

— Ah, Jacob, meu falecido marido não era aborrecido.

— Era animado, pronto para alegrar você? Era divertido, romântico?

— Não, não, nada disso. Era um bom companheiro, apenas isso.

— Mas é isso que se espera de um marido, Catarina! Um homem bom que nos apoie, que seja um bom pai e que nos trate bem.

— Sim — a voz de Catarina não era muito firme ao concordar.

— Ai, Catarina, você quer se divertir no casamento?

Ela não respondeu.

— Pois para se divertir, convide sua tia para cear! Vamos comer?

Catarina sorriu no escuro.

— Ai, tia, a senhora sempre me faz sorrir!

— Ora, Catarina, quero garantir minha presença em sua casa quando você se casar com o Dr. Benjamin! Pretendo visitá-la no Recife!

— Pois já está permanentemente convidada!

— E você acha que ele vai me aceitar na sua casa, Catarina? Nós vivemos entrando em choque! Ele nem sorri quando eu faço uma graça!

— Ele gosta da senhora, tia! Apenas não consegue parar de dar suas opiniões.

— Opiniões bem inconvenientes, diga-se de passagem! Mas é você quem tem que gostar dele, não eu.

— Sim eu gosto disso, dessa franqueza. Ele é honesto, ele ouve opiniões contrárias às dele e não hesita em falar, em se colocar sem guardar raiva da pessoa. Diz que é o jeito da família inteira dele. Já imaginou, uma família inteira assim?

— Deus me livre e guarde, Catarina!

Ao invés de rir de volta, Catarina fez uma pausa.

— Tia, eu preciso me decidir, me ajude, por favor!

A escuridão não permitiu a Tia Sara ver o rosto sério de sua sobrinha, mas o tom lamentoso denunciava a aflição de Catarina.

— Claro, meu amor. Então você tem um homem bom, honrado, trabalhador mas um pouco aborrecido querendo se casar com você e não sabe o que fazer?

— Sim, vamos colocar assim porque ele não é muito aborrecido, é apenas um pouco; teve uma vida interessante, faz um trabalho muito nobre e é muito, muito honesto.

— Honesto. Você já repetiu essa palavra algumas vezes, Catarina. Em que está pensando? Ou melhor, na honestidade de quem você está pensando?

Sorriram. Ambas sempre haviam se entendido sem palavras.

— Estou pensando no Torres, é claro!

— Minha filha, não vá me dizer que você trocaria o Dr. Benjamin pelo Torres?

— Não, não, nem poderia, não quero dizer isso.

— Então…

— É que eu queria que o Dr. Benjamin fosse mais como o Torres. Ah, tia, você o conheceu, ele é encantador!

— Ah sei, e gostaria que ele também fosse mentiroso, duas caras, falso como o Torres?

— Não, isso não.

— Gostaria que ele tivesse duas mulheres como o Torres?

Catarina permaneceu calada.

O guarda passou apitando e anunciando que eram oito horas.

Tia Sara aguardou pacientemente, mas, ao ver que Catarina não respondia, não se conteve:

— Ai, Senhor, a coisa é mais grave do que eu pensava. Então você já pensou no assunto! Já se imaginou casando com o Torres!

Catarina não respondeu, apenas abaixou a cabeça para ocultar uma lágrima que caía, mas Tia Sara a abraçou no escuro e ficaram assim por um bom tempo.

— Querida, eu sou sua tia e sua amiga e estarei do seu lado seja lá o que você decidir.

— Tia, eu sei qual a melhor decisão. Devo me casar com o Dr. Benjamin.

— Essa é a melhor decisão?

— Sim, ele é honesto, competente, trabalhador, muito inteligente e gosta de mim.

— E você, gosta dele?

— Sim, gosto muito.

— Então porque esses suspiros, esse ar tão grave?

— Justamente porque sei que terei que tomar a melhor decisão. É o melhor para mim, tenho certeza, vai ser o melhor para o meu crescimento, para que eu tenha paz em minha vida, para que eu possa ser uma pessoa melhor, para que eu não me deixe atormentar por emoções negativas...

Tia Sara a interrompeu de chofre:

— Mas essa não é a decisão que você gostaria de tomar.

— Não, não é. — Hesitou — Casar-me com o Dr. Benjamim fecha as portas para qualquer possibilidade de ter o Torres de novo em minha vida. No fundo é isso.

Havia dito o que temia dizer.

— E você quer o Torres em sua vida?

— Não! Ele iria me enganar, mentir, me trair, me abandonar.

— Então...

— Então eu tomarei a melhor decisão para não correr este risco. Ele é ardiloso, sedutor e mentiroso! Nem sei se eu gosto mesmo dele, tia!

— O que você sente então?

— Raiva, ciúme, posse, orgulho ferido por ter sido abandonada, sei lá, é muita coisa embolada, muita coisa que me confunde!

— E a possibilidade de você não optar nem por um nem por outro, já lhe ocorreu? Ninguém pode pressioná-la para se casar!

— É o que tenho feito desde que cheguei e o Dr. Benjamin me pediu em casamento pela primeira vez. Por que você acha que eu não lhe respondi de imediato? Eu não tinha certeza...

— Então por que tem que decidir agora? Por que a pressa? O que mudou? — Tia Sara aproximou-se com a vela e Catarina pôde ver seu rosto compreensivo, mas se manteve em silêncio.

— Já sei, Brites me contou que Torres também vai para o Brasil. É tão forte assim o que você sente por esse homem, Catarina?

O olhar cheio de sombras mais profundas que as sombras da noite que a cercava, a boca crispada e a fronte pendida responderam por Catarina.

— O que você sente é tão forte que a faria se casar com outra pessoa para não correr o risco de cair nos braços dele de novo?

Entre soluços, Catarina apenas acenou com a cabeça.

Tia Sara a abraçou mais forte:

— Ah, meu amor, eu entendo você, minha querida.

Deixou que sua sobrinha chorasse em seu colo as lágrimas que vinha guardando por muitos meses, por muitos anos, talvez por toda uma vida durante a qual Catarina se obrigara a ser forte, a resistir à dor e a perdas sucessivas.

Quando os soluços cessaram abraçou-a mais forte:

— Tome então sua melhor decisão. Qualquer que seja ela, eu estarei ao seu lado.

||

No sábado seguinte, ao saírem da Sinagoga, Benjamin acompanhou Catarina até sua casa.

O sol havia acabado de se por, mas ainda fazia muito calor e eles aceleraram o passo.

— Entre, por favor, Benjamin!

Sem a menor cerimônia, Benjamin entrou e, acompanhados por Hannah, eles subiram as escadas até a sala.

— Hannah, você pode nos fazer uma limonada, por favor?

A sala estava mais fresca. Hannah com certeza havia aberto as janelas pela manhã.

Sentaram-se nas poltronas, e um súbito silêncio se instaurou entre eles.

Benjamin se abanava com o chapéu, Catarina alisava a borda da poltrona.

Benjamin mencionou que seu filho iria para Pádua estudar Medicina como o pai.

Catarina reservou para si sua opinião a respeito disso.

Moisés era um rapaz alto, magro e muito bonito. Havia herdado os traços finos de seu pai, mas provavelmente seu harmonioso nariz era uma herança de sua mãe. Era um rapaz calado, reservado, sempre concentrado em algum livro e com opiniões muito pertinentes quando consultado.

Ele teria sido um bom rabino, mas qualquer outra profissão além de Medicina não seria jamais considerada por seu pai.

Tudo isso passou em segundos pela cabeça de Catarina enquanto ela aguardava que Benjamin dissesse algo, mas ele apenas sorria seu sorriso malicioso, misterioso, iluminado.

Hannah trouxe a limonada que eles tomaram e se retirou.

Ficaram em silêncio. Era um silêncio denso, quente como o dia, pesado como a mobília.

Benjamin ergueu-se, ajeitou seus óculos e se aproximou de Catarina.

Com calma, tirou de seu bolso um anel.

Um único diamante, um enorme e imponente brilhante faiscava no centro do anel, hipnotizando Catarina.

— Mandei vir este anel de Antuérpia.

— É... lindo!

— É para minha futura esposa. Aceita casar-se comigo?

Beije-me, Benjamin, Catarina teve vontade de dizer. Beije-me para que eu possa sentir seu gosto. Beije-me para que eu saiba se quero prosseguir beijando você o resto dos meus dias.

Mas manteve-se em silêncio.

Benjamin aguardou pacientemente sem dizer uma palavra.

Uma trovoada ressoou ao longe.

Catarina pensava, pensava e pensava, mas não tinha coragem de dizer nada.

Nos últimos dias havia se lembrado das lições de sua avó quanto ao significado de cada gesto da cerimônia de casamento. Imaginou-se casando-se com Benjamim.

Suspirou ao lembrar-se que seus antepassados falecidos até a terceira geração, estariam presentes para testemunhar esse momento tão importante.

Muitas bênçãos especiais teriam que ser recitadas ao longo de toda a cerimônia.

Catarina só conseguia se lembrar de uma bênção do Cântico dos Cânticos do Rei Salomão: "O seu falar é cheio de meiguice e tudo nele me deslumbra e encanta!"

Não — contraiu seu semblante — ela não poderia pronunciar essa bênção; ela não se aplicaria a Benjamin.

Tentou-se lembrar-se de outra sem sucesso.

Imaginou-se aceitando a aliança em seu dedo indicador e concordando com o estabelecimento de um novo lar a ser habitado por Deus.

Seu estômago se contraiu.

A aliança simbolizava também um vínculo eterno...

Bem, o divórcio era uma possibilidade.

Assustou-se.

Como alguém podia pensar em seu casamento e já visualizar o divórcio como possibilidade?

O eterno, a presença divina, promessas sagradas, a lembrança disso causava em Catarina um mal estar difuso, uma tontura, um enjoo no estômago. Com que sinceridade e empenho ela iria se casar com Benjamin? Quais suas reais motivações para se casar? Como poderia se casar com Benjamin quando seu coração ainda não havia conseguido apagar a lembrança de Torres? Poderia enganar a todos, mas como enganar a Deus?

Desejou não conhecer tanto, desejou ser uma mulher simplória e prática que busca um companheiro para dividir a vida e aplacar a solidão de sua viuvez.

Esse mal-estar, essa divisão se refletiu em seu rosto.

— Catarina, minha boa e querida amiga Catarina — Benjamin mais uma vez era nobre — você não precisa se casar comigo.

Uma onda de alívio percorreu seu corpo tirando a tensão de suas mandíbulas, relaxando seus ombros, fazendo-a sorrir.

— Ah, Benjamin, você é um homem maravilhoso, mas...

Tomando seu chapéu, Benjamin esticou o braço para um aperto de mãos:

— Você não precisa dizer nada, Catarina. Por favor não se justifique. Seria ainda mais doloroso para mim.

‖

Alguns dias depois, Catarina já se sentia melhor.

Depois do jantar, subiu as escadas revendo mentalmente os preparativos para sua mudança. Gostava especialmente de planejar e organizar. Sua mente ocupada não deixava espaço para devaneios do coração.

Seria uma longa viagem até o Recife, uma viagem perigosa com Débora, um bebê pequeno e seu filho ainda em recuperação.

Uma pancada na porta interrompeu seus pensamentos. Era Hannah.

— Dona Catarina, há uma visita esperando pela senhora. Eu lhe disse que já era tarde, mas ele insistiu em que eu pedisse que a senhora o recebesse.

— Quem é?

— O senhor Emanuel Torres.

Seu coração começou a bater mais forte. Apesar da fraca luz, Hannah teria notado seus olhos arregalados, teria visto como ela ficara alterada?

— Diga-lhe que não quero vê-lo, que já está muito tarde.

— Ele me pediu que lhe entregasse esta carta caso a senhora não quisesse vê-lo. Disse que aguarda que a senhora leia.

Hannah lhe entregou o papel dobrado e saiu.

Catarina rompeu o lacre com as mãos trêmulas e aproximou-se da vela para ler melhor.

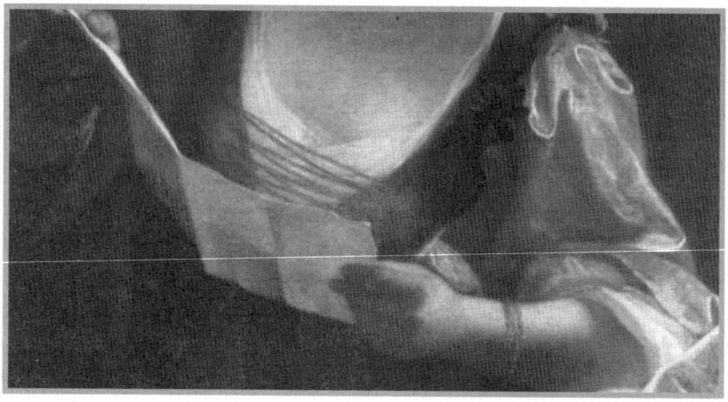

Querida Catarina,

Refleti muito sobre tudo o que aconteceu e sei que o que nos separa é o amor que você tem pela verdade.

Suponho que este amor seja ainda maior que o seu amor por mim e compreendo e aprecio isso, pois foi exatamente sua honestidade a primeira qualidade que me fez amá-la.

Sua beleza, sua inteligência, sua dedicação e perseverança me encantaram, mas sua honestidade, a forma de expressar o que sente e como vê o mundo a distinguem das outras mulheres.

Mas estou me desviando do objetivo desta carta que é o de lhe dizer a verdade, a verdade que você vem buscando e que eu temi sempre lhe dar por medo de que ela a afastasse de mim, pela força do hábito de ocultar, de mentir, de enganar.

Espero que a verdade deixe de ser um obstáculo e que, uma vez revelada, ela nos aproxime.

Ao vê-la afastada de mim por tanto tempo, pude refletir, olhar para dentro de mim mesmo. Uma vida inteira simulando ser o que não sou, ora cristão, ora judeu, ora espanhol, ora português ou holandês, enfim, uma vida inteira usando a dissimulação para obter bons resultados nos negócios e vejo que tudo isso bem me serviu, mas terminou por afetar minhas relações pessoais.

É como se eu houvesse trancado a verdade dentro de mim tantas vezes que já não mais soubesse o caminho para resgatá-la.

Agora comecei a rever quem eu realmente sou e o que é importante para mim.

Quero o amor da mulher que eu verdadeiramente amo e essa mulher é você.

Terminei por descobrir que já não quero mais mentir para você, negando a realidade.

Naquele triste dia em que fui forçado a desfazer nossa sociedade, você me perguntou sobre minha irmã porque devia suspeitar, como sempre suspeitou, que ela não fosse minha irmã.

Sim, minha querida, ela não é minha irmã.

Seu nome é Joana, uma vizinha que eu conheci depois que minha esposa faleceu e com quem eu me envolvi secretamente em minha solidão de viúvo. Ela era amancebada há anos com um homem, mas, segundo ela, essa relação já havia terminado há muito tempo e viviam juntos por falta de condições financeiras de se separarem.

Quando voltei de Amsterdã, logo depois de conhecer você melhor e de me tornar seu sócio, cheguei a Bilbao disposto a não vê-la mais, a acabar aquilo que nunca deveria ter sequer começado. Eu havia me apaixonado por você.

Porém, ao chegar a Bilbao, Joana me disse que o homem com quem ela vivia havia descoberto nosso envolvimento. Ele a havia expulsado, e Joana pediu que eu a abrigasse em minha casa junto com seus filhos.

Poderia lhe dizer que ela se aproveitou desta solidão, mas estaria mentindo e é justamente disto que estou fugindo neste momento. Nós nos envolvemos, este é o fato. Eu gostava dela e achei bastante conveniente ter alguém de confiança cuidando da casa e me recebendo quando eu viajava. A situação se estendeu com a insistência dela e do padre para que nos casássemos, coisa que eu não tinha a menor intenção de fazer.

O fato dela ter sido abandonada por minha causa pesou muito para que eu a acolhesse e a protegesse já que ela dependia de mim. Nunca nutri por ela o mesmo afeto que tenho por você, a mesma admiração, enfim jamais senti o amor que sinto por você ou a atração que senti desde que a vi pela primeira vez e que só aumentava à medida em que a conhecia.

A cada viagem para a Espanha, eu me prometia resolver esta situação para estar livre para declarar meu amor por você. Quando deixei Salomão em Bayonne e fui a Bilbao, disse a Joana que iria me separar dela. Ela quis saber a razão, se havia outra mulher e eu, covardemente, neguei.

É claro que ela suspeitou que fosse você o objeto do meu amor e a causa da separação, você, minha sócia, a mulher de quem eu falava sempre com tanta admiração e cujo filho era como um filho para mim e que me aguardava em Bayonne.

Ficou furiosa, mas eu lhe disse que a deixaria em boas condições financeiras, e ela pareceu se conformar.

Quando não encontrei Salomão em Lisboa, me desesperei e voltei para Bayonne onde ele tampouco estava. Eu me dei conta que havia perdido para sempre a possibilidade de ter seu amor. Como você reagiria ao desaparecimento de um filho, uma notícia talvez pior que a notícia de sua morte?

Iria me responsabilizar por ter me afastado dele?

Confesso que quando me propus a viajar com você, temi que você percebesse minha perturbação. Mas a proximidade trouxe à tona meus sentimentos e fiquei extremamente feliz em ver como você correspondeu a eles.

Catarina, minha amada, quando a pedi em casamento estava sendo sincero, nunca duvide disso.

Minha pressa em sair de Bayonne e ir para Bilbao era para comprar uma casa para Joana e deixá-la bem estabelecida como havia prometido antes.

Quando você viu Joana falando comigo na hospedaria em Bilbao, eu me enredei em minha própria teia de mentiras inventando que ela seria minha irmã, prometendo que a apresentaria para ela e meus sobrinhos. Tinha medo que você me condenasse e não mais me quisesse.

Ao mesmo tempo, me dispus a fingir afeição por Joana enquanto você estivesse em Bilbao com muito medo do que ela poderia fazer contra você. Você corria muito perigo!

Bastaram alguns dias para que eu me fartasse de tantas mentiras e, por fim, na noite do Yom Kipur, fui conversar com Joana decidido a enfrentá-la.

Eu queria vender meus bens, sair de Bilbao definitivamente e estar livre para me casar com você, Catarina.

Joana me disse então que esperava um filho meu, gerado na viagem anterior.

Isso me deixou em choque. Quando retornei à pousada e vi você conversando com aquele frade reagi com toda a força do meu ciúme, do enlouquecido ciúme que senti e sinto por você. Também ainda estava sob o impacto do que Joana havia me dito.

Afastei-me, abandonei você quando você mais precisava de mim e me arrependo profundamente disto.

No dia seguinte, já mais calmo, disse à Joana que não a deixaria desamparada, que proveria os meios para o sustento de nosso filho, mas que estava indo embora.

Diante disso ela disse que me denunciaria à Inquisição por heresia porque eu havia sido circuncidado e o que é pior, ela me disse que denunciaria você também.

Como ela sabia da sua presença em Bilbao? Não foi por mim, amada, mas você sabe como nossas vidas são devassadas pelos comentários alheios. Sua presença na pousada havia chamado a atenção das pessoas e isso chegara aos ouvidos dela.

Deixei-me ficar alguns dias em Bilbao sem saber o que fazer até me dar conta que Joana mentia, que não estava grávida. Comecei a desconfiar de todas as suas atitudes anteriores e vi que ela sempre me enredara com suas mentiras. Comecei a colher informações aqui e ali e descobri que o homem que a havia deixado já sabia quem ela era há anos e não se incomodava com o nosso relacionamento. Ele também tinha sua vida em paralelo. Expulsa por ele por ciúmes? Uma enorme mentira! Ele ficou foi bastante satisfeito em ver-se livre dela.

Ela sempre jogou com meu sentimento de culpa e responsabilidade, interessada em usufruir dos benefícios econômicos que eu poderia lhe proporcionar.

Eu tampouco havia sido honesto com ela, deixando-lhe a ilusão de um amor que nunca existiu, beneficiando-me da sua companhia.

Enfim, nos merecemos em nosso emaranhado de artimanhas.

Chegar a essas conclusões não foi nada fácil.

Talvez eu nunca tivesse me dado conta disso não fosse pelo seu amor à verdade, Catarina.

A lembrança da suas atitudes honestas e corajosas contrastava enormemente com meu covarde cotidiano de mentiras e aumentava ainda mais a falta que eu sentia de você.

Quanto mais eu me recordava de sua figura límpida em atitudes e palavras, mais me fortalecia para tomar a decisão que, por fim, tomei.

Em troca de uma bela quantia em dinheiro e de uma casa confortável, Joana concordou em não nos denunciar.

Mesmo não a tendo reencontrado no dia da sua partida, mesmo sem saber do seu paradeiro, não hesitei um minuto em seguir em frente sem olhar para trás. Com alegria, vendi meus bens e parti em busca da mulher amada.

Mas todas as vezes em que a reencontrei aqui em Amsterdã, eu não estava pronto para contar-lhe tudo isso, tinha muita vergonha, tentei reconquistá-la sem mencionar o que realmente havia acontecido.

Principalmente, tinha medo que você pensasse que eu tinha algo a ver com a denúncia contra Salomão.

Somente agora, estou pronto para lhe entregar a verdade que você tanto buscou e que lhe é direito conhecer.

Eu me transformei e espero que você acredite em mim porque você promoveu essa transformação.

Apenas meus sentimentos não mudaram.

Eu amo você, Catarina, sempre amei.

Por favor acredite, pois não há verdade maior do que essa.

Emanuel Torres

Catarina pousou a carta em seu colo com lágrimas nos olhos.

Agora tudo estava claro mesmo que Torres se negasse a enxergar que Joana havia denunciado Salomão. Ela o havia enganado com uma mensagem falsa em nome de Torres para que fosse a Bilbao onde fora preso e, provavelmente teria denunciado Catarina também se ela não tivesse fugido!

Torres era então inocente, prisioneiro de sua vida dupla, enredado em seus sentimentos, vítima das mentiras que ele próprio armara, mas inocente.

Agora estava sendo honesto com ela, oferecendo-lhe seu amor, buscando o seu perdão.

Torres sempre a surpreendia. Ele lhe oferecia a verdade e a paz de um grande amor, o amor com o qual ela vinha sonhando há anos.

Então ela era realmente amada!

Compreendia as razões de Torres, suas indecisões, suas mentiras e sentiu uma grande compaixão por ele.

Compreendia até mesmo as razões de Joana que provavelmente o amava também e que tentou de todas as maneiras prendê-lo junto a si. Se ela buscava nele a segurança financeira, como condená-la sabendo das dificuldades que atormentavam a vida de uma mulher sozinha?

Catarina chorava feliz e sentia seu coração se expandindo, envolvendo a todos, compreendendo a todos, amando a todos.

Quando havia se sentido assim? Durante a preparação para o *Yom Kipur* em Bilbao. Mas essa paz havia sido perturbada pela morte de Ruth, pelo sofrimento de seu filho, pela raiva e pela mágoa que haviam tomado seu ser.

A conversa com o rabino a havia conduzido à paz novamente, uma paz que fora quebrada quando ela se encontrou com Torres.

Apenas distante dele, apenas vivendo em solidão amorosa seria capaz de viver em paz novamente. Mas era isso que ela realmente queria?

Enxugou o rosto com as costas das mãos e pôs-se de pé.

O que fazer? Que decisão tomar?

Enquanto pensava olhou-se no espelho. Estava bonita? Não, não estava arrumada, seus cabelos estavam soltos, sua roupa era caseira.

Ai, ai, murmurou para si mesma.

Devia trocar sua blusa por uma mais modesta? Devia prender os cabelos?

Não havia tempo. Hesitou mais um pouco e por fim prendeu os cabelos e trocou sua blusa por uma outra mais modesta e mais bonita.

Enquanto isso se debatia quanto ao que fazer, a alegria fazendo brilhar seus olhos, o medo voltando a agarrar seu coração na tentativa de contê-lo.

Parou no alto da escada:

— Boa noite, Senhor Torres!

Torres, seu chapelão, seu bigode, sua voz, seu corpo másculo, tudo se uniu em uma resposta forte como ele:

— Boa noite, minha linda e amada Catarina!

Hannah discretamente saiu da sala.

— Torres, precisamos conversar porque…

Ele não a deixou prosseguir. Avançou e tomou-a em seus braços. Apertou seu peito largo e musculoso contra os seios de Catarina que imediatamente se intumesceram.

Ela ainda tentou murmurar algo, mas seus lábios foram selados por um beijo.

Ela queria resistir, devia resistir, não sabia como resistir.

Respondeu ao beijo com a força de noites e noites de recordações, de sonhos, de desejos guardados, de um amor negado por tanto tempo.

Passaram alguns minutos assim se beijando e se abraçando, minutos em que Catarina pôde enfim sentir que a paz, a abençoada paz do perdão a inundava.

Eu escolho a paz!

E agora? Continuaria sentindo o amor e a compaixão que sentia nesse momento?

Seria capaz de não se deixar possuir por rancores novamente?

Seria capaz de resolver os conflitos que surgissem, compreendendo e perdoando?

A paz que sentia agora seria eterna, definitiva?

Não, Catarina sabia que não seria assim. Torres continuaria sendo um homem ciumento e possessivo e ela, uma mulher de gênio forte.

Seu grande inimigo não eram os portugueses, a Inquisição, os cristãos, Torres ou Joana.

Seus maiores inimigos: a raiva, a mágoa, o ciúme e o orgulho estavam dentro dela, e chegara a hora de enfrentá-los também sem medo para viver a paz verdadeira, entrelaçada nos conflitos, no roçar das diferenças que compunham o colorido tapete da vida.

De repente, ele se afastou e, segurando-a pela cintura, mergulhou em seus olhos:

— Catarina, você me perdoa?

— Sim, meu amado, eu o perdoo. Bem, segundo o rabino não há o que perdoar porque...

— Mas você me perdoa ou não? Você me ama? — Ele a segurava em seus braços incisivo, forte, decidido.

— Eu perdoo você — as palavras saíram entrecortadas por lágrimas.

Torres aguardava, olhar de menino pedindo, jeito de homem exigindo:

— E você me ama?

— Sim, meu querido, eu amo você com todas as minhas forças.

Tomado pela alegria, ele a segurou pela cintura e, de repente, ela estava no ar, suspensa pela força de seus braços enquanto ouvia:

— Então quero me casar o quanto antes! Não posso esperar mais!

Catarina riu, riu um riso solto enquanto se debatia para ser colocada no chão.

Por fim conseguiu e olhando-o diretamente nos olhos, começou:

— Esse é um pedido que eu terei todo gosto em atender. Vamos conversar com o rabino, e nos casamos na data mais favorável, aquela que nos traga bons auspícios e...

Foi novamente calada por um beijo, desta vez intenso, prolongado e tão forte que não admitia contestação.

Aquele homem imperfeito havia cometido atos muito condenáveis, mas estava ali, oferecendo amor, generosidade, amparo e alegria, não apenas para ela, mas para toda sua família.

Aquela mulher imperfeita admitia: sim, aquele era o aquele homem que ela gostaria de prosseguir beijando até o final de seus dias.

FIM

PRINCIPAIS FONTES CONSULTADAS

LIVROS

BLECH, Rabino Benjamim. O mais completo guia sobre Judaísmo, São Paulo, Editora & Livraria Sêfer, 2003

BODIAN, Miriam. Hebrews of the Portuguese Nation, Bloomington: Indiana University Press, 1997

BROOKS, Andrée Aelion. The woman who defied kings — The life and times of Doña Gracia Nasi — A Jewish leader during the Renaissance, St. Paul: Paragonhouse, 2012

CANELO, David Augusto. Belmonte, Judaísmo e Criptojudaísmo. Belmonte, Portugal 2008

FAIGUENBOIM, Guilherme; VALADARES, Paulo; CAMPAGNANO, Anna Rosa. Dicionário sefaradi de sobrenomes: dictionary of sephardic surnames. São Paulo: Fraiha, 2004

GARCIA, Maria Antonieta. Judaísmo no Feminino, Tradição Popular e Ortodoxia em Belmonte, 1999

GERBER, Jane S. The Jews of Spain — a History of the Sephardic Experience

GITLITZ, David M., Secrecy and Deceit — The religion of the Crypto-Jews, Albuquerque: University of New Mexico Press, 2002

GORENSTEIN, Lina. A inquisição contra as mulheres: Rio de Janeiro, séculos XVII e XVIII. São Paulo: Associação Editorial Humanitas: Fapesp, 2005. 477 p. (Histórias de intolerância, 1 – Inquisição e Marranismo)

JOHNSON, Paul — A História dos Judeus, Imago, 1995.

KAGAN, Richard L.; MORGAN, Philip D. (Org.). Atlantic Diasporas — Jews, Conversos, and Crypto-Jews in the Age of Mercantilism, 1500-1800, Baltimore: The Johns Hopkins University Press, 2009

KAYSERLING, Meyer, História dos Judeus em Portugal, Editora Perspectiva, 2009.

LIEBERMAN, Julia R. (Editora), Sephardi Family Life in the Early Modern Diaspora, New England: University Press of New England, 2011

MELLO, Evaldo Cabral de (Org.). O Brasil Holandês — 1630 — 1654, São Paulo : Penguin Classics, 2010

MELLO, José Antônio Gonsalves de. Gente da Nação — Cristãos-novos e judeus em Pernambuco 1542-1654, Recife: Fundação Joaquim Nabuco, Editora Massangana, 1996

MELLO E SOUZA, Laura (Org.). História da Vida Privada no Brasil volume I, Cotidiano e vida privada na América portuguesa, São Paulo: Companhia das Letras, 1997

MONTEIRO, Nuno Gonçalo (Org.). História da Vida Privada em Portugal — A Idade Moderna, Círculo de Leitores e Debates, 2011

NOVINSKY, Anita. Gabinete de Investigação: uma "caça aos judeus" sem precedentes. Brasil-Holanda, séculos XVII e XVII. São Paulo: Editora Humanitas, São Paulo, 2007

NOVINSKY, A.; LEVY, D.; RIBEIRO, E.; GORENSTEIN, L. Os Judeus que construíram o Brasil, Planeta, 2015

PESCIO, Claudio. Rembrandt y la Holanda del Siglo XVII, SerreS, 1996

SALVADOR, Frei Vicente do. História do Brasil, 1627

SCRUTON, Roger. Spinoza — A very short introduction, New York: Oxford University Press, 2002

SWETSCHINSKI Daniel . De familie Lopes Suasso, financiers van Willem III : The Lopes Suasso fiamily, bankers to William III , Dutch Edition, Joods Historisch Museum Amsterdam.

TRIVELLATO, Francesca. The Familiarity of Strangers — The Sephardic Diaspora, Livorno, and Cross-Cultural Trade in the Early Modern Period, Yale University Press, 2009.

VAINFAS, Ronaldo. Jerusalém Colonial — Judeus Portugueses no Brasil Holandês, Civilização Brasileira, 2010

YALOM, Irving. O Enigma de Spinoza, Agir, 2013

YOVEL, Yirmiayahu. The Other Within — The Marranos, Split Identity and Emerging Modernity, Princeton, Princeton University Press, 2009

ZUMTHOR, Paul. Daily Life in Rembrandt's Holland, Stanford University Press, 1994

WILKE, Carsten L. História dos Judeus Portugueses, Lisboa: Edições 70, 2009

WIZNITZER, Arnold. Os Judeus no Brasil Colonial, São Paulo: Livraria Pioneira Editora, Editora da Universidade de São Paulo, 1966

ARTIGOS E TRABALHOS ACADÊMICOS

GORENSTEIN, Lina. Brasil marrano: as pesquisas recentes, São Paulo, Laboratório de Estudos sobre a Intolerância, USP

FRADE, Florbela Veiga, As relações econômicas e sociais das comunidades sefarditas portuguesas, Universidade de Lisboa, Faculdade de Letras, Departamento de História, 2006

VEIGAS, Teresa. Os Cotidianos da Vida na Lisboa dos Séculos da Modernidade, Revista Camões no. 15/16, 2003

SITES

SITES CULTURA JUDAICA

http://www.culturajudaica.org.br
http://www.arquivojudaicope.org.br/
http://www.morasha.com.br
http://www.pt.chabad.org
http://www.jewishencyclopedia.com

SITES AMSTERDÃ

http://stadsarchief.Amsterdam.nl/
http://www.dutchjewry.org/

SITES GENEALOGIA JUDAICA

http://www.sephardicgen.com
http://www.sephardim.com/

http://www.familytreedna.com/landing/jewish-ancestry.aspx
http://www.jewishgen.org/jgff/FAQ/
http://www.jewishgen.org/sephardic/index.htm
http://www.anussim.org.br/index.php?option=com_wrapper&Itemid=36 —
ABRADJIN – Associação Brasileira dos Descendentes de Judeus da Inquisição http://anussim.org.br/

GRUPOS NO FACEBOOK

Cultura Sefaradi
Genealogia Judaico Portuguesa
G2NP — Grupo de Genealogia do Norte de Portugal
Genealogia Genética Brasileira
Liturgia e costumes dos judeus portugueses
Genealogias Transmontanas

CRÉDITO DAS IMAGENS

CAPA

Noiva Judia

Portrait of a Couple as Isaac and Rebecca, known as 'The Jewish Bride', Rembrandt Harmensz. van Rijn, c. 1665 — c. 1669

Cortesia Rijksmuseum

CAPÍTULO I

The Windmill, 1641, Rembrandt van Rijn, Dutch, 1606 — 1669

Cortesia National Gallery of Art, Washington

De ketelschuurster, Abraham van Strij (I), 1808 — 1810, De ketelschuurster,

Cortesia Rijksmuseum

A Kitchen Interior with a Maid and a Lady Preparing Game, Frans Hals, 1630,

Cortesia Rijksmuseum

Vase of Flowers, c. 1660, Jan Davidsz de Heem, Dutch, 1606 — 1683/1684,

Cortesia National Gallery of Art, Washington

A Woman bathing in a Stream (Hendrickje Stoffels?),Rembrandt, 1654, Rembrandt online

Mapa do bairro Vlooienburg em 1625 pelo cartógrafo

Balthasar Florisz. van Berckenrode

Jan van der Heyden, Paisagem urbana de Amsterdam com canal

Portrait of a Man, thought to be Dr. Ephraïm Bueno, Rembrandt Harmensz. van Rijn, 1645 — 1647,

Cortesia Rijksmuseum

A Leiteira, Vermeer,

Cortesia Rijksmuseum

Jovem Judeu — Rembrandt

The Sampling Officials (1662), Rembrandt van Rijn

Cortesia Rijksmuseum, Amsterdã

Amsterdã City View with Houses on the Herengracht and the old Haarlemmersluis, Jan van der Heyden, c. 1670, Cortesia Rijksmuseum

Saskia Wearing A Veil, 1634, Rembrandt:

Still Life with Ham (detail), 1650, Gerrit Willemsz Heda, Dutch, National Gallery of Art, Washington, detalhe

Old Woman Reading, Gerard Dou, c. 1631 — c. 1632, Rijskmuseum, Amsterdã, detalhe

Samuel Menasseh ben Israel, 1636, detalhe, Rembrandt van Rijn Dutch, 1606 — 1669,

A Naval Encounter between Dutch and Spanish Warships

c. 1618/1620, Cornelis Verbeeck, Dutch, 1590/1591 — 1637,

Cortesia National Gallery of Art, Washington

Herdsmen Tending Cattle (detail),1655/1660,Aelbert Cuyp, Dutch, 1620–1691,

Cortesia National Gallery of Art, Washington, Andrew W. Mellon Collection

Exemplo de *Sidur*, 1644,

Arquivo da Cidade de Amsterdã

CAPÍTULO II

Aelbert Cuyp, Dutch, 1620 — 1691, The Maas at Dordrecht, c. 1650,

Cortesia National Galery of Art, Washington

Rembrandt: Portrait of the Mennonite Preacher Cornelius Claesz Anslo and his Wife Aaltje Gerritsdr Shouten

Ilustração do Livro de Jogos encomendado por Alfonso X (O Sábio) mostra a vida social e intelectual compartilhada por cristãos, muçulmanos e judeus.

Atlas Catalão feito para o rei Carlos V da França pelos cartógrafos judeus Abraham e Judah Cresques (cerca de 1375) mostrando o Leste Asiático Wikimedia Commons

Jan Steen Dutch, 1625/1626 — 1679, The Dancing Couple,1663, Detalhe

Cortesia National Gallery of Art, Washington,

Portrait of a Woman, Possibly Maria Trip, Rembrandt Harmensz. van Rijn, 1639, Detalhe

Cortesia Rijksmuseum

Muiden Circle — Louis Moritz

WikiMediaCommons [[File:Een feestmaal op het slot te Muiden door Louis Moritz (1773-1850).jpg|Een feestmaal op het slot te Muiden door Louis Moritz (1773-1850)]]

Noiva Judia

Portrait of a Couple as Isaac and Rebecca, known as 'The Jewish Bride', Rembrandt Harmensz. van Rijn, c. 1665 — c. 1669

Cortesia Rijksmuseum

The Baker Arent Oostwaard and his Wife, Catharina Keizerswaard, Jan Havicksz. Steen, 1658

Cortesia Rijksmuseum

Gracia Nasi — Moeda comemorativa

"Going for a walk", Pieter de Hooch, oil on wood, circa 1652

La expulsion de los judios de Sevilla, Joaquin Turina y Areal (1847-1903)

CAPÍTULO III

Inquisição, autor desconhecido

Vue de Bayonne du côté du Port. N° 3

Bouquet of Flowers in a Glass Vase, 1621, Ambrosius Bosschaert the Elder, Dutch, 1573 — 1621

Cortesia Rijksmuseum

The Bedroom, Pieter de Hooch, Dutch, 1629–1684, The Bedroom, detalhe

Cortesia National Gallery of Art, Washington,

Bodegón con servicio de chocolate, 1770, Luis Egidio Meléndez

Gda□ sk in the 17th century. Wojciech Gerson (1831-1901) signed 1865

Justus Juncker (Dutch, 1703-1767) In the Kitchen

Auto de Fe en la plaza Mayor de Madrid, Francisco Rizi

Capítulo IV

Flying Angel Mourning Victims of the Inquisition — Karl Bryullov, 1850

Urna onde eram colocados os nomes das candidatas ao dote na comunidade judaica de Amsterdã, Museu Histórico Judaico, Amsterdã, foto da autora

Terreiro do Paço no século XVII, Óleo s/ tela, Dirk Stoop. Londres,1662, Museu da Cidade — Lisboa

Gravura antiga com Castelo de São Jorge ao fundo

Palácio dos Estaus, no Rossio, em Lisboa, Portugal, como se parceria antes da sua reconstrução no século XVIII, Júlio de Castilho (1840-1919)

Arquivo Municipal de Lisboa

Lady with her maidserver holding a letter, Vermeer, cerca 1667

Sambenito, autor desconhecido

Inquisição em Lisboa, autor desconhecido

Torre de Belém, Óleo s/ tela, John Thomas Serres,1811, Museu da Cidade, Lisboa

CAPÍTULO V

Portrait of Baruch de Spinoza (1632-1677), ca. 1665, autor desconhecido

Crônica familiar (c. 1618-1630) Jan Kolm, Stadsarchief Amsterdã

Rembrandt: A Young Woman Reading

CAPÍTULO VI

Ketubah, contrato de casamento judaico — fonte: Arquivo Municipal de Amsterdã

Escritório da Companhia das Índias Orientais, Amsterdam, autor desconhecido, 1600 ou 1700

A leitora, Jean Raoux, 1677

SOBRE A AUTORA

Autora de livros de gestão publicados por editoras de renome (McGraw-Hill, Berkeley e Pearson/FGV), poetisa e cronista, Katia teve uma realizadora carreira no mundo corporativo em São Paulo e no exterior, atuando com tecnologia, vendas e desenvolvimento de pessoas.

Nos momentos profissionais e pessoais mais difíceis, a escrita a salvou. Escrever a manteve razoavelmente sã e equilibrada enquanto se dividia entre a maternidade, o trabalho e o casamento.

Marrana! é sua estreia como romancista e exigiu uma entrega tão profunda e prazerosa que Katia terminou por deixar sua carreira corporativa para dedicar-se à literatura.

Em 2009 Katia suspeitou que a família de sua mãe pudesse ser descendente de judeus portugueses e iniciou uma extensa pesquisa genealógica, cultural, histórica e de ancestralidade genômica que a colocou em contato com reconhecidos especialistas no tema dos judeus convertidos à força e do marranismo.

Seguiu então o provérbio judeu: "O que é mais verdadeiro que a verdade? Uma história" e criou uma ancestral fictícia para melhor mergulhar no mundo de seus antepassados.

Para amparar essa ficção, buscou cursos, livros e vivências no Brasil e no exterior com o ambicioso objetivo de escrever um romance histórico ambientado no século XVII em países europeus com personagens inseridos na cultura judaica.

Como extensão dessa jornada conheceu importantes marcos históricos em Amsterdã, Veneza, Lisboa, Belmonte, Toledo, Sevilha, Córdoba e Granada, além de ter visitado Israel e a primeira sinagoga das Américas no Recife.

Além deste livro, ela prepara a publicação de três livros de poesias, um livro sobre liderança e inovação, uma peça de teatro e um livro de crônicas onde vai relatar suas vivências nos países onde morou.

Katia mora hoje no interior de São Paulo com seu marido, Ayrton e sua cachorrinha Frida em uma casa gostosa, inundada por flores e visitada por amigos, vizinhos queridos, muitos pássaros, abelhas jataí e, eventualmente, pela sua amada filha, Érika, professora que vive em Curitiba.

Através de seu site www.katiapessanha.com é possível entrar em contato com ela, convidá-la para eventos, acompanhar seu blog e receber informações sobre Marrana e outros lançamentos.

Este livro foi impresso pela gráfica
Bartira
em maio de 2018